COLLECTION FOLIO

Denis Grozdanovitch

La puissance discrète du hasard

Denoël

Denis Grozdanovitch a longtemps mené une double vie d'érudit et de sportif professionnel. Il partage aujourd'hui sa vie entre Paris et la Nièvre. En 2002, il publie *Petit traité de désinvolture*, qui obtient le prix de la Société des Gens de Lettres et devient un livre culte. Il est également l'auteur notamment de *Rêveurs et nageurs*, prix des libraires Initiales 2005, de *Brefs aperçus sur l'éternel féminin*, prix Alexandre Vialatte 2006, de *De l'art de prendre la balle au bond*, de *L'art difficile de ne presque rien faire* et de *La puissance discrète du hasard*.

Ce livre est dédié à mon fidèle compagnon d'écriture, le chat Ricardo, aux martins-pêcheurs roboratifs des bords de l'Yonne, ainsi qu'à tous les animaux intercesseurs.

« Un moine interrogea Ts'ui wei sur la signification du zen.

— Attends qu'il n'y ait plus personne autour, alors je te le dirai.

Un peu plus tard, le moine, n'y tenant plus, s'approcha à nouveau de Ts'ui wei :

— Il n'y a plus personne, de grâce éclairez-moi.

Ts'ui wei le conduisit dans le bosquet de bambous et, une fois qu'ils y furent arrivés, ne dit rien. Comme le moine ne comprenait pas et insistait, Ts'ui wei enfin lui confia :

— Certains bambous sont grands, d'autres sont petits. »

Ts'ui wei (ixe siècle),
*Recueil de la transmission de la lampe**

* Éditions Moundarren, 1997, Millemont, traduction de Cheng Wing fun et Hervé Collet.

Les champignons cramoisis du Hampshire

« ... on dirait du logis d'un collectionneur que l'accumulation sans frein des trouvailles successives a expulsé peu à peu, sans drame et comme par un processus naturel, de son espace habitable : c'est moins un musée qu'une maison colonisée où les dépouilles du tableau de chasse se sont installées en squatters et, en fin de compte, ont obtenu droit de cité. En quoi il s'apparente aux seuls musées qui me touchent, qui sont des coquilles humaines expropriées, et qui sont presque tous fils à la fois de la cohabitation, du progrès rongeur d'une passion dévorante, et du hasard. »

Julien Gracq

« Il n'y a rien de plus naturel que le hasard ni de plus constant que l'imprévu. L'ordre, en somme, est une entreprise antinaturelle. »

Paul Valéry

Tandis que j'étais assis au bord de la rivière à lire la biographie du poète Robert Browning par Chesterton (chaque détail, en apparence le plus falot, aura ici son importance), de sorte que mon arrière-pensée était accaparée par la question de la survivance de l'esprit poétique à la surface d'une planète si prosaïque, j'entendis de menus remuements dans mon dos et ma première pensée fut pour le chat Ricardo, venu sans doute, comme à son habitude, m'accompagner dans mon après-midi méditatif. Pourtant, me retournant, j'eus la surprise de voir un écureuil en train de sautiller parmi les brindilles et les feuilles mortes de l'avant-automne. Après que je l'eus observé sans bouger pendant quelques minutes, le hasard voulut que je me replace dans ma position initiale à la seconde même où un couple de martins-pêcheurs rasait la surface de la rivière à vitesse intersidérale. Cet étrange enchaînement d'apparitions animales (car je devais y inclure le fantôme du chat) me laissa longuement songeur. Lorsque je replongeai dans mon bouquin, je lus ceci :

> Si quelqu'un était venu trouver Browning et lui avait demandé avec toute la solennité d'un excentrique : « Pensez-vous que la vie vaille la peine d'être vécue ? » il est intéressant de chercher à se représenter ce que sa réponse aurait pu être. S'il s'était trouvé, à ce moment, sous l'influence du déisme rationaliste et orthodoxe des théologiens, il aurait dit : « L'existence est justifiée par son dessein manifeste, son adaptation manifeste de moyens et de buts. » Ou en d'autres termes : « L'existence est justifiée par sa plénitude. » Si, au contraire, il s'était trouvé sous l'influence de ses propres et graves théories intellectuelles, il aurait dit : « L'existence est justifiée par son imperfection. » Mais s'il n'avait pas été influencé dans sa réponse, soit par des idées acceptées, soit par ses propres opinions, il aurait simplement répondu à la question « La

> vie vaut-elle la peine d'être vécue ? » par la réponse réelle, vitale, qui se trouvait dans son âme même, il aurait pu dire : « Champignons cramoisis du Hampshire ! »
>
> Une image franche et vive de cette sorte, restée dans son esprit, exprime le véritable verdict sur ce que l'univers signifiait pour lui. Son mysticisme n'était pas du type niais et verbeux qui voit dans une fleur le symbole de la vie ; il était plutôt de ce type profond et éternel qui croit que la vie, pure abstraction, est symbolique de la fleur.

Il y avait manifestement là non point, pour le coup, « une adaptation de moyens et de buts théologiques », mais une insistante « série » qui me confondait. En vérité, cette succession avait été si rapide qu'on eût dit que non seulement la pensée primordiale concernant le chat avait enclenché le deuxième mini-événement, lequel avait enclenché le troisième, mais encore que les trois premiers n'étaient survenus que pour annoncer le quatrième : le passage du livre que je m'apprêtais à parcourir. Et rien, par la suite, ne pourrait faire que dans ma mémoire ces quatre occurrences — le fantôme du chat, l'écureuil, les martins-pêcheurs et les champignons cramoisis du Hampshire — ne demeurent associées de façon presque logique. Une très mystérieuse clause dans l'ordonnancement des choses avait présidé à cet enchaînement — une sorte de simultanéité brouillant la loi de cause à effet. De nombreux et fins romanciers avaient repéré cet aspect du réel et l'avaient habilement restitué dans le déroulement de leurs intrigues. Ainsi, à un moment donné, au cours de son traditionnel voyage d'apprentissage vers l'Italie,

Andréas, le protagoniste du petit roman éponyme de Hugo Von Hofmannsthal, fait halte dans une auberge du bord de la route. Or, entrant dans les écuries pour y soigner son cheval, lui apparaissent au même instant une hirondelle qui file à travers l'espace et le gracieux visage d'une fille dont il tombe éperdument amoureux. Tout l'art de l'auteur autrichien est de nous rappeler ici à quel point les événements majeurs de nos existences se produisent la plupart du temps — si nous savons y rester attentifs — en corrélation avec d'autres, apparemment mineurs, qui les annoncent, les accompagnent ou les soulignent discrètement, à la façon de ce que j'aimerais nommer *les mystérieuses conjonctions du hasard*.

*

Je ne prétends à nulle autre méthode, dans les pages qui vont suivre, que celle de me laisser guider par le jeu souverain des associations mentales et des rencontres objectives fortuites (si tant est qu'il soit toujours aisé de les distinguer), lesquelles ne manqueront pas de survenir à mesure que le texte cheminera — plus ou moins à l'aveuglette — vers le but exaltant que mon imagination entrevoit. Car il existe, selon moi, une précision de l'indéterminé plus riche que le méticuleux pointage des détails et que j'aimerais désigner comme la précieuse « exactitude des songes ».

Chacun d'entre nous a pu constater, je crois, que le jeu des connexions hasardeuses, le concours des mystérieuses conjonctions — si toutefois l'on ose s'y abandonner —, nous mène plus sûrement au but que les plans de recherche minutieusement cartographiés. C'est du moins ce que, pour ma part, j'ai toujours vérifié au fil du temps, ayant fini par découvrir qu'une certaine nonchalance attentive (très comparable à celle des chats) permettait aux circonstances favorables de s'enchaîner de manière à la fois magique et ludique. Il est d'ailleurs utile de remarquer que les natures apparemment indolentes, et qui renâclent aux tâches ardues du travail réputé sérieux, se révèlent en général frénétiques au cours du jeu et même d'une vivacité et d'une efficacité redoutables dans leurs moindres gestes ; pour la simple raison que leur est alors fourni un motif *réellement convaincant* de se dépenser, plutôt que de se livrer à cet activisme débridé et stérile que notre époque valorise comme une sorte de salut de l'âme*.

Qu'on ne cherche donc pas dans le texte qui va suivre une suite savamment agencée et s'articulant avec une belle perfection logique jusqu'à la finalité d'une démonstration exhaustive. Il faut plutôt y voir, à l'instar de la citation de Gracq, un joyeux bric-à-brac, un entassement successif de trouvailles hasardeuses et hétéroclites dont — j'ose du moins l'espérer — la proximité, la juxtaposition synchronique, fera sourdre d'« immanentes épiphanies profanes ».

Un autre saint patron de mon imaginaire littéraire, W.G. Sebald, a parfaitement circonscrit cette méthode de recherche hasardeuse. Répondant, au

* « En outre, mon vieil ami, cet agréable "compagnon", trouve mon attitude anormale qui consiste à ramper comme un infirme dans les parages de la paume jusqu'au moment où je prends possession de la raquette et me mets à courir comme un démon. C'est alors que j'ai une raison de me dépenser. » William Hazlitt, *Adieu à la rédaction d'essais*.

cours d'une interview, à une question sur les associations mentales inconscientes qui le mènent au cours de son travail d'écriture, il répond :

> Personnellement, je n'ai jamais aimé faire les choses de façon systématique. Pas même ma recherche pour le doctorat qui n'a jamais été conduite dans le respect des critères de rigueur attendus ; je me suis toujours laissé guider par le hasard. Et plus j'avançais, plus j'avais le sentiment qu'en réalité c'est la seule façon de trouver quoi que ce soit ; je dirais que c'est un peu comme un chien qui court dans un champ. Regardez un chien qui obéit à son flair, la façon dont il traverse un bout de terrain est absolument imprévisible. Mais invariablement, il trouve ce qu'il cherche. Je crois que, comme j'ai toujours eu des chiens, ce sont eux qui m'ont appris à fonctionner de cette façon*.

Or, puisqu'il est question de la façon de chercher propre à chacun et que je me sens, comme on le voit, un peu obligé de justifier l'aspect erratique et désordonné de la mienne, je tiens à rappeler, me glissant furtivement dans l'ombre d'un maître prestigieux, qu'à peu près quatre siècles plus tôt, Robert Burton, dans l'introduction de sa célèbre *Anatomie de la mélancolie* (publiée une première fois en 1621), revendiquait déjà une démarche assez semblable :

> Bien que ma profession soit la théologie, j'ai toujours été emporté par « le tourbillon de mon génie », pour emprunter à J.C. Scaliger, et, du fait

* Entretien de W.G. Sebald avec Joseph Cuomo, dans *L'Archéologue de la mémoire*, Actes Sud, 2009, p. 94 et 95.

d'un jugement impatient, d'un esprit inconstant et volage, j'ai désiré toucher à tout (car je savais que je ne pouvais avoir plus qu'un talent superficiel dans chaque domaine), à savoir « quelque chose dans tout, mais peu dans un domaine particulier », ce qui est le conseil de Platon, lequel est approuvé par Lipse qui le développe encore davantage, « car il faudrait convaincre tous les esprits curieux qu'il ne faut pas être esclave d'une seule science ou ne traiter qu'un seul sujet comme le font la plupart des gens, mais papillonner un peu partout, garçon aux cent talents, avoir une rame dans toutes les barques, goûter à tous les plats et boire à toutes les coupes », ce qui, nous dit Montaigne, fut pratiqué avec succès par son érudit compatriote Adrian Turnèbe et par Aristote. Cette humeur vagabonde, je l'ai toujours eue (quoique avec moins de succès), et comme un épagneul capricieux qui abandonne sa proie pour aboyer à chaque oiseau qu'il aperçoit, j'ai tout poursuivi à l'exception de ce que j'aurais dû étudier*...

Ce passage me ravit non seulement par la liberté d'esprit qu'il manifeste (surtout venant d'un ecclésiastique du XVIIe siècle), mais encore par l'évocation du papillonnage et — coïncidence tout à fait bienvenue ici — de l'erratique investigation canine déjà mentionnée par Sebald. Il est vrai, à bien y songer, qu'une telle recherche au sein de notre paysage intérieur ressemble à une partie de chasse solitaire où, devancés par le chien fureteur de notre inlassable curiosité, nos pas lèvent depuis

* Robert Burton, *Anatomie de la mélancolie*, « Au lecteur », José Corti, 2000, p. 19, traduit par Bernard Hoepffner et Catherine Goffaux. Tout ce qui apparaît entre guillemets correspond aux citations des auteurs qu'il a cités auparavant.

les taillis, les marécages et les clairières, le gibier des fantasmes et des visions les plus étranges — aussi bigarrés, en somme, que la faune ou la flore. Quand une belle idée prend son vol droit vers le ciel ou qu'un fantasme subtil s'enfuit à ras de terre pour réintégrer les fourrés impénétrables de l'inconscient, c'est alors qu'il faut avoir le réflexe de ne pas manquer sa cible et fixer définitivement la proie de nos songes au sein de notre mémoire. Sinon, adieu lièvres rapides des pensées fortuites, bécasses zigzagantes de l'intuition ! Ils se seront enfuis pour toujours et jamais ne se représenteront à notre regard intérieur. Ils auront eu trop peur ! Car demeurer immobilisés et éventuellement anéantis par l'esprit d'analyse est leur plus grande terreur. Mais nous, bien sûr, prédateurs de la « ratio » insatiable, il nous faut jouer notre rôle imparti : débusquer les visions, les immobiliser par la pensée pour ensuite les examiner et, le cas échéant, les disséquer tout à loisir, dans le fol espoir — tenace en dépit de notre répugnance à procéder à un tel dépeçage — de tirer quelque enseignement de leurs dépouilles inanimées…

(En l'occurrence, mon fusil mental est un petit carnet noir à deux coups : une page pour la notation immédiate, une autre pour le développement ultérieur.)

Malgré tout, les doux rêveurs qui, comme moi, sont rebutés par la chasse véritable et qui, sans doute — du moins s'il faut en croire un adepte intelligent tel que Tourgueniev —, ignorent quel profond jeu de vie et de mort, quel délicieux rapport érotique relie le chasseur à sa proie (que la cruauté de la quête amoureuse laisse parfois entrevoir), objecteront qu'il est possible d'apprivoiser les animaux des songes. Cependant, aussi longtemps que la comparaison demeurera permise et que les êtres surgis des sylves profondes de l'inconscient ressembleront aux bêtes des forêts, chacun continuera de vérifier combien sont méfiantes, versatiles et promptes à la fuite ces créatures des bois et des taillis dont le royaume s'étend derrière nos fronts. Or si les plus rares et souvent les plus fascinantes de ces créatures — trop sauvages, trop fières et légitimement craintives — ne se laissent pas facilement approcher, il est sans doute plus aisé d'entretenir un commerce amical avec celles qui gîtent aux lisières de la conscience, mais nous pouvons aussi mesurer à quelle vitesse ce commerce finit par dénaturer et abâtardir l'altérité qui nous fascinait chez elles.

Les zoos, les universités, les académies en sont la triste preuve.

Cependant, le vrai chasseur de fantasmes, prenant son courage à deux mains et au mépris des terribles révélations qui l'y attendent peut-être, n'hésitera pas à s'enfoncer au plus profond de sa propre sauvagerie intime…

Puisque, dès lors qu'on commence à accumuler les éléments, comme dans le logis du collectionneur évoqué plus haut, ceux-ci paraissent s'assembler d'eux-mêmes comme sous l'effet d'une attirance magnétique, je ne puis éviter de citer ici la splendide profession de foi de Michel Foucault qui représente à elle seule, je crois, l'hymne secret de tous les « scholars » studieux reclus au fond des bibliothèques et fournit également au passage une certaine justification à l'accumulation scrupuleuse, dans le texte qui suit, des notes en bas de page — si peu prisées par les lecteurs pressés mais qui font le délice des « fiévreux paresseux » dans mon genre :

> Que le travail que je vous ai présenté ait eu cette allure à la fois fragmentaire, répétitive et discontinue, cela correspondrait bien à quelque chose qu'on pourrait appeler une « paresse fiévreuse », celle qui affecte caractériellement les amoureux des bibliothèques, des documents, des références, des écritures poussiéreuses, des textes qui ne sont jamais lus, des livres qui, à peine imprimés, sont refermés et dorment sur des rayons dont ils ne sont tirés que quelques siècles plus tard. Tout cela conviendrait bien à l'inertie affairée de ceux qui professent un savoir pour rien, une sorte de savoir somptuaire, une richesse de parvenu dont les signes extérieurs, vous le savez bien, sont disposés en bas des pages. Cela conviendrait à tous ceux qui se sentent solidaires d'une des sociétés secrètes les plus anciennes, les plus caractéristiques aussi de l'Occident, une de ces sociétés secrètes étrangement indestructibles... Je veux parler de la grande, tendre et chaleureuse franc-maçonnerie de l'érudition inutile*.

* J'ai noté ce passage emblématique dans un de mes carnets, sans en prendre la référence. Je compte donc sur la propre « paresse fiévreuse » du lecteur bienveillant pour en retrouver l'indication exacte.

Mystérieuses conjonctions

Nous étions rassemblés devant le columbarium du Père-Lachaise, un peu désemparés par l'absence de cérémonie qui avait accompagné la crémation du corps de notre vieil ami Pierre, le peintre-poète breton, accessoirement maître de Kendo et grand coureur de rochers de bord de mer. Aussi l'un d'entre nous proposa-t-il d'aller boire un verre à sa mémoire dans le premier bistrot venu. La petite dizaine d'amis et parents que nous étions, abasourdie par cette abrupte disparition, commença ainsi à remonter la grande allée menant vers la plus proche sortie du cimetière, chacun évoquant à sa manière la personnalité du disparu — lequel avait représenté pour nous à la fois un grand artiste méconnu et un aventurier déconcertant, toujours prêt, comme il l'était, à s'impliquer corps et âme dans d'étranges péripéties. Il faut préciser ici que Pierre, très versé dans les modes de pensée extrême-orientaux, n'avait jamais cessé d'insister sur le rôle prédominant, pour lui, des liens qui unissaient le psychisme aux phénomènes plus strictement physiques.

Parvenus dans une des rues qui avoisinent le cimetière, nous avisâmes un petit troquet au hasard et entrâmes. Dans cet établissement désert et un peu sombre, nous nous assîmes autour des tables de Formica et commandâmes nos boissons, alcoolisées pour la plupart. Les plus bavards d'entre nous prirent alors l'initiative de contrarier l'hébétude qui paralysait notre petit groupe et, l'alcool aidant, après quelques minutes, les langues commencèrent de se délier. On peut même dire qu'à l'évocation des faits et gestes du mort

— tout particulièrement sa pratique inédite de la course quotidienne parmi les rochers de la côte bretonne où il avait vécu — une certaine gaieté mélancolique s'installa.

Soudain, la fille de Pierre qui me faisait face ouvrit de grands yeux et, la bouche ouverte de surprise, désigna l'immense photo qui tenait lieu de papier peint à la salle du bistrot. Nous nous tournâmes tous vers ce qu'elle désignait ainsi pour découvrir une côte bretonne hérissée de rochers surmontés par un antique calvaire de granit rongé par le vent et le sel.

La fille de notre ami s'exclama alors : « Mais c'est exactement l'endroit où Pierre allait courir, je reconnais le calvaire avec son inscription et la petite cabane là-bas ! »

Nous nous penchâmes alors sur la légende de la photo pour constater qu'il s'agissait bien, à Ploudalmézeau très exactement, de la plage en question.

*

À la vérité, mes premiers contacts avec ce que j'aimerais appeler un *ordre irrationnel cohérent* remontent à l'enfance et, aussi anodins puissent-ils paraître, ils n'en restent pas moins la preuve patente que, dès cet âge précoce, les codes de perception inculqués par mes éducateurs — parents, instituteurs ou prêtres — me paraissaient insuffisants pour rendre compte de l'étrangeté subtile de certains phénomènes.

Je devais avoir dans les dix ans et, bien que déjà induit par ma nature contemplative à une sorte de mysticisme naturel ou disons « sauvage », je dois préciser que je n'aimais, dans la liturgie des messes catholiques auxquelles la volonté maternelle m'obligeait à assister chaque dimanche, que deux choses : la musique et le latin. Or, un jour que, comme à mon inlassable habitude, je renvoyais interminablement la balle à mon taciturne partenaire de mur (sur cet emplacement enfoui dans la végétation du club de tennis où j'avais coutume de m'entraîner — endroit écarté et désert qui, je m'en avise aujourd'hui, me tenait lieu de temple sacré où me recueillir en toute sainte solitude), une balle que j'avais frappée trop fort alla se perdre dans les fourrés bordant l'aire de ciment. J'eus beau fouiller avec ma raquette, me glisser à plat ventre sous les arbustes, essayer de reconstituer plusieurs fois la trajectoire et ses possibles aberrations, je ne pus remettre la main sur cette satanée balle.

Ce n'est point que la disparition d'une seule balle eût représenté une telle perte, mais je ne pouvais me résoudre à ce que les recherches systématiques auxquelles je m'étais livré pussent ne pas aboutir, et de surcroît au sein d'un périmètre certes embroussaillé mais somme toute assez restreint. Aussi m'obstinai-je et passai-je encore une bonne heure à tout inventorier des buissons environnants. En vain. Cet échec, je ne saurais trop dire pourquoi, m'apparut (je m'en souviens avec une curieuse précision) comme une sorte de camouflet adressé à ma jeune personne par les instances célestes. Je m'assis pour réfléchir dans le calme végétal de l'endroit où ne se faisait entendre (là encore ce détail a son importance, je crois…) que le léger clapotis du bras de Seine coulant en contrebas. Soudain, l'idée me vint, comme par jeu mais avec une ferveur qui me fit bondir, d'adresser une supplique au Dieu tout-puissant des messes dominicales, lequel, en raison du symbolisme amphigourique où il semblait se complaire, avait commencé de m'embarrasser sérieusement mais dont je n'osais encore remettre en question l'omnipotence. Je le priai donc silencieusement en moi-même — sans être entièrement dupe toutefois de la futilité d'une telle requête adressée à un personnage aussi considérable — de prouver sa sollicitude à mon égard en me faisant retrouver ma balle. L'instant d'après, comme télécommandé par une impulsion étrangère à ma volonté, je me dirigeai tout droit vers l'un des fourrés que j'avais pourtant déjà exploré et y plongeai la main de façon presque somnambulique pour y sentir la balle se *matérialisant* dans ma paume comme par magie.

Je dois avouer que cet incident m'est resté fiché dans l'esprit comme une expérience décisive de mon existence, et la raison en est sans doute que, déjà réfractaire à l'usage de la *volonté volontariste* que l'on cherchait à nous inculquer à toute force à l'école et au catéchisme (où le dogmatisme des maîtres et la piété affichée des bigots avaient sur moi un effet répulsif), j'éprouvais le besoin de me prouver que les choses pouvaient s'obtenir par des moyens moins austères, moins cérébraux, notamment grâce à la puissance du désir ou par l'intercession d'une relation plus directe avec le monde réel. Ce sentiment était le germe, je crois, d'une disposition à la pensée magique (dont je devais découvrir ultérieurement l'importance dans les cultures dites archaïques) doublée d'une anticipation innée de ce fameux lâcher-prise oriental qui devait tant me servir par la suite dans ma carrière sportive.

Un certain nombre d'années plus tard, longeant la Loire en automobile avec deux amis par un temps de canicule estivale, nous aperçûmes une anse charmante bordée d'un banc de sable invitant à la baignade. Dévalant la pente d'un même élan, nous nous jetâmes à l'eau en hurlant et chahutant comme notre âge nous y incitait encore, plongeant et replongeant dans l'eau verte à température idéale. Après un certain temps de ces ébats aquatiques variés, nous nous apprêtâmes à reprendre notre route. C'est alors que je m'aperçus que je ne pouvais remettre la main sur mes lunettes et que, reconstituant mes faits et gestes, je dus me rendre à l'évidence qu'elles ne pouvaient se trouver qu'au fond de l'eau. Nous nous mîmes donc en demeure de les rechercher durant un bon moment, en plongeant dans l'eau trouble, explorant le fond à tâtons, discutant à chacune de nos remontées de la dérive éventuelle de l'objet, etc. Tout cela sans succès. Aussi, de guerre lasse, nous décidâmes d'abandonner nos recherches.

Or, à cet instant, me revint l'épisode de la balle de tennis de mes dix ans et, sous le regard goguenard de mes deux camarades, je déclarai — sur un ton de bouffonnerie exagérément théâtral — que j'allais procéder au plongeon dit « de la dernière chance ». Je me concentrai alors intensément quelques secondes, puis m'abandonnai sans plus calculer au guidage, non plus de ce Dieu chrétien solennel qui avait empoisonné ma jeunesse et dont je m'étais entre-temps libéré (en partie du moins) grâce à la vitupération nietzschéenne, mais de cette instance supérieure à laquelle j'avais continué de souscrire en moi-même et qu'à défaut d'autre appellation mieux appropriée, je nommais « la Providence ».

Je plongeai.

Comme quinze ans auparavant, à l'instant même où ma main droite toucha le fond boueux du fleuve, les lunettes se matérialisèrent dans ma paume comme si, là encore, je m'étais livré à un tour de prestidigitation inconscient. Je remontai à la surface, brandissant victorieusement ma trouvaille, et eus toutes les peines du monde à persuader mes copains de ne pas avoir voulu leur faire une blague à ma façon.

Invité au château de Canisy, près de Saint-Lô dans le Calvados, pour présenter l'un de mes livres, j'y passai deux jours hanté par la présence fraternelle de Jean Follain*. J'y fis, en outre, une anodine mais étrange expérience notée sur mes carnets à la date du lundi 2 novembre 2009 :

« Peu avant de repartir, la secrétaire me propose aimablement de me faire visiter l'ancienne bibliothèque du château. Nous parcourons un dédale de couloirs froids et humides — dans cette partie de l'édifice qui n'est jamais chauffée, me précise-t-elle — pour rejoindre l'entresol d'une tour carrée d'où nous empruntons un escalier menant à la bibliothèque. Parvenu là, je puis admirer, sagement rangés sur leurs rayonnages, des milliers

* Jean Follain est natif de/et enterré à Canisy ; ce que tout le monde, dans le village, m'a paru ignorer, mais après tout qu'importe, car comme il l'a noté un jour au cours d'une de ses promenades : « Sur chaque face d'un même rocher/dorment les insectes du monde léger. »

d'ouvrages à dos doré plongés dans la demi-pénombre d'une sorte de purgatoire. Je suis pris de mélancolie à la pensée de leur irrémédiable solitude, de leur abandon quasi définitif, dans ce lieu où ils ne sont manifestement conservés qu'à titre ostentatoire.

Je fais le tour de la pièce et m'attarde à contempler la cheminée, auprès de laquelle, lorsqu'un feu y flambait, en automne, il devait être si confortable de s'installer, un livre à la main ; puis je parcours les titres d'une quantité d'ouvrages, la plupart rassemblés en œuvres complètes : les écrits de Thiers, la correspondance complète d'Alexis de Tocqueville (qui fut l'un des pensionnaires du château), des dizaines d'auteurs latins et grecs... Par l'une des étroites fenêtres, je jette un coup d'œil sur le parc et sur l'étang qui miroite au pâle soleil d'octobre. Enfin la secrétaire m'invite à admirer "le clou" de la collection : un atlas géographique datant du XVIe siècle. Je m'approche de l'ouvrage qui est assez volumineux et la secrétaire me propose :

— Il comporte soixante cartes. Voulez-vous en voir une ?

— Volontiers, dis-je.

— J'ouvre au hasard, déclare-t-elle en choisissant un endroit vers le tiers de l'opus et posant ensuite, avec effort, l'ouvrage aux deux pages déployées sur la table de lecture.

Posté comme je le suis au-dessus de ce qui s'offre à mes yeux avec des lunettes à double foyer peu adaptées à une telle distance, je n'embrasse pour l'instant — sur cette large carte confectionnée à la main et semblable à celles aperçues dans les musées — que les splendides couleurs un peu passées de la topologie peinturlurée et de la calligraphie fine et élégante de l'époque, puis, désireux de détailler mon observation, je me penche tout naturellement à la verticale de mon regard. Or, la première inscription que se trouve rencontrer mon regard est très précisément celle-ci :

"Sercelles !"

Je tente alors de déchiffrer les noms des lieux avoisinants et ils sont tous bien là au grand complet. C'est donc bien sur le minuscule village qui se trouve être notre lieu de résidence actuel, que mon œil est tombé en tout premier… et après que la secrétaire, sur une possibilité de soixante, ait ouvert l'énorme livre *au hasard* ! »

Si je raconte ces anecdotes banales, à la limite parfois de l'insipide, c'est que j'ai acquis la conviction, au fil du temps, que cette sorte de *synchronicité* (car c'est ainsi qu'il faut nommer ce type de phénomène, comme on le verra plus tard) ne se produit, du moins pour nous autres Occidentaux dressés — pour ne pas dire formatés — à la stricte rationalité cartésienne, que dans des moments de relâchement de notre dogmatisme, dans des circonstances où, pour tout dire, le faible enjeu ne nous oblige pas à nous cramponner anxieusement à notre logique causale coutumière. Jean Cocteau nous explique dans son livre intitulé *Opium* que ce que nous nommons le « surnaturel » ne peut se manifester à nous qu'à l'occasion de faits anodins, voire quasi insignifiants, dans la mesure où le temps ne nous est point laissé, dans ces circonstances frivoles, de nous caparaçonner mentalement devant le surgissement de l'irrationnel.

*

André, mon père, bien qu'il fût éminemment curieux de tout, n'éprouvait que répugnance pour le côté disons nocturne et lunaire des phénomènes paranormaux. Il revendiquait haut et clair sa qualité rimbaldienne de fils primitif du soleil et citait couramment Saint-John Perse (cet autre fulgurant rimbaldien des classes grandes bourgeoises) : « Je veux tenir clair au vent le plein midi de ma vision. » Cependant, j'ai eu l'occasion de vérifier au cours de ma vie à quel point ce sont précisément ceux qui prétendent échapper aux révélations archétypiques de la synchronie (ingénieurs technicistes crispés, rationalistes intransigeants, mathématiciens confits dans les chiffres, scientistes étroits et tous autres fanatiques de la religion du progrès indéfini) qui en sont — publiquement réticents mais saisis malgré eux par une sorte de surcompensation inconsciente — les meilleurs et les plus fiables des récepteurs, souvent plus honnêtes que ceux qui les recherchent avec passion et le proclament. Mon cher père, fervent lecteur d'Anatole France, grand sceptique devant l'Éternel, mais aussi grand maniaque de l'exactitude et de la précision, ne faisait nullement exception à la règle et bien qu'il ne rapportât ce genre de faits que du bout des lèvres, par souci drastique de vérité et dans une optique, en quelque sorte, de *cabinet de curiosités*, il était plus qu'un autre sujet à ces visitations de l'irrationnel. Son don certain de la narration anecdotique a fait que, moi qui ne suis que très peu sollicité par de telles épiphanies, j'ai vivement conservé en mémoire les quelques histoires confondantes rapportées par lui à ces occasions.

André avait alors six ans. Emmené par sa mère pour visiter une parente qui possédait une ferme dans les Vosges, il se retrouva un soir à s'ennuyer fort au cours d'un dîner de famille campagnard qui avait lieu dans la cuisine du premier étage (là encore le détail compte). Ainsi qu'il en est souvent avec les enfants, à qui latitude est laissée de se lever de table durant un repas qui s'éternise, André s'éclipsa discrètement et, tandis que les adultes se chamaillaient sur un quelconque sujet politique, commença de dériver depuis la grande salle jusqu'au couloir qui menait au vestibule où les vêtements étaient accrochés aux patères. Arrivé là dans un état d'esprit vaguement ensommeillé par l'ennui, quelle ne fut pas sa surprise de voir dans l'ombre de l'entrée une grosse vache lui barrant la route. Effrayé par cette apparition improbable (mon père précisait alors qu'il était bien entendu impossible qu'une vache empruntât l'escalier qui montait de la cour), il réintégra sa place à table sans mot dire, gardant pour lui cette image qu'il laissa aller rejoindre la collection de ses fantasmes enfantins. Cependant, le lendemain matin, il fut éveillé par des cris et une agitation inhabituelle dans la cour de ferme, en contrebas de sa chambre. Se penchant à la fenêtre, il put voir qu'on venait de tirer de l'étable une vache morte.

Lorsqu'il avait dix-sept ans, en vacances dans la maison de ses grands-parents située à la campagne, en Touraine, il était allé, par une chaude journée, faire un somme sous un pommier non loin du chemin de terre qui menait directement du hameau des Bruères au village de La Tour-Saint-

Gelin. Comme cela advient avec les siestes méridiennes, il était plongé dans un sommeil profond. Bientôt, il rêva — comme c'est coutume dans les rêves — qu'il se réveillait, marchait jusqu'au chemin de terre non loin de là et qu'une impressionnante couleuvre d'esculape traversait le chemin de droite à gauche devant lui. C'est la précision presque palpable de la vision qui l'éveilla. Alors, le corps engourdi de sommeil, il se leva et marcha machinalement jusqu'au chemin pour voir immédiatement une couleuvre d'esculape traverser le chemin de droite à gauche.

Du temps où nous habitions une maison donnant sur une vaste prairie en bord de Seine, à Mesnil-le-Roi dans les Yvelines, nous possédions un chien de race setter gordon qui, comme tous ceux de son espèce, était un redoutable chasseur. Mon père adorait faire de grandes randonnées en sa compagnie. Un matin, en s'éveillant, il raconta à ma mère qu'il avait fait un rêve particulièrement frappant, aux images précises. Il se promenait avec Jumbo — c'est ainsi que le chien se nommait — et à un moment donné celui-ci fonçait dans un fourré et en ressortait dans un tourbillon de plumes, tenant dans sa gueule un magnifique hibou qu'il venait d'estourbir. Mon père confia à ma mère que, lorsque le chien eut déposé l'oiseau mort à ses pieds, ce fut la beauté des couleurs du plumage qui l'avait frappé du fond de son rêve et que c'était aussi la raison pour laquelle il avait éprouvé le désir de le lui raconter. Puis mon père partit travailler. Un peu plus tard dans la matinée, ma mère descendit dans le garage situé sous la maison pour donner sa pâtée au chien qui logeait là. Or le chien ne s'élança pas vers ma mère pour l'accueillir avec force démonstrations d'amitié, comme c'était son habitude, mais demeura confiné dans sa niche comme cherchant à dissimuler quelque chose. Intriguée, ma mère s'approcha et, le tirant par son collier, extirpa Jumbo de sa niche. Opération qui fut accompagnée d'une volée de plumes s'éparpillant dans l'espace. Ma mère se pencha alors pour découvrir au fond de la niche un hibou mort que le chien avait manifestement tué durant la nuit.

Ce qui cogne à la vitre

> « La pensée ne commencera vraiment que lorsque nous aurons enfin compris que cette chose tant magnifiée depuis des siècles, la raison, est l'ennemie la plus acharnée de la pensée. »
>
> Martin HEIDEGGER

La philosophie occidentale, principalement la pensée d'obédience kantienne, a toujours tourné autour des problèmes posés par les enchaînements apparemment illogiques dans les phénomènes perceptibles. La pensée chinoise ancienne, qui s'est penchée longuement, elle aussi, sur cette problématique, avait développé quant à elle ce que l'on appelle une *approche synthétique*, où il s'agit de mettre en évidence la juxtaposition récurrente, probablement non hasardeuse, de certains phénomènes dont le rapprochement conscient permet à la fois d'en démêler le sens et d'en prévoir la réapparition. S'il faut en croire les sinologues, le grand livre de la pensée chinoise, le fameux Yi-King ou

Livre des mutations, n'avait fait que repérer et prévoir de façon précise ces apparitions simultanées de phénomènes conjoints et le point difficile, pour nous autres Occidentaux, a toujours été de déterminer la sorte de connaissance que peut nous apporter ce type de coïncidences. En réalité, cette manière de percevoir le monde et même de l'ordonner, étrangère à notre cartésienne logique coutumière, fait référence à une autre forme de rationalité.

Quelques penseurs occidentaux — directement ou indirectement influencés par la révélation des modes de pensée extrême-orientaux — se sont eux aussi penchés sur cette question de la troublante concomitance de certains phénomènes. Goethe tout d'abord, puis Schopenhauer, puis plus tard encore Carl Gustav Jung et son assistante Marie-Louise von Franz, ainsi que quelques mathématiciens et physiciens de renom dont le fameux Wolfgang Pauli, lequel a baptisé cette appréhension simultanée des phénomènes et leur éventuelle apparition séquentielle la synchronicité.

Jung nous raconte dans *Ma vie* sa première rencontre avec l'idée de synchronicité. Alors qu'il recevait une patiente à la « mentalité si cartésienne », à la « vision du monde si géométrique » (selon ses propres termes) qu'il lui était presque impossible de l'amener à une appréhension plus souple des choses, il advint, nous dit-il, la chose suivante :

> Une jeune patiente eut à un moment décisif du traitement un rêve dans lequel elle recevait en cadeau un scarabée doré. Pendant qu'elle me

racontait le rêve, j'étais assis dos à la fenêtre fermée. Tout à coup, j'entendis derrière moi un bruit, comme si l'on frappait légèrement à la fenêtre. Je me retournai et vis qu'un insecte, en volant, heurtait la fenêtre à l'extérieur. J'ouvris la fenêtre et capturai l'insecte au vol. Il offrait la plus étroite analogie que l'on puisse trouver sous nos latitudes avec le scarabée doré. C'était un hanneton scarabéide, *Cetonia aurata*, « le hanneton commun des rosiers », qui s'était manifestement entêté, contre toutes ses habitudes, à pénétrer dans une pièce obscure juste à ce moment. Je dois dire qu'un tel cas ne s'est jamais produit pour moi, ni avant ni après, de même que le rêve de ma patiente est demeuré unique dans mon expérience.

Jung s'avança alors vers sa patiente, ouvrit la main et lui dit : « Eh bien ! Le voilà votre scarabée ! » À partir de cet événement, poursuit-il, celle-ci s'ouvrit à une nouvelle interprétation du monde. Et il conclut en indiquant que c'est ce simple scarabée qui « avait perforé son rationalisme et brisé la glace de sa résistance intellectuelle ».

Pour Jung, les caractéristiques de notre inconscient individuel reposent sur des fondements archétypiques qui sont les grands symboles mythiques des civilisations auxquelles nous appartenons. Ce vaste réservoir de symboles majeurs qui gouvernent nos existences en profondeur et plus ou moins à notre insu, il le nomme « inconscient collectif ». Or certains événements — survenant de façon opportune, la plupart du temps dans des moments de crise — seraient révélateurs des arcanes secrets qui mènent nos vies. Libre à nous ensuite d'en interpréter la coïncidence et d'en tirer une conduite adaptée aux circonstances.

> Une synchronicité apparaît, nous dit-il, lorsque notre psychisme se focalise sur une image archétypale dans l'univers extérieur, lequel comme un miroir nous renvoie une sorte de reflet de nos soucis sous la forme d'un événement marqué de symboles afin que nous puissions les utiliser. Nous nous trouvons face à « un hasard » signifiant et créateur.

Dans l'exemple dit du « rêve du scarabée d'or », l'apparition du coléoptère réel permet à la patiente, par l'intermédiaire du thérapeute, d'établir un rapport avec l'archétype du scarabée présent depuis des millénaires dans notre inconscient collectif, puisque, on le sait, dans nombre de civilisations antérieures — dont nos mythes actuels sont peu ou prou issus — le scarabée est un symbole de la renaissance de l'âme, tout particulièrement à travers la figure du dieu Khépri dans l'Égypte des pharaons.

Cependant, l'essentiel, bien entendu, ne consiste pas dans le phénomène relativement anecdotique lui-même mais dans l'importance que nous lui attribuons en le reliant à notre état d'âme du moment. Le travail symbolique a lieu au cœur de notre psychisme et démontre accessoirement la prédominance de notre intentionnalité inconsciente dans notre perception des événements. Car il va de soi que le surgissement de tels « messages » venus des réservoirs de l'inconscient collectif ancestral ne saurait être appréhendé sans une certaine qualité d'attention — laquelle est généralement suscitée par des émotions fortes ayant placé notre psychisme en un état de réceptivité particulier, ou bien, comme je l'ai déjà indiqué, à l'occasion de choses tout à fait anodines. Bref, dans des moments de relâchement de notre habituelle organisation rationalisante.

Ici encore, les animaux s'offrent comme intercesseurs avec la partie confusément significative et « immergée » de nous-mêmes.

Un peu moins de deux heures après que mon père eut rendu l'âme, et alors qu'exténué par la nuit de semi-veille que je venais de passer dans l'attente de cet événement décisif de ma mythologie personnelle, hébété, anéanti par le décret immuable de la Providence, je buvais un café dans la petite cuisine de l'appartement de mes parents — lieu central de ma formation enfantine puisque, chaque soir après dîner, mon père et moi y discutions littérature ou y écoutions un concert radiophonique —, un pigeon vint frapper à petits coups insistants au carreau de la fenêtre. Lorsque j'entrouvris la croisée, il alla se percher dans l'arbre d'en face, pour y demeurer à me fixer, de profil, pendant un long moment. Ma mère, avertie de l'incident, me confirma qu'il s'agissait bien de l'une des colombes qui gîtaient dans le tilleul du jardin depuis un certain temps, mais qu'aucune d'entre elles ne s'était jamais manifestée de la sorte. Ce n'est qu'aujourd'hui, près de quinze plus tard, que le sens de cette sollicitude animale commence de faire brèche dans mon esprit. Cependant, bien que le sens global m'en apparaisse assez clair, je ne saurais l'exprimer de façon cohérente. Je sens obscurément, d'ailleurs, que le tenter reviendrait à en pulvériser la teneur — à l'instar de ces songes qui peuvent orienter nos vies à la condition de ne pas chercher à les tirer au clair.

J'ai noté depuis que le poète Joseph Brodsky, contraint de s'exiler d'URSS en Amérique et qui ne put jamais revoir ses parents, relate dans ses Mémoires qu'à chacun des deux jours qui correspondirent aux décès respectifs de ceux-ci (qu'il apprit bien plus tard), l'une des corneilles qui nichaient dans l'arbre d'en face vint cogner au carreau.

Difficile ici, et puisqu'il en sera fortement question à la fin de ce texte, de ne pas songer à ce passage de *L'Amour fou* d'André Breton. En effet, à propos des phrases de l'un de ses propres poèmes inachevés qui ne cessent de revenir le hanter, il écrit, page 79 :

> ... je ne vois guère pourtant le moyen de parler des citations involontaires, haletantes, que je m'en faisais tout à coup, autrement que de ces phrases du pré-sommeil dont j'ai été amené à dire en 1924, dans *Le Manifeste du surréalisme*, qu'elles « cognaient à la vitre ». Ces citations, il faut bien convenir, y cognaient encore, elles, très faiblement et il me fallut, l'après-midi du même jour, sortir et errer seul, pour constater qu'un besoin remarquable de cohésion s'était très tôt emparé d'elles, qu'elles ne me feraient pas grâce tant qu'elles n'auraient pas été restituées au tout, organique ou non, auquel elles appartenaient.

Ces oiseaux qui cognent à la vitre ne sont-ils pas, eux aussi, poussés à le faire par un besoin de cohésion qui les relie soudain plus fortement à nous à travers la brèche de notre désarroi ?

Le jour même où ses anciens amis, sa famille et moi étions réunis dans le grand salon de la maison de campagne pour la collation d'après funérailles de notre amie Laurence, disparue en quelques mois d'un cancer foudroyant, il se trouva que je dus aller remiser un sac-poubelle déjà plein sous le porche d'entrée du jardin. J'eus la surprise d'y trouver, assis sur son arrière-train, me fixant de ses yeux humides, un grand chien étrangement calme que je n'avais jamais aperçu aux abords de cette maison. Interloqué, j'allai chercher François, son mari, qui me confirma n'avoir jamais vu ce chien dans le village. Je ne fis, sur l'instant, que noter le mini-événement et retournai me joindre aux autres. Or, près de deux heures plus tard, lorsque je décidai de repartir, m'avançant seul sous le porche, je pus constater que l'animal n'avait pas bougé d'un pouce et continuait de me fixer de son regard étonnamment insistant.

Lorsque je convoque aujourd'hui le souvenir de cette étrange expression animale, il me semble confusément en saisir la signification : une sorte de commisération attendrie sur le sort universel de toute existence.

L'écrivain P. R., qui est l'une de nos voisines et amie en Bourgogne, mariée et vivant jusqu'il y a quelques mois avec un autre écrivain, C. D., disparu récemment après l'échec d'une transplantation cardiaque, m'a raconté l'histoire suivante : un soir de ce dernier été, seule dans sa chambre à la campagne, elle fut soudain prise d'une crise de cafard et ouvrit un livre de C. pour « se rapprocher de lui en pensée ». Lorsque, après un petit moment, elle releva les yeux de son livre, elle vit qu'un papillon, tel qu'elle n'en avait jamais aperçu auparavant dans les parages, était venu se poser sur le drap à la hauteur de sa jambe. Il resta là tout le temps de sa lecture et, en quelque sorte apaisée par sa présence, elle finit par s'endormir. À son réveil, le papillon avait disparu. Elle décida alors d'écrire une nouvelle sur cette étrange survenance…

Nous étions tous réunis, gênés et embarrassés, devant la petite case du columbarium où devait aller se loger l'urne contenant les cendres de celui qui venait de nous quitter prématurément et, avant de l'y placer, l'un de nous tentait maladroitement d'évoquer la figure de celui qui avait été notre ami : marginal un peu rebelle, taiseux, grand ami des animaux, poète sauvage et fidèle amoureux de la nature — au sein de laquelle, perpétuellement en proie à sa profonde mélancolie, il avait tenté de survivre en solitaire dans une cabane vétuste de sa confection. Les paroles de convention sonnaient faux et, plus que l'émotion, flottait dans l'espace une sorte de maussaderie collective sans doute due au sentiment que la cérémonie informelle n'était pas à la hauteur de ce qu'elle aurait dû être. Soudain pourtant, un criquet vert, sans doute venu de la campagne toute proche, se posa avec légèreté sur l'épaule gauche de l'orateur, y restant une bonne minute, pour aller ensuite se poser successivement sur chacune des épaules des quatre autres personnes qui l'entouraient, formant l'ancienne petite bande d'inséparables du temps de l'adolescence du défunt, au lycée (avant que son incoercible misanthropie ne l'ait soustrait à notre amitié). L'insecte, aussi beau et rutilant dans le soleil de l'après-midi qu'un bijou offert par la nature, demeura ainsi assez longuement sur chacun de nous, puis s'envola subitement et disparut dans les branches d'un des robiniers de l'allée. Je ne fus pas le seul à prendre garde à cette minuscule apparition. Mon voisin, lorsque l'insecte vint faire halte sur lui, juste après moi, me jeta un bref coup d'œil accompagné d'un sourire complice. Peut-être fus-je le seul, en revanche, à me souvenir de ce haïku japonais ancien (et anonyme) :

Quand je serai mort
sois la gardienne de mon tombeau
sauterelle

J'ai évoqué, au début de cette promenade tournoyante parmi les signes, le passage intermittent des martins-pêcheurs sur la rivière. En réalité, l'événement est suffisamment rare pour être soigneusement noté. Une chose demeure intrigante toutefois : le fait qu'ils apparaissent (seul ou en couple, c'est selon) presque à chaque fois que je me retrouve près du ponton en proie à des idées noires. Sans pouvoir déterminer avec précision la signification de cette apparition fugace, je l'éprouve à la façon d'un discret soutien, d'une sorte d'encouragement à persévérer dans mon être… comme si ces splendides oiseaux en voie de disparition me montraient qu'il subsiste une sorte de gloire à survivre quelque temps encore à la surface de cette planète dévastée et que, pour ce faire, il suffit peut-être, tout en s'efforçant d'oublier le reste, de se concentrer sur son microcosme imparti : ce bout de rivière, par exemple, demeuré miraculeusement indemne de l'aberration collective. Oui, je vais me répétant, lorsque j'aperçois de nouveau ces furtifs *oiseaux rares*, que leur passage doit être interprété comme un auspice favorable.

Ai-je rêvé ceci ou non ? Je l'ai pourtant noté dans mes carnets l'été dernier. Alors que j'étais assis au bord de la rivière, sous les arbres, en compagnie d'une vague connaissance, un progressiste qui m'avait exprimé sa foi indéfectible dans les bienfaits de la civilisation industrielle « libéralisée », et que j'avais tenté d'exposer en retour mes nombreux griefs personnels à l'encontre d'icelle et qu'en outre, comme à mon habitude, je m'étais lancé dans une longue et véhémente diatribe contre l'esprit rationnel et planificateur… désespérant malgré tout, je m'en souviens, de jamais parvenir à percer, ne serait-ce que d'un trou d'aiguille, la formidable muraille conformiste qui m'était opposée… puis que, par lassitude et défaitisme, j'avais commencé de m'emberlificoter puis de grossir et radicaliser mon argumentation, bref de légèrement délirer… soudain, au moment précis où je voyais se profiler en moi le spectre du découragement complet, l'un des martins-pêcheurs a surgi dans le dos de mon interlocuteur, rasant comme à son habitude le courant de la rivière à la vitesse d'un fantasme, me laissant entrevoir dans un Ah ! d'extase jubilatoire le bleu à la Fra Angelico de son plumage dorsal, pour aller s'engouffrer plus loin en amont dans le tunnel de verdure de la rivière. Et ce fut comme si la rivière, le vent et la lumière glissant à travers les branches et les lents nuages eux-mêmes m'avaient envoyé ce rapide, improbable, émissaire de paradis pour me soutenir dans ma lutte d'arrière-garde. Je lançai, en manière de plaisanterie :

— Ah ! le martin-pêcheur vient de m'approuver !

Mon interlocuteur m'avoua alors avec un sourire un peu décontenancé (que venait faire, en effet, une telle exclamation dans une controverse d'ordre économique ?) qu'il n'avait jamais eu le privilège, pour sa part, d'apercevoir un martin-pêcheur de toute sa vie et que là encore, sapristi, il avait eu le dos tourné !

On m'a raconté dernièrement que la vie de L., un vieil ami, très cher, hélas perdu de vue depuis des années et dont la misanthropie semble avoir évolué vers une sorte de solitude de plus en plus cérébrale (il est devenu un professeur de linguistique renommé), avait été littéralement transcendée par la survenue providentielle d'un animal. Alors que de son propre aveu il était en proie à des pensées lugubres, roulant en automobile sur une petite route de campagne battue par une pluie torrentielle (c'est ainsi du moins que l'histoire m'a été racontée), il avisa soudain, en train de trottiner au beau milieu de la chaussée, un chien trempé et visiblement égaré. Stoppant net l'automobile, il se pencha pour ouvrir la portière de droite et l'animal, sans se faire aucunement prier, sauta à l'intérieur, puis s'installa sur le siège avant droit comme si c'eût été sa place désignée de toute éternité. À partir de cet instant, le chien se serait impatronisé dans la vie de L. au point qu'il n'est pas même imaginable désormais (toujours selon le narrateur qui a recueilli cette histoire) qu'il puisse s'absenter plus d'une heure sans l'emmener avec lui. L. semblerait avoir ainsi trouvé une raison impérative de poursuivre son petit bonhomme de chemin sur cette planète difficile. Il est bien évident, si j'y songe, que cette histoire m'émeut à la fois parce que j'y projette ma propre amitié perdue avec L., mais aussi parce que l'image du chien trempé sous la pluie, puis sautant dans l'abri de la cabine automobile comme dans un refuge familier, représente une séquence éminemment cinématographique et empreinte d'un certain pathos auquel je ne saurais rester insensible. Mais Jung a parfaitement circonscrit la part essentielle de la projection dans le surgissement des simultanéités — et de toute évidence celle-ci est à triple détente... à la fois pour L., pour le chien prodigue et pour moi.

Dans une nouvelle d'Ernst Jünger, un adolescent, rejeton d'une famille de chasseurs, rêve d'utiliser le superbe fusil que l'on vient de lui offrir, lequel lui procure un sentiment de toute-puissance au cours de ses promenades en forêt. Un certain jour, intégré à une partie de chasse au sanglier, il se retrouve seul à l'affût dans une clairière. L'après-midi se passe sans qu'aucune bête ne se montre à aucun des emplacements du bois où les autres chasseurs sont postés en attente. Pourtant, en début de soirée, au moment même où, de guerre lasse, le garçon *commence à laisser ses pensées divaguer*, un sanglier surgit sous la futaie, à quelques mètres de lui. Saisi d'un ébahissement admiratif devant la puissante beauté de l'animal sauvage, il lui est impossible de tirer et il contemple longuement la bête jusqu'à ce qu'elle décide de vaquer ailleurs. Ensuite, il n'en souffle mot à ses camarades, mais il est dit dans le texte qu'à partir de cet incident, l'image de l'animal ne cessera de hanter l'adolescent, remplaçant à tout jamais dans son imaginaire le rêve de puissance du fusil.

Il m'est apparu que cette nouvelle présentait une parfaite allégorie des deux archétypes contradictoires qui ont toujours dominé la culture germanique : l'âme des profondes forêts sauvages et le désir de puissance technique qui tend à l'éradiquer.

La vertu magique de la rencontre

Mes premiers contacts avec l'irrationnel ne furent pas, dans l'enfance et à l'adolescence, uniquement hasardeux. Il y eut les entrevues avec mon oncle Hugues, le médium. Hugues, père de mes quatre cousines, lui-même fils d'une très célèbre médium de Lyon, avait hérité des dons spéciaux de sa mère. Cependant, à vrai dire, ces dispositions innées paraissaient l'embarrasser plus qu'autre chose et il n'en faisait usage qu'à l'occasion et seulement pour marquer son désaccord avec les opinions cartésiennes trop affirmées, ou bien, comme ce fut le cas pour moi, dans le but de désigner, au jeune garçon qu'était son neveu, l'éventuelle existence d'un ordre étranger à celui que lesdites humanités prétendaient nous présenter comme seul possible.

Une fois que j'étais venu le visiter et qu'un silence pesant s'était installé (car si un courant de sympathie passait manifestement entre nous, Hugues était aussi un homme d'une extrême timidité dont la conversation n'était pas le point fort), il me convia tout à trac à le suivre dans le jardin pour, comme il le formula, me « montrer quelque chose ». Nous sortîmes et nous dirigeâmes vers le mur mitoyen du jardin voisin. Là, au pied d'un marronnier en fleur où se tenait le monticule de terre rougeâtre d'une fourmilière — dont émergeaient de longues colonnes d'ouvrières affairées —, mon oncle m'enjoignit de bien observer ce qui allait se passer. D'ici quelques instants, me dit-il, les fourmis de la colonne de gauche allaient abandonner leur chemin habituel et se détourner sur la droite. Il se posta alors au-dessus de la fourmilière et, sans dire un mot, fixa intensément la colonne. Au bout de cinq à six minutes, les fourmis se détournèrent effectivement dans la direction indiquée par Hugues.

— Tu as vu ? me demanda-t-il.

— Oui, répondis-je, mais comment fais-tu ?

— Ça c'est très simple, me dit-il, c'est le b.a.-ba du médium. Mais il n'y a rien à expliquer. C'est comme ça, c'est tout ! Et ça ne sert pas à grand-chose, car, pour des choses plus importantes, ça ne marche pas. Enfin, c'était juste pour te montrer que ça pouvait exister.

En réalité, sachant fort bien à quel point mon père demeurait *officiellement* — comme je l'ai déjà précisé — réfractaire à ce type de manifestations magiques, Hugues ne poussa jamais bien loin les démonstrations de ses talents. L'une de mes cousines m'apprit par la suite que, de toutes les manières, il n'avait jamais été persuadé, à l'époque, de l'opportunité de posséder de tels pouvoirs, étant donné qu'il n'entrevoyait nullement comment les utiliser au sein d'un monde si hostile, voire gendarmé contre de telles perspectives.

À la mort de ma tante, sa femme, il y eut pourtant un épisode demeuré célèbre dans la famille, car il s'enferma deux jours durant avec le cadavre embaumé tandis que mes cousines vinrent se réfugier chez nous, effrayées par un certain dialogue émanant de la pièce : une voix féminine haut perchée alternant avec la voix de leur père. En entendant cela, mon père secoua la tête d'un air hautement réprobateur et je n'osai pas faire préciser les tenants et aboutissants de tous ces mystères.

À peu près vingt-cinq ans plus tard, je rendis une visite à Hugues dans son petit appartement sombre du Mesnil-le-Roi. Devenu un vieil homme sec et très digne, il paraissait s'efforcer de contenir la tension qui émanait de sa personne. Cette électricité le rendait presque incandescent. Nous nous assîmes dans son salon devant un thé et quelques biscuits et, pour la première fois, il entama le sujet des forces occultes dont, contrairement à son attitude de jeunesse, il tenait expressément à démontrer l'existence. Il se lança dans une vaste diatribe contre le scepticisme scientifique en la matière, m'expliquant par le menu pourquoi les prétendus contrôles à base d'instruments technologiques réfractaires aux ondes psychiques, ainsi que de calculs et de statistiques, n'avaient aucune chance de jamais aboutir, les phénomènes paranormaux relevant d'un univers fondé sur des lois participant d'une tout autre logique. Tandis qu'il s'échauffait ainsi, accumulant les arguments, sa voix montant de degré en degré vers la sourde tonalité d'une fureur à peine contenue, des craquements de plus en plus accusés commencèrent à provenir de la grosse armoire qui se trouvait à quelques mètres de lui dans la pièce. Il semblait ne pas les remarquer et poursuivait sa harangue avec une ardeur croissante, les craquements allant parallèlement crescendo jusqu'à une puissance étonnante dont j'avais peine à croire qu'il ne les entendît point ou qu'il n'en fît aucun cas.

Je commençai presque à craindre qu'il ne fût victime d'une attaque cérébrale, et il me sembla prudent d'essayer de le calmer, à la fois en acquiesçant avec ardeur à ses propos et en détournant progressivement la conversation vers des sujets apparentés, mais moins cruciaux pour lui. Ce en quoi je réussis pleinement, ne manquant de constater, toutefois, qu'à mesure qu'il se calmait et revenait à un débit oral moins véhément, les craquements diminuaient en même temps d'intensité.

Quelque temps plus tard, je lus le récit de la fameuse entrevue qui eut lieu le 25 mars 1909 entre Freud et Jung au domicile de ce dernier et où fut évoqué l'intérêt des phénomènes parapsychologiques en psychanalyse. Freud se montra sceptique quant à l'opportunité de poursuivre de telles recherches, n'y voyant aucun matériau probant à exploiter. Des craquements se produisirent alors dans la bibliothèque et Jung, nullement surpris, avertit Freud que la chose irait en s'amplifiant. Ce qui se produisit effectivement, selon le témoignage de Jung. Freud en fut fort effrayé et ne cessa, depuis lors, de nourrir une profonde méfiance envers son collègue suisse.

Il me parut amusant de noter le parallélisme des deux expériences. Quant à décider s'il s'agissait là d'un phénomène de magnétisme (ne pourrions-nous imprégner durablement de notre électricité corporelle nos objets les plus usuels ?) ou bien de synchronicité, la réponse semble d'autant plus malaisée que ces deux notions demeurent encore mal définies dans nos esprits.

Ce jour-là, quelle ne fut pas ma surprise de voir mon père venir me chercher à l'école communale à l'heure de midi pour m'emmener pique-niquer dans l'appartement neuf et vide que l'on venait juste de nous allouer, dans la nouvelle cité HLM du Mesnil-le-Roi. Il avait acheté du pain, des tomates, du fromage, du jambon, s'était muni de son couteau de poche et de deux pliants que nous installâmes dans la salle à manger déserte — qui sentait encore la peinture fraîche. Nous mangeâmes de bon appétit et je pus voir que mon père, qui se montrait particulièrement heureux de cet emménagement, avait tenu à me faire partager son bonheur en organisant cette cérémonie inaugurale impromptue. Or mon père, qui avait toujours eu du goût pour ces petites mécaniques portatives, afin de solenniser l'instant de façon plus ou moins comique, avait camouflé dans sa poche une boîte à musique qu'il déclencha subrepticement pour m'épater au moment du dessert : l'un des flans délicieux de la boulangerie locale dont je raffolais. Je revois encore le sourire ravi de mon père devant ma surprise et mon émerveillement enfantin. J'avais huit ans et je ne me doutais nullement, bien entendu, que quarante-trois ans plus tard, j'assisterai à son agonie à quelques mètres de là, dans la chambre attenante à la salle à manger.

Mais ce que je veux raconter est la chose suivante : à la mort de ma mère il y a cinq ans — dix ans après celle de mon père — je dus entièrement débarrasser l'appartement où mes parents avaient longtemps vécu, ce qui n'était pas une mince affaire vu le capharnaüm entreposé au long des années. Je fis donc appel à un brocanteur spécialisé dans ce genre d'opérations, lequel vint à la fois racheter, emporter ou détruire ce dont je voulais me séparer. Nous passâmes trois jours à tout inventorier, empaquetant de nombreux objets, effectuant d'incessants allers-retours jusqu'à la décharge municipale, et cela jusqu'à ce qu'il ne restât plus qu'un seul sac-poubelle où nous avions vaguement entassé pêle-mêle divers objets indistincts. Tout était liquidé, et l'appartement se retrouvait aussi vide que ce fameux jour inaugural de mes huit ans. Or, au moment même où nous nous apprêtions à quitter les lieux (je sais que l'on aura du mal à me croire et c'est pourtant la stricte vérité) et où je revoyais mentalement la scène de notre premier emménagement, la musiquette du zinzin apporté par mon père ce jour-là résonna dans l'appartement désert. Le brocanteur me regarda, interloqué, et nous nous tournâmes de tous côtés, essayant de repérer d'où pouvait provenir ce son aigrelet, pour finir par découvrir qu'il provenait de l'intérieur de ce dernier sac qu'il venait de charger prestement sur son dos, déclenchant ainsi la simplette ritournelle de la boîte à musique que nous avions déposée là sans y prêter attention.

Avec mon père les phénomènes de ce genre se multipliaient. Il me raconta un jour que, l'après-midi où j'étais né, se promenant en forêt (ce n'était pas encore la mode d'assister aux accouchements) et très excité par l'imminence de cette naissance, il dut constater à un moment donné, la consultant sans cesse, que sa montre s'était arrêtée net à cinq heures et quart ; ce qui devait s'avérer l'heure exacte de ma naissance.

Durant sa jeunesse, mon père habita avec sa mère un appartement, dans Paris, où trônait une antique horloge à balancier dont le carillon résonnait toutes les heures avec une puissance particulière, laquelle, par la suite, lorsque jeune garçon j'allais dormir à mon tour chez ma grand-mère, ne laissait pas de m'impressionner en m'éveillant plusieurs fois par nuit, comme pour me faire mieux sentir le poids sépulcral du silence nocturne. À maintes reprises, mon père évoqua ce carillon avec une sorte de moquerie teintée de vénération. À la mort de ma grand-mère Madeleine, j'héritai de cette imposante horloge que nous installâmes dans la petite salle à manger de notre appartement parisien auquel elle conférait ainsi un certain charme désuet. Cependant, et par bonheur, il y avait belle lurette que l'horloge avait cessé de fonctionner et que nous n'avions donc plus rien à craindre de ce carillon Westminster marquant avec une solennité appuyée le passage d'une heure à l'autre.

Entre-temps, mon père, comme tant de vieillards d'aujourd'hui, avait été rattrapé par la maladie d'Alzheimer et menait une vie hébétée et végétative sous la surveillance dévouée de ma mère, laquelle, dans les derniers temps, n'eut plus la force d'assurer seule les fonctions d'infirmière et dut faire appel au service d'un assistant social qui venait chaque jour pour faire la toilette de mon père et l'emmener sur le siège — opération qui nécessitait une certaine vigueur physique. Or ma mère s'était plainte plusieurs fois auprès de moi de la maladresse un peu brutale de ce garçon.

Un certain matin d'avril 1997, j'étais à prendre mon petit déjeuner dans notre salle à manger, précisément à quelques pas de ladite horloge, lorsque le carillon — ce qui ne s'était jamais produit depuis quinze ans que nous le possédions — se déclencha d'un seul coup, résonnant avec cette puissance et cette solennité remontées depuis l'enfance. J'en fus tout à fait médusé, mais j'eus beau échafauder diverses hypothèses, je ne pus parvenir à une explication satisfaisante. Cependant, par une sorte de réflexe, j'avais consulté ma montre et pu constater qu'il était exactement onze heures. En tout début d'après-midi, je reçus un coup de téléphone de ma mère qui m'annonça que mon père avait été transporté à l'hôpital car, sur le coup de onze heures, l'infirmier, en voulant relever mon père du siège des toilettes, l'avait un peu brusqué et il était alors tombé, se fracturant le col du fémur.

Cette fracture, comme c'est souvent le cas avec les vieillards, marqua l'entrée en agonie de mon père qui mourut quinze jours plus tard.

*

Il y a de cela un an, mon vieil ami François vint m'aider à planter une nouvelle croix en bois — qu'il avait lui-même fabriquée — sur la tombe de mes parents où, je le précise (toujours les détails annexes à ne pas mésestimer, même si l'on n'en perçoit pas le sens immédiat), je n'ai pas fait installer de pierre tombale. Nous creusâmes un trou peu profond, je plaçai quelques grosses pierres au milieu desquelles nous calâmes le pied de la croix, puis nous recouvrîmes le tout de terre et je plantai encore deux aucubas vantés peu auparavant pour leur ténacité par le vendeur. Enfin, pour parachever cette rapide cérémonie, nous nous recueillîmes quelques instants au-dessus de la sépulture. Je tentai alors d'imaginer le sourire ironique de mon père au spectacle d'une telle scène, lui qui ne souscrivait en rien aux croyances chrétiennes, et il me sembla même entendre les paroles dont ce sourire n'eut pas manqué d'être accompagné au cas où il serait jamais donné aux morts de se dédoubler quelques instants : « Si ça peut faire plaisir à ta mère… »

Nous sommes ensuite sortis du cimetière dans ladite « rue du Repos » et ce fut à ce moment que se produisit l'un de ces rapides enchaînements extravagants dont je tente de circonscrire ici la valeur. Un homme à l'allure guindée, marchant comme un automate (on eut dit plus précisément un acteur mimant la démarche d'un mort-vivant dans un mauvais film d'épouvante), nous dépassa dans la rue étroite, sans nous prêter la moindre attention, comme si nous n'avions été que des ombres inconsistantes. Le haut de son visage était dissimulé par une sorte de capuche de pénitent mais on pouvait entrevoir ses lèvres marmonnant quelque incantation… Il était suivi d'une femme à lunettes, juchée sur un vélo et tenant par la bride un cheval qui trottinait à petite allure à ses côtés, l'animal paraissant prendre un extrême plaisir à escorter ainsi sa maîtresse en dansant une sorte de fox-trot très élégant sur le macadam ; la femme souriait pour elle-même, visiblement enchantée de cette parfaite adéquation rythmique avec l'animal. Nous contemplions, un peu ébahis, cet étrange cortège (sans être en mesure de décider si le premier personnage était accompagné ou hasardeusement suivi par les deux autres) lorsque se présenta en sens inverse le camion à ordures conduit et desservi par trois grands Africains (le chauffeur et les deux manutentionnaires, tous trois très beaux et très avenants) qui, stoppant le véhicule pour ne pas effrayer le cheval, semblèrent s'effacer pieusement devant le cortège, le regardant passer dans un silence respectueux — tout à fait, pensai-je, comme s'il se fût agi de trois divinités vernaculaires. Une fois passés les trois personnages insolites, le chauffeur redémarra le camion puis l'arrêta à notre hauteur afin de permettre aux deux autres de ramasser une poubelle pleine des débris végétaux du cimetière. Or l'un d'eux, roulant les r, nous lança : « Ce sont des êtrrres qu'il ne faaaut pas néé-gliger ! », éclatant alors d'un rire typiquement africain qui ne nous permit pas de savoir si le gaillard plaisantait ou non. Le camion redémarra en trombe et disparut au coin de la rue. Ce bref enchaînement avait duré tout au plus trois minutes et tandis que nous nous regardions l'un l'autre avec incrédulité, je songeai que c'était exactement le genre d'anecdotes minimalistes dont mon père raffolait et qu'il notait sur un carnet bleu, me les lisant par la suite, telles quelles, sans rien ajouter (du moins la plupart du temps), estimant que leur valeur poétique était le seul commentaire possible.

Un certain dimanche matin de mes quatorze ans, durant le petit déjeuner et peu avant que nous ne nous mettions en route pour notre journée de tennis, mon père me parla pour la première fois de Blaise Cendrars. Après m'avoir brossé un rapide portrait du personnage, qu'il me dit avoir souvent aperçu, étant enfant, dans la rue de Savoie (où l'écrivain avait son logis et où les grands-parents de mon père tenaient un hôtel), il me confia avoir été fort impressionné par les quelques rencontres avec ce manchot qui portait constamment un perroquet vert sur l'épaule et était presque toujours accompagné d'individus plus ou moins inclassables, des gitans la plupart du temps. Il émanait de sa personne et de ses accoutrements excentriques, selon mon père, une sorte de grand style existentiel, et il n'avait su que bien plus tard, une fois qu'il eut connu une certaine renommée littéraire, la véritable identité de ce singulier dandy. Ayant ainsi décrit le personnage, il tenta de définir le type de livres qu'il avait écrits. On n'aurait su dire, me dit-il, s'ils relevaient du roman d'aventures, de la poésie ou de la méditation philosophique, tous parfaitement résumés par la phrase d'Henry Miller qu'il cita de mémoire : « Une masse poétique étincelante dédiée à l'archipel de l'insomnie. » Puis mon père me déclara que, vu mon tempérament, je ne manquerais sans doute pas, une fois que je l'aurais un peu lu, d'en faire un petit dieu de mon panthéon littéraire. D'ailleurs, pour mieux me convaincre, il n'avait qu'à me préciser que Freddy Sauser avait choisi le pseudonyme de Cendrars pour la raison qu'écrire s'apparentait, selon lui, à une sorte de consomption lyrique intérieure… laquelle finissait par nous rendre — passé le plus haut point d'incandescence — « aussi fragile qu'une *cendre* de cigarette dans le vent ».

Mon père ajouta alors, avant que nous ne saisissions nos raquettes pour aller dompter les nombreux faux rebonds, eux aussi probablement « insolites », des courts nouvellement refaits, qu'il me gratifierait d'un seul exemple tiré de l'œuvre de Cendrars : au cours de l'un de ses voyages dans la forêt vierge brésilienne, celui-ci nous raconte que, se retrouvant au bord d'un large fleuve à attendre l'arrivée du bac qui s'efforce de traverser le courant, il voit arriver, solidement arrimée sur un radeau de planches, une belle automobile décapotable à bord de laquelle se prélassent trois personnages vêtus de costumes blancs impeccables et arborant tous *un même cocard sur l'œil droit* !

À cinquante ans de distance, il m'est d'autant plus difficile de décider si ce fut mon père qui inventa involontairement ce détail ou bien moi par la suite, en me re-racontant cette anecdote des dizaines de fois au long des années, car je n'ai jamais pu retrouver ce passage nulle part dans l'œuvre de celui qui allait devenir, selon la prophétie paternelle, l'un de mes écrivains de prédilection. Mais après tout, cette conjonction, telle qu'elle s'est cristallisée dans ma mémoire, ne témoigne-t-elle pas, une fois de plus et quelle que soit son authenticité, de « la vertu magique de la rencontre », chère à André Breton ?

Les plus vieux compagnons de nos rêves

> « L'erreur est humaine, c'est-à-dire dans la mesure où les animaux rarement ou jamais ne se trompent, au moins les plus intelligents d'entre eux. »
>
> Georg Christoph LICHTENBERG

Il n'est pas nécessaire d'être doté d'un sens de l'observation hors du commun pour remarquer que dans les quelques histoires racontées jusqu'ici, il a beaucoup été question d'animaux. Cela n'a rien d'étonnant. N'est-il pas patent, en effet, que le règne animal ne cesse d'interférer dans nos existences avec ses lois propres et que, même lorsque nous croyons savoir les interpréter, celles-ci ne cessent de faire brèche dans notre rationalité coutumière, réveillant par empathie notre propre partie animale ?

Il n'est donc point fortuit que le grand fondateur de la rationalité occidentale, René Descartes, ait dénié aux animaux toute intelligence, ainsi que toute sensibilité. En effet, sa théorie de « l'animal machine », reprise et perfectionnée plus tard par La Mettrie, a pris une telle extension dans le domaine des sciences biologiques qu'elle a réussi à faire considérer le vivant sous un éclairage étroitement mécaniste d'où tout élément mystérieusement immatériel serait exclu et même, disons-le, systématiquement occulté lorsqu'il se montre trop insistant.

Pourtant, un philosophe moderne mieux inspiré et moins tenaillé par le besoin de mécaniser l'univers, Gaston Bachelard, prononce une parole d'une profondeur inégalée lorsqu'il nous dit que « les animaux sont les plus vieux compagnons de nos rêves ». Il est en effet aisé de constater que non seulement les enfants, mais aussi les populations moins emprisonnées par nos cadres de pensée modernistes (peuples anciens ou survivants, ainsi que les cultures actuelles répertoriées sous les deux dénominations du totémisme et de l'animisme) ont toujours fait grand cas des intercessions animales.

Les Égyptiens révéraient une foule de dieux animaux (Bastet, le dieu chat ; Horus, le dieu faucon ; Anubis, le dieu chacal ; Thot, le dieu ibis ; et Apis, le dieu taureau, pour ne citer que les plus célèbres d'entre eux, car il semblerait qu'ils en aient révéré plus d'une centaine) et momifiaient ceux de leurs animaux de compagnie qu'ils estimaient avoir été détenteurs de pouvoirs bénéfiques. (Leur dieu scarabée, Khépri, censé symboliser la puissance solaire, me paraissant entretenir un lien mystérieux avec l'anecdote de Jung et de sa patiente au scarabée.

L'hindouisme, encore très présent en Inde, compte lui aussi des centaines de dieux animaux, à commencer par le plus célèbre d'entre eux, Ganesh le dieu éléphant (toujours « escorté » de sa compagne, la souris, qui lui permet de résoudre les problèmes nichés dans les endroits trop exigus pour sa puissante corpulence de « déblayeur d'obstacles »). Ces dieux animaux, nommés les Vâhana, renforcent le pouvoir des dieux à forme humaine en les secondant efficacement et « intelligemment » (une intelligence, cela va sans dire, non mathématisable) ; entre autres la déesse

Lakshmi dispense la fortune à l'aide d'un hibou nommé Uluka.

Les anciens Celtes, pour leur part, révéraient principalement le taureau, le loup, le sanglier, le cheval et surtout l'ours. Henri d'Arbois de Jubainville, dans une communication intitulée *Les Dieux celtiques à forme d'animaux*, écrit : « Dans la Grèce classique, la forme humaine est en règle générale la forme des dieux. Mais il y a des survivances d'une époque antérieure. Le plus connu est le Minotaure, moitié homme et moitié taureau. Ce dieu primitif apparaît sur les enseignes romaines où il occupe le troisième rang après l'aigle et le loup, avant le cheval et le sanglier*. » Ce savant ajoute que, bien qu'il n'ait pas été placé sur les enseignes romaines, l'animal le plus divinisé du monde celtique était l'ours.

Les Mérovingiens sembleraient avoir élevé des chevaux exclusivement blancs qu'ils allaient régulièrement observer s'ébattre dans de vastes enclos afin d'en déduire l'avenir d'après un complexe système de divination fondé sur les variations de leurs évolutions gestuelles. Les augures et les aruspices en usèrent de même apparemment, à diverses époques de l'humanité, et l'on peut se demander si à la fois les nombreux *bird-watchers* et les foules passionnées de courses de chevaux des pays anglo-saxons ne renouvellent pas, de façon indirecte et à vrai dire inconsciente, cet antique besoin de « calculer », de repérer la stratégie du destin à travers les mouvements relativement imprévisibles des animaux ? Lesquels sont pourtant savamment

* Henri d'Arbois de Jubainville, né à Nancy en 1827, mort à Paris en 1910, p. 1 de la communication citée.

« reproduits » par un eugénisme très strict fondé sur les lois de l'hérédité, puis dressés ensuite selon un ensemble de règles incroyablement sophistiquées, comme si toujours les êtres humains cherchaient à dompter impérieusement d'une main ce qu'ils désirent très fort laisser indemne de toute domestication de l'autre. Éternelle contradiction sans doute nécessaire à notre irréfragable besoin d'opposition binaire et ludique, dont nous entretient Hermann von Keyserling* :

> Tant que je considérais le jeu, je me rappelais le passage des Baghavad-Gîta où Krishna dit de lui-même (en tant que dieu, en tant qu'Içvara) : « Je suis le jeu du joueur. » En fait, le sens du hasard, quelle que soit l'objection qu'on peut y faire, est un indice de vitalité. Faire agir le pur hasard comme seule condition de la vie signifie en principe, considéré du point de vue de l'Altman, la même chose qu'être à la hauteur des vicissitudes de l'existence. Car la vie n'est pas autre chose que la capacité de maintenir un état d'équilibre au milieu du changement des événements. Le fait que la plupart des joueurs, par une contradiction intime avec eux-mêmes, cherchent des systèmes, fait partie du contrepoint du devenir vivant : nous faisons toujours, simultanément, ce qui ôte son sens à notre volonté propre.

*

Il suffit d'avoir un peu voyagé sur le continent africain pour savoir à quel point le règne animal

* Hermann von Keyserling, *Journal de voyage d'un philosophe*, tome II, p. 61.

continue d'y être considéré comme un domaine qui confine au sacré, sans doute en raison de l'animisme profond qui prévaut encore — même chez ceux qu'une religion monothéiste a convertis à un rationalisme univoque. L'ethnologue, anthropologue et grand compilateur — incidemment professeur au Collège de France — Philippe Descola a écrit dans sa somme magistrale *Par-delà nature et culture* des choses décisives non seulement à propos de l'animisme en particulier mais aussi au sujet de tout ce qui touche aux rapports entre ce qu'il appelle « les humains et les non-humains ». Ce que je retire de cette lecture concernant mon propos d'aujourd'hui (et je ne m'inquiète pas trop des libertés que mon imagination a pu prendre avec le texte de Descola, vu que je considère l'interprétation comme inéluctable) est que ce qui différencie le plus radicalement les cultures planétaires serait précisément les différentes manières dont elles considèrent leur rapport à l'animalité. Or notre culture occidentale, prétendument scientifique, qu'il nomme Naturalisme (par opposition aux trois autres grands groupes culturels qui sont, selon lui, l'Analogisme, le Totémisme et l'Animisme) demeure la seule qui distingue de façon aussi tranchée physicalité et spiritualité. Ce qui expliquerait peut-être — toujours selon mon interprétation — pourquoi les interférences animales ne viennent se manifester à nous qu'aux occasions de relâchement de notre tension rationalisante (rappelons-nous ce que dit Cocteau à ce propos), autrement dit aux instants de connexion hasardeuse où elles viennent nous indiquer (désespérément en fait, car nous n'avons de cesse, aussitôt que nous le pouvons, de ressaisir notre logique cartésienne) à quel point la trame de notre monde mental est fragile, contestable et sans doute hautement dommageable à notre intégration aux flux cosmiques de l'univers — cet univers dont nous prétendons pourtant pénétrer les arcanes mieux que ne le font les autres cultures.

Comme Descola encore nous le fait remarquer, c'est Montaigne qui le premier eut l'audace de remettre en question (à une période où une telle opinion eût pu lui être fatale) la primauté de l'âme humaine sur l'animale. C'est ainsi qu'il le commente à la page 245 de son ouvrage* :

> Tout comme les éthologues contemporains, enfin, il est frappé [Montaigne] par la capacité à résoudre des problèmes que les animaux manifestent dans leurs opérations techniques : « Pourquoi espessit l'araignée sa toile en un endroit et relasche en un autre ? se sert à cette heure de cette sorte de nœud, tantost de celle-là, si elle n'a et délibération, et pensement, et conclusion.** » Il n'y a donc guère de sens à perpétuer l'idée d'une suprématie intellectuelle et morale des humains sur les animaux car les uns et les autres sont soumis à des contraintes naturelles identiques, les seconds s'en accommodant d'ailleurs plutôt mieux en ce qu'ils organisent leur petit monde avec moins de déraison et de préjugés que les premiers. Bref, la sagesse nous oblige à constater que « nous ne sommes ny au dessus, ny en dessous du reste [...] Il y a quelque dlfference, il y a des ordres et des degrez ; mais c'est soubs le visage d'une mesme nature*** ».

* Je conseille de lire *in extenso* les pages 244 à 247 de cet ouvrage remarquable.

** Montaigne, Livre II chapitre XII, p. 501.

*** *Ibidem*, p. 506.

Parmi les penseurs auxquels fait allusion Descola figure sans doute, bien qu'il ne la mentionne pas, Élisabeth de Fontenay qui, dans son ouvrage *Le Silence des bêtes*, nous fait l'historique des deux humanismes qui partagèrent la pensée occidentale : d'un côté celui issu de Montaigne et d'Érasme, et de l'autre celui procédant de Leibniz et de Descartes ; ce second humanisme — qui se distingue avec radicalité du premier par sa conception de l'intelligence humaine libérée de sa partie animale considérée comme primitive — ayant progressivement et largement supplanté le premier à travers l'instauration d'une logique ultra-rationnelle et mathématisante qui signait le début d'une douloureuse mutilation de nous-mêmes qu'on peut désigner aujourd'hui sous le terme de « religion (à vrai dire un tantinet fanatique) du progrès* ».

Il n'est pas anodin que, plus récemment, ce soit un étrange aventurier du début du siècle dernier, Alain Gerbault** — accessoirement, dans

* Il n'est sans doute pas superflu de rappeler ici que, selon un certain nombre d'épistémologues ou d'historiens des civilisations, cette religion du progrès s'enracine dans le christianisme et dans sa vision futuriste du paradis céleste, autrement dit de la Nouvelle-Jérusalem. Consulter à ce propos l'essai, époustouflant d'érudition, de Pierre-André Taguieff intitulé *Le Sens du progrès*, aux éditions Champs-Flammarion, et aussi (en dépit de la réputation sulfureuse de l'auteur lui-même — largement injustifiée d'ailleurs) l'ouvrage d'Oswald Spengler : *Le Déclin de l'Occident*, aux éditions Gallimard. Il y montre, notamment, comment tous les concepts majeurs de la physique moderne ne sont que des travestissements — inconscients — de ceux qui prévalaient déjà dans la philosophie scolastique médiévale.

** Alain Gerbault fut le premier navigateur (moderne du moins) à effectuer la traversée de l'Atlantique en solitaire. Par la suite, sa navigation circum-planétaire le conduisit à visiter les îles du Pacifique et notamment à séjourner très longtemps en Polynésie. Il fut le tout premier Occidental à dénoncer les méfaits de la sa jeunesse, l'un des meilleurs joueurs de tennis de son époque —, qui nous ait livré cette remarquable comparaison entre les mœurs des dits primitifs et celles des animaux (tous traditionnellement réputés être privés de choix ontologique) quant à la conduite de leur existence. Il nous dit, dans *Sur la route du retour*, journal de bord qu'il tint durant l'un de ses périples marins à travers l'océan Pacifique et l'océan Indien :

> Je ne me lassais jamais d'étudier les mœurs des poissons. J'avais déjà eu de nombreuses preuves de leur intelligence et des moyens de communication qu'ils avaient entre eux.
>
> Lorsque la brise était molle et que je m'amusais à faire sauter un hameçon de nacre à la surface, les coryphènes comprenaient vite les dangers de cet appât artificiel. Ils arrivaient dessus avec la vitesse de l'éclair, le touchaient du nez sans jamais le prendre dans la bouche, et jouaient avec moi pendant des heures entières. De cet instant et de ce sens du jeu chez les animaux inférieurs, j'ai eu de nombreuses preuves. Ainsi, j'ai vu des coryphènes prendre un poisson volant dans leur bouche, le laisser s'échapper pour le rattraper ensuite, l'envoyer en l'air d'un coup de tête, en un mot jouer avec leur proie comme un chat avec une souris.
>
> Et lorsqu'un morceau de bois ou une épave apparaissait à la surface de la mer, les poissons quittaient le *Firecrest* et se précipitaient pour jouer

colonisation et partant le premier grand contestataire de la prétendue supériorité des cultures monothéistes sur les polythéistes, autrement dit des civilisations dites civilisées sur les dites primitives. Il devint un écrivain réputé, puis, par esthétique, le champion de la cause des populations indigènes du Pacifique face aux exactions des évangélisateurs du progrès technique — dévastateur à ses yeux de la biodiversité et du charme de l'existence innocente.

autour, tandis que les oiseaux de mer venaient s'y poser avec des cris aigres qui semblaient être des cris de joie. En vérité, la vie de ces animaux semblait être un jeu perpétuel confirmant ainsi toutes mes théories que le jeu est un des instincts primordiaux chez l'homme ; qu'il est raisonnable de travailler pour gagner la nourriture de chaque jour, mais peu sage de faire du travail et de la poursuite de l'argent le but principal de l'existence. Là aussi je trouvais la raison principale de la disparition des races primitives au contact de la civilisation blanche qui, en rendant l'existence des indigènes trop sévère et en supprimant chez eux l'instinct de jeu, leur ôte tout intérêt à l'existence*.

Une nouvelle connexion vient ici s'articuler comme d'elle-même. Johan Huizinga, le médiéviste et anthropologue néerlandais, dans son ouvrage *Homo ludens, essai sur la fonction sociale du jeu*, explique à propos de la faculté ludique animale :

> Mais reconnaître le jeu c'est, qu'on le veuille ou non, reconnaître l'esprit. Car, quelle que soit son essence, le jeu n'est pas matière. Déjà dans le monde animal, il dépasse les frontières de la vie physique. Du point de vue d'une conception déterministe d'un monde régi par de simples influences de forces, il est au plein sens du terme *superabundans*, superflu. Seul le souffle de l'esprit, qui élimine le déterminisme absolu, rend la présence du jeu possible, concevable, compréhensible. L'existence du jeu affirme de façon permanente, et au sens le plus élevé, le caractère supralogique de notre situation dans le cosmos. Les animaux

* Alain Gerbault, *Sur la route du retour*.

peuvent jouer, ils sont donc déjà plus que des mécanismes. Nous jouons, et nous sommes conscients de jouer ; nous sommes donc plus que des êtres raisonnables, car le jeu est irrationnel.

N'avons-nous pas affaire ici à la plus décisive réfutation de la théorie de l'animal machine et par extension, bien entendu, de l'homme machine — funestes théories idéologiques qu'on cherche encore insidieusement à nous imposer de nos jours ?

La sainte trilogie représentée par la connexion du jeu, du spirituel et de ce que je me plais à nommer *l'irrationnel cohérent* me paraît représenter le thème majeur que devrait aborder notre époque, si toutefois l'humanité voulait tenter de « se survivre quelque peu à elle-même » — plutôt que de sacrifier son bonheur, son bon sens et sans doute son éventuel avenir aux douteux sortilèges du matérialisme* totalitaire — si naïvement et insoucieusement promulgué par la technoscience.

*

Il pensait qu'il avait le monde pour lui seul ;
Car tout ce qu'il obtenait en fait de réponse
N'était que l'écho de sa propre voix

* J'ajouterai : *faussement* matérialiste car, selon moi, prévaut depuis près de deux siècles une dangereuse confusion dans l'usage des termes : nous appelons matérialiste une conception du monde qui n'est rien moins que furieusement idéaliste, comme le culte de l'argent et son corollaire, la sacro-sainte théorie économique, ainsi que toutes les élucubrations qui s'y rattachent, tandis que nous nommons idéalistes ou spiritualistes les conceptions qui cherchent désespérément à se rapprocher du réel telles que l'observation des cycles naturels.

Renvoyé par-dessus le lac par un rocher
Abrupt que lui cachait un rideau de grands arbres.
Un beau matin, sur la berge jonchée de rocs,
Il était là criant que ce qu'il lui fallait
N'était pas une copie de son propre amour,
Mais sa contrepartie vraie, sentie, spontanée.
Et il ne résultait toujours rien de ses plaintes,
À moins que ce ne fût ce qui soudain brisa
Les branches au pied du rocher sur l'autre rive
Et puis plongea dans l'eau avec fracas là-bas
Et bientôt après se mit à nager sans bruit.
Arrivé près de lui, ce ne fut pourtant pas
Un être humain, quelque complément de lui-même,
Qui apparut, mais un grand cerf mâle, puissant,
Qui repoussait du poitrail l'eau ridée du lac
Et en sortit ruisselant comme une cascade ;
Il s'avança en trébuchant parmi les rocs
Et s'enfonça dans le sous-bois — et ce fut tout.

Ce poème* de Robert Frost qui, à travers sa concise litote anglo-saxonne, exprime si bien le décisif surgissement de l'animal au sein de notre étroite idiosyncrasie *humaine trop humaine* (surgissement qui n'est autre qu'une épiphanie païenne), me fait repenser à la nouvelle de Rudyard Kipling intitulée *Les Bâtisseurs de ponts*.

Un ingénieur britannique de travaux publics,

* « The Most of It » (Tout au plus), p. 153 du *Recueil Robert Frost* par Roger Asselineau, coll. Poètes d'aujourd'hui, Pierre Seghers, 1964.

Robert Frost, grand poète métaphysique, faussement simple, qui refusa de s'allier à toute forme de poésie trop sophistiquée, a été célébré en France par Jean Prévost qui voyait en lui un sage moderne proche du philosophe Emerson. (*Robert Frost, le poète et le sage*, dans *La Nouvelle Revue française*, vol. XXVII, mai 1940, p. 818-840.)

Findlayson, dont nous est suggérée en préambule la mentalité strictement pragmatique et techniciste, est chargé, en Inde, de superviser la construction d'un pont sur le Gange. Or un orage titanesque se déclenche, entraînant une crue du fleuve beaucoup plus dévastatrice que prévu. Sous le coup de l'angoisse de voir son œuvre anéantie, Findlayson accepte de prendre un peu d'opium proposé par son fidèle serviteur Peroo qui, pour sa part, tout en restant fidèlement dévoué à son maître, n'a jamais cessé de croire aux dieux hindous. À un moment donné, tous deux ayant voulu vérifier les limites de résistance d'une des fondations maîtresses de l'édifice assailli par le flot, ils sont emportés à bord de leur barque par la violence du courant et finissent par échouer loin en aval sur une île où, toujours en proie aux hallucinations de l'opium, ils assistent au conseil des Immortels, c'est-à-dire des dieux de l'Inde (le taureau Shiva, le daim Indra, le crocodile Mugger, la tigresse Kali, le singe Hanuman, le perroquet Karma, l'éléphant Ganesh, mais aussi et surtout le bien-aimé Krishna). Ceux-ci sont précisément en train de débattre de l'opportunité de ce que vient d'entreprendre Gunga, la déesse du Gange, en essayant, avec cet orage, de détruire le pont construit par les Anglais, dont toute l'infrastructure technique nécessitée par son édification représente une entrave à la libre circulation des eaux — symbole, croit-on comprendre, de la spiritualité indienne.

Or s'il est discrètement inféré, à travers ce texte, que la mainmise colonialiste viendra bientôt anéantir l'âme spécifique de l'Inde ancestrale, la conclusion de ce dialogue se veut pourtant favorable à l'œuvre occidentale, ce dont on ne peut s'étonner lorsqu'on connaît les opinions de Kipling, chantre réputé de la supériorité de l'homme occidental. Cependant, le texte demeure extraordinairement ambigu. Car on croit entendre, entre les lignes du langage officiel et conscient de l'auteur, une longue élégie nostalgique des anciens modes de vivre d'avant la mécanisation à marche forcée imposée au monde enchanté de l'hindouisme — nostalgie qui n'est autre, vraisemblablement, que celle du jeune Rudyard, natif de l'immense empire du rêve qu'était l'Inde immémoriale. Bref, à son insu, Kipling a signé là une des plus puissantes fables antimodernes du XXe siècle et son dialogue des dieux reste poignant :

> (La tigresse parle)
>
> — Il est trop tard maintenant. Il aurait fallu tuer au commencement, quand les hommes de l'autre côté de l'eau n'avaient rien appris aux nôtres. Mon peuple à présent voit leur ouvrage et s'en va songeant. Et ce n'est pas seulement à leurs dieux qu'ils songent. Ils songent aux chars à feux* et aux autres choses que les bâtisseurs de ponts ont faites, et, quand vos prêtres tendent les mains à l'aumône, on leur donne peu, en rechignant. Sans doute, c'est le début, cela en affecte un ou deux, cinq ou dix... car, moi qui vais et viens parmi le peuple, je connais leur cœur.
>
> — Et la fin, bouffon des dieux ? Quelle sera la fin ? demanda Ganesh.
>
> — La fin ramènera ce qui fut au principe, ô pesant fils de Shiva ! La flamme mourra sur les autels et la prière sur les lèvres jusqu'à ce que

* Il s'agit des automobiles et plus généralement des machines.

vous redeveniez de petits dieux — des dieux de la jungle, des dieux-poupées en chiffons, des fétiches à clouer aux troncs d'arbres ou aux portes, comme vous étiez au commencement. Telle est, sera la fin, Ganesh, pour toi et pour Bhairon — Bhairon des populaces.

— C'est très loin, grommela Bhairon. En outre, ce n'est pas vrai.

— Tant de femmes ont baisé Krishna... Elles lui ont conté ces choses pour consoler leurs propres cœurs à cause des cheveux gris venus, et il nous a répété l'histoire, dit le taureau tout bas.

— Leurs dieux sont venus et nous les avons changés. J'ai pris la femme et lui ai donné douze bras. Ainsi nous déformerons leurs dieux, dit Hanuman.

— Leurs dieux ! Il s'agit bien de leurs dieux, homme ou femme, en une ou trois personnes. Il s'agit du peuple. Ce sont eux qui se transforment, et non les dieux des bâtisseurs de ponts, dit Krishna.

— Ainsi soit-il. J'ai fait adorer à un homme le char à feu sur place, immobile et fumant : il ignorait que c'était moi qu'il adorait, moi-même, dit Hanuman le singe. Ils ne feront que changer un peu le nom de leurs dieux. Je mènerai comme autrefois les bâtisseurs de ponts ; Shiva sera vénéré dans les écoles par tels qui suspectent et méprisent leur prochain ; Ganesh aura ses mahajuns et Bhairon les âniers, les pèlerins et les marchands de jouets. Ils ne feront guère, ô bien-aimé, que changer les noms, et, quant à cela, c'est mille fois que nous l'avons vu.

— Évidemment ils ne feront que changer les noms, répéta Ganesh.

Mais une sorte de malaise semblait troubler les dieux...

Le malaise évoqué ici ne serait-il pas celui au cœur duquel nous évoluons tristement aujourd'hui et à propos duquel tant d'experts, sur nos ondes multiples, ne cessent de proposer des remèdes, tous plus ingénieux les uns que les autres mais manifestement inopérants ? Les dieux modernes auxquels nous sacrifions avec tant de dévotion de nos jours (le progrès indéfini, la technique toute-puissante, l'industrialisation effrénée, le libéralisme économique généralisé et la cohorte des petits dieux adjacents qui les suivent comme leurs ombres : les communications, le sécuritarisme médical, le sport mondialisé, la société spectacle, pour n'en citer que quelques-uns) sont-ils vraiment les *avatars* des anciennes divinités, comme veulent désespérément le croire Hanuman et Ganesh, ou bien un bouleversement a-t-il eu lieu qui a radicalement éradiqué les anciennes croyances et transformé notre cosmos naturel en de gigantesques connexions de ponts de béton où ne cessent de tourner aveuglément en rond — telle une noria ontologique absurde — d'innombrables chars à feux que nous révérons comme de nouvelles divinités ? Ne suffit-il pas, en effet, d'observer, sur les anneaux de Saturne de nos périphériques urbains, les automobiles se succéder en une sempiternelle ronde indifférenciée (au sein de laquelle, d'ailleurs, la moindre présence animale est impitoyablement broyée...) pour en avoir l'angoissante intuition ?

Sommes-nous doués pour la sérendipité ?

Ouvrant, à la suite de ces souvenirs inopinément resurgis, le carnet bleu de mon père que j'ai gardé précieusement, j'en extrais une anecdote datée du 8 août 1961 :

> Sur la route de Vizille à Uriage, dans la lumière jeune du matin qui suivait la pente des montagnes, j'ai vu soudain, inerte au milieu de la route, un oiseau extraordinaire de beauté, un plumage bleu merveilleux, des gris et des blancs d'une délicatesse incomparable. Je me suis approché en poussant un cri d'admiration et de regret et me suis penché pour le ramasser.
>
> C'était, froissé, un paquet de Gitanes bleues.

Avec cette dernière notation, la transition est toute trouvée pour introduire le domaine que l'on peut considérer comme tout à fait contigu à la synchronicité et qui n'est autre que la notion de « sérendipité ».

À Munich, un soir, le peintre Vassily Kandinsky rentre chez lui dans son atelier lorsqu'il aperçoit, appuyé contre un des murs, une toile inconnue qui lui paraît positivement merveilleuse ; une composition tout à fait originale et inédite. Il s'approche de ce tableau énigmatique déposé là par les fées et, parvenu à quelques pas, prend soudain conscience qu'il s'agit de l'un de ses propres tableaux — un paysage stylisé — posé à l'envers et transfiguré par la lumière du crépuscule. Le lendemain, il a beau le placer de nouveau à l'envers et tenter de recréer l'éclairage de la veille, il ne parvient pas à retrouver la même émotion. Pourtant, le souvenir de ce qu'il a entrevu est si puissant qu'il ne peut se l'ôter de l'esprit et, d'un seul coup, il prend conscience de ce qui le gêne (et le gênait déjà dans sa recherche picturale des derniers temps) : c'est la représentation des objets. « À présent, nous dit-il, je savais que "l'objet" nuisait à mes tableaux. » À partir de cette révélation Kandinsky commencera à se livrer à des jeux de formes et de couleurs exempts de toute figuration. Il venait de créer l'art abstrait.

On peut voir, aussi bien dans le tableau retourné que dans le paquet de Gitanes bleues, l'impact des mirages sur notre perception des choses, à cette différence près, toutefois, que dans le cas relaté par mon père la découverte est à la fois décevante et compensée par l'ironie de la surprise minimaliste, tandis qu'elle est extatique et créative dans le cas de Kandinsky. En réalité, dans ces deux exemples, l'intentionnalité préalable n'est pas la même, car dans le second l'artiste est à la recherche d'une nouvelle manière picturale et dans le premier c'est, en quelque sorte, la nostalgie d'un monde naturel splendide qui prime. Dans les deux cas cependant, on peut remarquer que l'intentionnalité finit par imposer sa loi. Ce qui nous ramène à la fameuse sentence de Dubuffet : « Le peu de différence qu'il y a entre ce que l'on voudrait qui soit et ce qui est. » Formule d'une portée vertigineuse, si l'on veut bien y réfléchir, et sur laquelle nous aurons l'occasion de revenir quand il s'agira de déterminer la part d'ambiguïté qui préside à la plupart des prétendues découvertes (scientifiques ou autres) — laquelle est d'ailleurs déjà présente dans le langage lui-même lorsqu'il parle d'« invention ».

On l'a sans doute compris, cette accumulation d'exemples disparates que je tente d'ordonner dans ces pages n'a d'autre ambition que de vérifier cette remarque décisive sur la valeur créatrice des mirages — façon comme une autre de prendre parti dans la lutte esthétique désespérée qui oppose le désir d'harmonie aux ravages de la doxa cartésienne.

Le mot sérendipité — néologisme formé sur le mot anglais — passe pour avoir été employé pour la première fois par Horace Walpole dans une lettre adressée à son ami Horace Mann, diplomate à Florence, et d'après un conte oriental au cours duquel les protagonistes ne cessent de faire des découvertes extraordinaires en recherchant tout autre chose. Mais voici ce qu'il dit :

> … cette découverte est presque de l'espèce que j'appelle serendipity, un mot très expressif que je vais m'efforcer, faute d'avoir mieux à vous narrer, de vous expliquer : vous le comprendrez mieux par l'origine que par la définition. J'ai lu autrefois un conte de fées saugrenu, intitulé *Les Trois Princes de Serendip* : tandis que leurs altesses voyageaient, elles faisaient toutes sortes de découvertes, par sagacité et accident, de choses qu'elles ne cherchaient pas du tout : par exemple, l'un des princes découvre qu'une mule borgne de l'œil droit vient de parcourir cette route, parce que l'herbe n'a été broutée que sur le côté gauche, où elle est moins belle qu'à droite — maintenant saisissez-vous le

sens de serendipity ? L'un des exemples les plus remarquables de cette sagacité accidentelle*.

Dans ce conte, qui appartient à la catégorie dite du roman d'apprentissage, les trois héros anticipent la plupart des éléments auxquels ils risquent d'être confrontés sur leur chemin en les déduisant d'infimes indices apparemment adventices et inattendus. Ainsi que le dit Walpole, ils devinent que la mule qui a précédé la leur était borgne au fait que la ligne d'herbe qui a été rongée sur le talus l'a été du côté où l'herbe est la plus mauvaise. Ce conte aurait aussi inspiré celui de Voltaire intitulé *Zadig*, où le héros, après avoir décrit en détail une chienne et un cheval — ce qu'il a fait en déchiffrant des traces sur le sol —, est accusé de vol et parvient à se disculper en expliquant le travail mental auquel il a dû se livrer pour arriver à ce résultat.

(On a tenté, sans grand succès, de forger un équivalent français en créant le néologisme « fortuitude ».)

Il est bien évident que les cas de sérendipité les plus célèbres furent la découverte du continent américain par Christophe Colomb qui, on le sait, était persuadé d'aborder aux Indes occidentales (but officiel de son périple), et, à l'occasion de diverses chutes de pommes — crues ou cuites en l'occurrence : la découverte de la loi de la gravitation par Newton et celle de la célébrissime et délicieuse tarte éponyme par les demoiselles

* *Correspondance d'Horace Walpole avec Horace Mann*, vol. 17-27, New Haven University Press, 1937, p. 192, traduit par Léon Quint.

Tatin* — sans qu'on puisse déterminer avec précision laquelle des trois fut la plus décisive pour l'avenir de l'humanité.

En réalité, ce mot a surtout servi dans le domaine scientifique pour désigner les nombreux cas où un chercheur, par le fait d'un hasard heureux, fait une découverte décisive en cherchant tout autre chose — à cette différence près toutefois, et qui est loin d'être négligeable, tant s'en faut, que celui qui cherche a dû se préparer mentalement à cette survenue inattendue, dont il est ainsi capable d'apercevoir l'intérêt en dépit du fait qu'elle se manifeste en dehors du cadre imparti par l'hypothèse de départ. On le voit, la sérendipité ne peut avoir lieu que pour ceux qui sont dotés à la fois d'obstination, de sagacité et de flexibilité d'esprit et demeure donc sans doute interdite aux cerveaux psychorigides.

Deux grands esprits scientifiques reprendront plus tard cette idée du hasard heureux dans les découvertes. Joseph Priestley — pasteur et expérimentateur anglais — note, en 1775, dans l'introduction de son ouvrage *Experiments and Observations on Different Kinds of Air*:

> Les sujets de ce tome illustrent la vérité d'une remarque que j'ai faite plus d'une fois dans mes textes philosophiques [...]: nous devons plus à ce que nous appelons accident, c'est-à-dire, philo-

* En 1898, à Lamotte-Beuvron, en Sologne, deux sœurs, Caroline et Stéphanie Tatin, tiennent une auberge. Un certain jour, en l'apportant dans la salle de restaurant, Stéphanie trébuche et laisse choir une tarte aux pommes. Catastrophée, elle a alors l'idée *géniale* (tous les gourmands ne peuvent que l'attester!) de la renverser dans le moule et de la passer au four. Le résultat, on le sait, fut inespéré et quasi miraculeux.

> sophiquement parlant, à l'observation des événements qui se présentent avec des causes inconnues, qu'à n'importe quel bon plan ou théorie préconçue dans cette activité. Cela n'apparaît pas dans les œuvres de ceux qui écrivent synthétiquement sur ces thèmes mais on le voit très bien, je n'en doute pas, chez ceux qui sont plus célèbres par leur sagacité philosophique que s'ils écrivaient de façon analytique et ingénieuse*.

Louis Pasteur, pour sa part, déclare dans un discours officiel, en 1854 :

> C'était dans cette mémorable année 1822. Orsted, physicien danois, tenait en main un fil de cuivre réuni par ses extrémités aux deux pôles d'une pile Volta. Sur sa table se trouvait une aiguille aimantée placée sur son pivot, et tout à coup il vit (par hasard diriez-vous peut-être, mais souvenez-vous que, dans les sciences d'observation, le hasard ne favorise que des esprits préparés), il vit tout à coup l'aiguille se mouvoir et prendre une position très différente de celle que lui assigne le magnétisme terrestre. Un fil traversé par un courant électrique fait dévier de sa position une aiguille aimantée.
>
> Voilà, messieurs, la naissance du télégraphe actuel**.

En 1865, Claude Bernard, considéré comme le premier théoricien de la science expérimentale, écrit à son tour :

* Cité par Pek Van Andel (chercheur hollandais) dans *Sérendipité, ou de l'art de faire des trouvailles*, p. 3, sur le site Automates intelligents, 2005, traduction Danièle Bourcier (directeur de recherches au CNRS).

** *Ibidem*, p. 3, Discours d'introduction au titre de doyen de la faculté des sciences de Lille.

> J'ai dit, en effet, qu'il ne faut jamais rien négliger dans l'observation des faits, et je regarde comme une règle indispensable de critique expérimentale de ne jamais admettre sans preuve l'existence d'une cause d'erreur dans une expérience, et de chercher toujours à se rendre raison de toutes les circonstances anormales qu'on observe. Il n'y a rien d'accidentel, et ce qui pour nous est accident n'est qu'un fait inconnu qui peut devenir, si on l'explique, l'occasion d'une découverte plus ou moins importante*.

L'histoire des sciences nous offre plusieurs cas célèbres de sérendipité dont je ne mentionnerai que quelques-uns, tant la liste est longue. J'ai lu quelque part que Thomas Alva Edison inventa ainsi la lampe à incandescence : ayant réussi à faire le vide dans une ampoule dont il obturait la base au moyen d'une matière malléable tirée d'un certain bambou japonais, il multipliait les essais pour trouver la matière propre à former le filament incandescent, mais en vain, celle qu'il utilisait jusqu'à présent ne durant pas plus de quarante-huit heures. Or, un certain soir, fatigué, seul et un brin découragé dans son laboratoire, il se surprit lui-même, dans un état second, à malaxer ladite pâte de bambou et à lui donner la forme du filament, puis, toujours machinalement, à placer celui-ci dans l'ampoule, à allumer cette dernière et à la refermer. Il eut alors la bonne surprise de constater que non seulement ce filament brillait excellemment sur l'instant mais encore de s'apercevoir, plus de quarante-huit heures plus tard,

* *Ibidem*, p. 3.

qu'il ne s'était pas consumé comme les autres auparavant.

J'ai lu aussi (il y a longtemps et peut-être ai-je un peu transformé l'histoire) que Nicéphore Niépce, l'inventeur officiel de la photographie, avait fait d'innombrables tentatives pour tenter de conserver durablement sur une plaque sensible l'image obtenue au moyen de la chambre obscure, sans jamais réussir, lui non plus, à découvrir le fixateur adéquat, lorsqu'un soir il rangea par mégarde sa plaque dans une armoire réservée aux divers produits chimiques utilisés pour de tout autres expériences, car Niépce était un inventeur prolifique. Le lendemain il s'aperçut que, contre toute attente, la plaque avait conservé l'impression ordinairement volatile. Il eut alors l'intuition que l'image avait été fixée par des émanations chimiques échappées d'un des flacons de l'armoire. Il se mit donc à chercher le flacon défectueux et finit par le trouver. C'est ainsi qu'il put fabriquer la première plaque photographique à longue durée, laquelle devait ensuite être perfectionnée au point que l'on sait par une kyrielle de suiveurs.

Après avoir abandonné son laboratoire durant un certain temps parce qu'il était parti en vacances, le bactériologiste Alexander Fleming observa à son retour la présence d'une mousse verdâtre sur une boîte de Petri servant à la culture des micro-organismes, laquelle mousse avait non seulement inhibé la croissance mais complètement anéanti les colonies de staphylocoques qu'il y cultivait. Il pensa que la moisissure verte était probablement venue d'un laboratoire contigu qui était celui d'un mycologue. Par la suite, il constata que cette moisissure était active sur un grand nombre de bactéries. Au microscope, il découvrit un champignon qu'il appela « penicillium notatum », *penicillium* étant le nom latin pour champignon. Par le plus heureux des hasards, Fleming venait de découvrir la première substance antibactérienne qui, par la suite, devait porter le nom de « pénicilline » et ouvrir la voie au développement des antibiotiques modernes. Bien que fêté dans le monde entier comme un bienfaiteur, Fleming n'eut de cesse de répéter qu'il n'y était pour rien, qu'il s'agissait « d'un accident, d'un pur accident ». Ce en quoi sa modestie le trompait car, encore une fois, la vigilance attentive et opiniâtre du chercheur représente sans doute le point crucial de la découverte inopinée.

J'avais cru me rappeler qu'un cas de sérendipité se présentait dans la mise au point de la dynamite par le chimiste suédois Alfred Bernhard Nobel, mais je n'ai rien pu trouver qui corrobore ce vague souvenir. Cependant, une ironique bonne fortune m'a fait découvrir ceci : étant devenu fort riche avec l'invention de son explosif, Nobel vint habiter à Paris où, un certain jour de 1888, un quotidien publia sa nécrologie prématurée. L'article était ainsi rédigé : « Le marchand de la mort est mort. Le Dr Alfred Nobel, qui fit fortune en trouvant le moyen de tuer plus de personnes plus rapidement que jamais auparavant, est mort hier. » La lecture de cet article le traumatisa littéralement et il décida alors de laisser au monde une meilleure image de lui-même en léguant une grande partie de sa fortune à la création d'un prix qui porterait son nom et récompenserait à la fois les gens qui œuvraient pour la paix dans le monde, les grands découvreurs scientifiques et les meilleurs écrivains du moment. Autrement dit, il se révélait que le très fameux et très respecté prix Nobel — distinction culturelle majeure dont il était si difficile pour moi de concilier la provenance en quelque sorte « explosive » et meurtrière avec le vœu humanitaire — avait dû sa naissance à une heureuse erreur fortuite. Au sens archétypique jungien semblait se dessiner, là encore, un équilibre compensatoire issu d'un mystérieux enchaînement conjoncturel.

Il existe de nombreuses définitions de la sérendipité : « Qualité qui consiste à chercher quelque chose et, ayant trouvé autre chose, à reconnaître que ce qu'on a trouvé a plus d'importance que ce que l'on cherchait » (Charles Darwin), « L'art de trouver ce que l'on ne cherche pas en cherchant ce que l'on ne trouve pas » (Philippe Quéau), « L'art de faire des découvertes heureuses, inattendues et utiles par hasard » (Mark Raison), « Capacité, à la suite d'un concours de circonstances particulier, à trouver quelque chose que l'on ne cherchait pas, d'en comprendre l'intérêt et de décider de l'exploiter immédiatement » (Lionel Bellenger) — cette dernière définition ayant le mérite de préciser un autre point crucial du phénomène : la décision d'exploiter son intuition sur-le-champ. Détail d'autant plus décisif, je crois, que sans ce réflexe, il y a fort à parier que le frôlement du hasard heureux risquerait d'être rapidement englouti par l'oubli. Cependant, il me semble que les deux définitions qui circonscrivent le mieux le phénomène — l'une fort concise et l'autre d'une précision détaillée très éclairante — sont les suivantes : d'abord « L'art de profiter de l'inattendu» (Irving Langmuir), puis «La sérendipité est souvent définie comme la capacité à découvrir des choses par hasard. En réalité, les découvertes ne se font pas réellement par hasard. Elles sont rendues possible parce que celui qui fait ces découvertes s'est mis dans un certain état d'esprit composé d'ouverture, de disponibilité, de curiosité, d'émerveillement, d'étonnement et de pensée analogique et symbolique, celle qui permet de voir ce qui rassemble plutôt que ce qui divise» (Christian Van Den Berghen).

Après avoir suivi, directement ou indirectement, l'enseignement d'un certain nombre de grands maîtres aux échecs, j'ai pu me persuader que ce qui les distinguait le plus clairement des maîtres et des forts joueurs était précisément ce don inné de la sérendipité qu'ils possèdent au plus haut point. Il est rare en effet qu'un joueur d'échecs de valeur moyenne qui, au cours d'une partie longue (trois heures chacun à la pendule), vient de travailler à mettre au point — pendant près d'une heure sur son temps de réflexion — une combinaison tactique ou une pointe stratégique sophistiquée, soit capable d'abandonner celle-ci sur-le-champ pour inventorier une nouvelle idée qui vient de se présenter à son esprit inopinément, même si cette dernière lui semble offrir de meilleures perspectives. Cela nécessite une flexibilité mentale dont seuls les grands maîtres se montrent capables. Pour cette simple raison, ils dominent aisément les maîtres, moins souples d'esprit.

Le champion du monde actuel, l'Indien Viswanathan Anand, accessoirement réputé le joueur le plus rapide de tous les temps et doué d'un sens intuitif confondant, a fait un jour, alors qu'il avait accepté de se confronter à un ordinateur surpuissant, cette plaisanterie étonnante et pleine de subtilité : « Je vais faire mourir d'ennui l'ordinateur ! » Joueur essentiellement stratégique (ou dit « positionnel » dans le jargon échiquéen) et ayant parfaitement bien assimilé le mode de fonctionnement des programmes informatiques (contrairement à son prédécesseur Kasparov, joueur essentiellement tactique ou combinatoire), Anand avait décidé de n'offrir qu'une très faible prise à la faculté calculatrice de la machine, pour ne jouer que dans un style purement stratégique — style dans lequel il savait qu'il demeurait difficile de programmer les logiciels d'échecs. Il s'ensuivit une série de parties extrêmement longues et d'un ennui soporifique, et cela non tant, d'ailleurs, pour la grosse calculatrice électronique qu'on a tout lieu de penser insensible et tout à fait indifférente à ce type d'état d'âme, que pour les informaticiens dévolus à la surveillance de l'engin ; parties qui aboutissaient toutes à des positions de nul. Or, un certain jour, alors que la partie du jour s'acheminait de nouveau vers un blocage final des deux camps, Anand, *lâchant prise*, décida soudain, au quatre-vingt-dixième coup d'une finale épineuse où l'éventail des possibilités semblait s'approcher de l'infini, de jouer un coup purement intuitif et d'où tout calcul préalable était absent. Une quarantaine de mouvements plus tard, celui-ci s'avéra déboucher sur une position gagnante : il se trouvait que le coup joué par Anand, tout en excédant les possibilités de calcul de l'appareil, se révélait d'une justesse prodigieuse. En réalité, et selon mes vues, le champion du monde avait tablé, sans trop le savoir lui-même, sur ce que l'on peut appeler *le calcul inconscient* ; lequel, en bien d'autres occasions, se révèle d'une efficacité foudroyante, si tant est que le calculateur a le courage de s'y abandonner contre toute prévention.

J'ai toujours eu tendance à penser d'ailleurs qu'une majorité des prédictions opérées par certains réputés voyants — souvent nommés de façon comique, il faut l'avouer, « extralucides » — ne relève que de cette faculté d'évaluer les potentialités d'une situation donnée à une vitesse ultrarapide, laquelle ne passe pas par la déduction mais par une sorte *d'arithmétique photographique* quasi instantanée.

Quoi qu'il en soit cependant de mes élucubrations personnelles en la matière, il n'en reste pas moins que V. Anand avait su, en cette occurrence, utiliser au mieux le don de sérendipité dont sont généralement pourvus les génies échiquéens.

Pour tout dire, cette notion de calcul inconscient me paraît recouvrir une réalité beaucoup trop ignorée et qu'il serait utile et passionnant d'explorer. Il me semble d'ailleurs que nous y faisons souvent appel innocemment pour de petites décisions sans conséquence, de façon comparable à ce qui se passe avec les phénomènes paranormaux. Plus ou moins enfouie et édulcorée, cette capacité d'évaluation synthétique rapide et non déductive me paraît très proche de celle qui conduit les pigeons voyageurs droit au but, permet aux saumons de retrouver la plus petite rivière au retour de leur périple atlantique, au chat élevé en appartement de n'avoir besoin d'aucune expérience ni d'aucun enseignement pour savoir qu'il a affaire à une souris la première fois qu'il en rencontre une, au chien de berger, jusque-là citadin, mis en présence d'un troupeau de moutons, de se mettre instantanément à les rassembler. Ainsi de tant d'autres phénomènes qu'il nous est possible d'observer dans le règne animal.

Évidemment, comme nous l'ont savamment expliqué les anthropologues, le développement de l'intelligence conceptuelle et abstraite a considérablement affaibli cette faculté chez les êtres humains. Néanmoins il me semble que l'excès rationaliste dont nous sommes désormais victimes devrait justement nous inciter à la réveiller quelque peu en nous-mêmes. Il s'agirait, en fait, de retrouver la confiance en ce savoir inné que l'on nommait jadis chez les animaux la « cosmognose* ». Ainsi de beaucoup d'autres facultés, naturelles et ancestrales déposées en nous par le patrimoine génétique et que le développement de l'intelligence logicienne a affaiblies et presque éradiquées, mais qui continuent pourtant de se manifester aux moments de relâchement de notre volonté. On les nomme alors hasards, coïncidences chanceuses ou, pour les plus mystiques ou les plus poètes, providence. Au mot providence, le *Trésor de la langue française* donne cette définition : « Hasard ressenti comme un signe de l'action bienveillante d'une puissance supérieure ».

Saint-John Perse, jouant sur les mots, a une très belle formule pour désigner les poètes qui,

* Il semblerait toutefois que ces propriétés phylogénétiques se perdent après quelques générations de domestication, d'où la nécessité de rééduquer les animaux (et les humains !) *remis en liberté*. On entend souvent dire, par exemple, qu'après seulement deux ans d'études au sein de son école, un polytechnicien moyen, s'aventurant sans GPS au milieu d'un simple parc un peu touffu, est un homme perdu.

eux, persistent désespérément à fonder leur ontologie sur cette faculté enfouie : « Ceux-là qui de naissance tiennent leur connaissance au-dessus du savoir. »

*

> La notion de bibliothèque est fondée sur un malentendu, à savoir qu'on irait à la bibliothèque pour chercher un livre dont on connaît le titre. C'est vrai que cela arrive souvent mais la fonction essentielle de la bibliothèque, de la mienne et de celle de mes amis à qui je rends visite, c'est de découvrir des livres dont on ne soupçonnait pas l'existence et dont on découvre qu'ils sont pour nous de la plus grande importance.
>
> Umberto Eco

Ah ! toutes ces fois où, entré dans une librairie pour y chercher un certain ouvrage, j'en suis ressorti muni de quelques autres qui paraissaient s'être proposés à mon attention de façon tout à fait providentielle ! Cette sérendipité propre aux librairies et aux bibliothèques, avec toutes les circonstances annexes qui l'accompagnent — rencontres amicales ou amoureuses, découvertes décisives sur un simple coup d'œil — ne pourra jamais trouver son équivalent sur Internet. Il me semble évident, à moins de sombrer dans la plus sinistre des névroses obsessionnelles et compulsives, que les rencontres proposées par *l'universelle araignée** informatique ne pourront jamais posséder

* Nietzsche nous informe que Charles le Téméraire, duc de Bourgogne, combattant Louis XI qui tentait d'établir la monarchie absolue sur le territoire français, aurait eu cette formule mémorable : « Je lutte contre l'Universelle Araignée ! »

la même charge de poésie érotique que celles proposées par le hasard, n'importe où — oui, surtout n'importe où — dans le vaste monde ! Personne, je l'espère — mais j'ai peur de me bercer d'illusions —, ne préférera jamais le solipsisme d'une conscience atomisée dans son bureau de travail aux turbulences pleines d'alacrité de l'aventure du réel surprenant. Personne, jamais, ne pourra faire fi, j'ose encore l'espérer, des *belles circonstances atmosphériques*. Je me souviens avec émotion, en l'occurrence, de l'ambiance générale qui régnait à la bibliothèque Sainte-Geneviève du temps où j'y passais de longs après-midi à lire Bergson et Schopenhauer. Sans parler de l'agrément de se réveiller d'un songe improbable en face d'un joli minois bien concret, apparemment plongé dans un gros manuel scolaire mais tout à fait prêt à vous sourire à la dérobée lorsque votre regard croisait le sien, il y avait ce silence presque somnambulique qui planait au-dessus des têtes penchées et semblait les rassembler dans une patiente fraternité ; il y avait l'éclairage tombé des hautes fenêtres ou émané des lampes d'opaline, à chaque table, qui nimbait l'espace entier de la salle d'une douce rêverie où le temps paraissait s'abolir, tandis que sur le pourtour les innombrables livres reliés paraissaient — telles de hiératiques et fidèles sentinelles de l'armée des ombres — veiller sur ce bonheur studieux ; il y avait enfin et surtout, en ce qui me concernait, cette irremplaçable illusion de participer d'une sorte d'éternité jusqu'à la fin de l'après-midi...

Une bienveillante sollicitude

> « Toutes choses ne sont qu'accidents sans significations, œuvres du hasard, à moins que votre regard émerveillé qui les sonde, ne les connecte, les ordonne et les rende divines... »
>
> Wilhelm WILLMS

J'ai conservé une photo prise il y a près de trente-cinq ans au marché aux puces de Vanves, un dimanche matin, du temps où j'allais régulièrement y « chiner » (on verra l'importance du terme par la suite) à la recherche d'objets insolites. Cette photo prise avec mon discret et fidèle Minox se voulait un autoportrait — exercice traditionnel et incontournable pour tout apprenti photographe. J'avais donc avisé, échouée sur le trottoir, une armoire normande munie d'un miroir aux bords biseautés. Je m'arrêtai quelques secondes, cadrai, visai, réglai la distance et déclenchai. Quelques jours plus tard, dans mon petit labo, je développai puis tirai la pellicule. Quelle ne fut pas ma surprise, au moment où l'image se révéla dans le bain d'acide, de voir apparaître, comme greffé dans mon dos à la façon d'un frère siamois, la figure d'un Asiatique regardant droit l'objectif par-dessus mon épaule ! Présence que, concentré sur les manœuvres de réglage de l'appareil, je n'avais nullement perçue sur l'instant. Il se trouve qu'à cette époque justement, je me plongeais avec passion dans la pensée et la poésie chinoises. Comme je l'ai écrit dans mon recueil de photos commentées où je présente ce cliché : « ... je me suis souvent demandé depuis lors, examinant soigneusement cette image, lequel des deux, du

Chinois énigmatique au regard sombre ou du jeune Européen apprenti photographe accessoirement sinisant et un peu narcissique, était la projection de l'autre dans le miroir d'une armoire normande disposée par la providence sur le trottoir parisien. »

À vrai dire, dans ce cas précis, il s'agit plutôt de synchronicité que de sérendipité, mais le point important est cette mystérieuse conjonction qui fait soudain surgir sur le cliché, à l'instant du tirage et comme par magie, ce visage si intimement relié à mes préoccupations du moment. Comme si certaines instances veillaient sur nous et se manifestaient opportunément afin de nous encourager ou de nous guider dans nos entreprises. Il est difficile dans ces cas-là de ne point songer à la définition de la providence donnée plus haut : *un hasard ressenti comme un signe de bienveillance d'une puissance supérieure*. Il semblerait, si je dois me référer à mes lectures et aux timides confidences de mes amis sur le sujet, qu'un grand nombre de personnes se soient, elles aussi, interrogées, un jour ou l'autre, sur l'éventuel ascendant de ces instances sur nos destinées.

Il y a trente ans, au cours d'un périple d'à peu près six mois que nous fîmes en Grèce à bord de notre vieille DS, Judith et moi, nous décidâmes un soir de camper au pied de l'un de ces monastères perchés au sommet d'un piton rocheux, dans la région dite des Météores. Nous déballâmes notre fourniment pour la cuisine en plein air, nos victuailles et nos pliants, puis dégustâmes les excellents produits locaux achetés auparavant dans un des villages voisins. Tandis que nous dînions ainsi — nous étions alors fin octobre — la nuit s'était installée entre les hauts rochers et le ciel fourmillait d'étoiles. À la fin du repas, un peu éméché par l'excellent retsina local, je saisis la gourde que j'avais la veille remplie d'eau à la Fontaine de Castalie à Delphes — eau réputée posséder des vertus magiques — puis, m'avançant de quelques pas en dehors du cercle de lumière de notre petite lampe à gaz afin de mieux observer les étoiles tout en buvant quelques gorgées d'eau, je lançai en silence, par jeu, un défi : « Fontaine de Castalie, m'exclamai-je, fais-moi apercevoir un météore ! » À la seconde même — simultanément devrais-je dire et comme si l'apparition avait précédé mon vœu — une étoile filante raya longuement le dôme sombre du ciel. Il est assez naturel d'y voir une heureuse coïncidence, cependant, je le répète, l'essentiel ne se situe sans doute pas dans l'enchaînement matériel (éventuellement causal) des faits eux-mêmes mais dans l'impression durable que notre mémoire en retient après coup et plus encore, je crois, dans les conclusions intimes que notre esprit en tire. Pour ma part, je dois dire que le seul émerveillement procuré par une telle occurrence suffit à me rallier — de façon épisodique du moins — aux théories platoniciennes de la Réminiscence*.

* Théorie platonicienne selon laquelle la connaissance est le souvenir fragmentaire d'un savoir inné à l'âme.

En réalité, comme il en va avec la plupart des théories philosophiques, je ne fais que jouer à y croire, n'y souscrivant *qu'à moitié*. En effet, ainsi que le pensaient les anciens maîtres du Tch'an, n'est-il pas plus sage et plus amusant de ne faire les choses qu'à moitié ? puisque de toutes les façons, qu'on le veuille ou non, au cours de n'importe quelle entreprise il y a fort à parier que l'on se trouvera interrompu *au beau milieu* !

L'étonnement est le plus haut sommet que l'homme puisse atteindre ; et si le premier phénomène venu l'étonne, laissons-le à sa joie ; rien de plus élevé ne peut lui être offert, et il ne doit rien chercher de plus derrière cela ; telle est la limite.

GOETHE

Au bon endroit, au bon moment

Des penseurs américains, poursuivant leur réflexion sur la sérendipité et ce don qu'ont certains de faire des trouvailles ou des rencontres heureuses, ont créé le mot *happenstance* pour désigner « la faculté de se trouver au bon endroit au bon moment ».

Lorsque, il y a un certain nombre d'années maintenant, je parvenais à me maintenir parmi les meilleurs joueurs de squash du pays, j'avais l'habitude de m'entraîner avec un Pakistanais qui, quant à lui, figurait parmi les meilleurs joueurs mondiaux. Il s'appelait Shah Khan et appartenait à cette dynastie familiale qui produisit tant de champions du monde de l'époque — lesquels étaient tous ses frères ou ses cousins. D'un physique tout en souplesse, proprement félin, Shah se déplaçait sur le court comme un démon doué d'ubiquité. Se tenant en attente derrière moi comme un chat guette sa proie et anticipant mes feintes avec une facilité déconcertante, il ne me laissait pratiquement jamais le surprendre... Un certain jour où, une fois de plus, il avait deviné mon intention dans une position pourtant tout à fait défavorable pour lui — position où j'eusse trompé la plupart de mes adversaires — et que je lui demandais, après coup, comment il était possible qu'il anticipât sans cesse ainsi mes gestes habituellement les plus efficaces, il me répondit avec une expression un peu embarrassée : « C'est très facile pour un Pakistanais de prévoir ce que va faire un Français. »

Cette phrase relativement anodine m'est pourtant demeurée ancrée en mémoire et, si je l'examine aujourd'hui, je crois en déceler la raison : Shah — qui était tout sauf un intellectuel — voulut me faire comprendre d'une part à quel point, pour eux, Indiens-Pakistanais éduqués dans une culture plus sensuelle, nous autres Français, leur apparaissions comme emprisonnés dans une logique prévisible, et d'autre part, une chose plus subtile peut-être : combien cette éducation permettait d'être mieux en phase avec certaines évidences facilement lisibles et déductibles du physique, du comportement et de la mentalité des individus.

Je dois d'ailleurs dire que cette faculté d'anticipation me paraît être la principale caractéristique des nombreux champions que j'ai pu rencontrer dans mon existence*.

* Il est toutefois nécessaire de tempérer cette affirmation d'une remarque annexe : si les grands champions que j'ai côtoyés sur les divers courts des jeux de balles auxquels je me suis passionnément livré des décennies durant possédaient tous ce don de « l'happenstance balistique », assez peu d'entre eux continuaient de le faire valoir hors du terrain de jeu, comme si le passage à la vie courante inhibait cette précieuse faculté. La vérité me semble être, à bien y réfléchir, que, comme il est d'usage de le dire pour les voyants des diverses disciplines de la divination, *le support* joue un rôle essentiel. Remarque qui peut s'appliquer à quantité de domaines. Il m'a semblé remarquer, par exemple, que la plupart des praticiens — les médecins notamment — étaient nettement moins

J'ai toutefois connu un pilote de ligne, ancien pilote de chasse dans l'armée de l'air, au demeurant excellent joueur de squash et de courte paume qui, tout en possédant ce don de l'happenstance au plus haut degré comme on va le voir, faisait exception à cette règle restrictive du support (à laquelle je fais allusion dans la note précédente).

Un jour que nous nous rendions en province dans son automobile pour un match par équipe et que, lui au volant, nous roulions sur une portion de nationale à trois voies à vitesse excessive et assez étroitement insérés parmi une file de voitures se suivant l'une derrière l'autre, il se rangea d'un seul coup avec virtuosité sur le bas-côté, immobilisant la voiture sans motif apparent. Lorsque je lui en demandai la raison, il me déclara qu'il ne pouvait pas me l'expliquer de façon plausible mais qu'il avait senti que la configuration était dangereuse et que, dans ces cas-là, il avait pris l'habitude de se fier à son instinct, étant entraîné depuis des

---

performants hors de leur cabinet, comme si un certain décorum rituel où appuyer l'intuition était nécessaire à leur concentration.

La Rochefoucauld qui, avant d'être l'impitoyable moraliste que l'on sait, était un homme de guerre familier des champs de bataille fait, dans un texte exceptionnellement non aphoristique, une remarque de grande portée. Il nous explique que le courage au combat est une faculté variable selon les circonstances et que, là encore, les habitudes sont primordiales. Ainsi, de même qu'un cavalier ordinairement brave en selle pourra se révéler tout à fait pleutre une fois désarçonné, un fantassin habitué à combattre en terrain découvert sera pris d'effroi à l'idée de devoir combattre parmi les fourrés d'un bois touffu, et ainsi de suite... Il semblerait donc que nous soyons, dans la plupart de nos actions et selon les aléas des circonstances, beaucoup plus tributaires de nos habitudes et de nos instruments rituels, bref de nos « supports », que nous ne voudrions le croire. Combien en ai-je vu de joueurs de tennis chevronnés devenir d'un seul coup plus ou moins impotents pour la seule raison que le cordage de leur raquette favorite venait de les lâcher !

années à devoir prendre, en cas de panne de réacteurs, des décisions rapides relevant du réflexe conditionné.

Comme rien ne se passait, nous reprîmes la route pour nous retrouver bloqués quelques dizaines de kilomètres plus loin par un accident qui avait eu lieu peu auparavant. Au passage, guidés par des gendarmes qui filtraient le trafic, nous reconnûmes, emboîtées l'une dans l'autre, les deux voitures qui nous précédaient au moment où il avait pris sa brusque décision.

Dans le même ordre d'esprit, j'ai souvenir d'un passage d'un livre d'Henry de Monfreid, l'un de ceux qui relatent son séjour en Afrique. Parti avec un groupe de gens pour observer des éléphants en pleine brousse sous la conduite d'un guide, il se trouve qu'à un certain moment, ayant éventé la présence des hommes, la troupe des pachydermes commence à barrir et à montrer tous les signes de la colère. Le guide déclare alors qu'il leur faut fuir au plus vite et entraîne le groupe sous le couvert d'une forêt proche. Ils suivent une piste pendant un certain temps, les éléphants à leur suite, mais parvenus à un carrefour, le guide semble hésiter puis décide de prendre vers le nord. « À cet instant, nous dit en substance Monfreid, et bien que je n'aie jamais été familier de l'Afrique, je décidai de ne faire confiance qu'à mon seul instinct, lequel, ainsi que mes lecteurs le savent, m'a tiré plus d'une fois d'un mauvais cas. Aussi, après m'être isolé mentalement quelques instants, j'eus le pressentiment que notre guide, pourtant fort expérimenté, faisait une grave erreur et je décidai de me séparer du groupe et de prendre la piste de l'ouest. » Ce qui s'avéra salutaire dans la mesure où ses compagnons furent mis en pièces par les éléphants qui les rejoignirent peu après sur le chemin du nord, lequel se trouvait être contre le vent, ce que le guide n'avait pas pris en compte dans son affolement.

Ce don d'anticipation, comme je l'ai indiqué, ne fait jamais défaut aux sportifs d'excellence. En témoigne de façon spectaculaire cette aptitude des meilleurs goals de football à bloquer un bon nombre de penalties dans les séances de tirs au but. Un grand volleyeur, au tennis, part neuf fois sur dix du bon côté au moment du passing-shot adverse et le moins qu'on puisse dire est qu'on a le sentiment qu'il lit dans nos pensées, ce qui n'est pas si éloigné de la réalité qu'on pourrait le croire. Ainsi que j'ai pu l'observer au fil du temps, ce type de joueurs se débrouilleront toujours, avant un match, pour se trouver en même temps que vous dans les vestiaires afin de vous examiner subrepticement sous toutes vos coutures, car ils pressentent que les détails les plus insignifiants sont révélateurs de vos futures réactions sur le terrain. En réalité, ils vous radiographient à leur manière, puis intègrent ensuite les données reçues dans leur tactique ; calcul d'autant plus efficient, ainsi que je l'ai déjà suggéré pour lesdits voyants extralucides, qu'il demeure inconscient, car cette faculté de jugement synthétique, en évitant le piège de la déduction analytique trop élaborée, évite aussi la faute de raisonnement et va naturellement droit au but. Cette faculté n'est jamais mieux illustrée que dans le fameux livre d'Herrigel* où il est dit

* Eugen Herrigel, *Le Zen dans l'art chevaleresque du tir à l'arc*, Dervy-Livres, 1970.

de la flèche de l'archer zen qu'elle rejoint d'autant plus sûrement le centre de la cible que ce dernier, se fiant à sa longue ascèse du « lâcher-prise », n'a plus besoin de viser mais seulement de s'abandonner à la perfection de cette happenstance qu'il est parvenu à libérer en lui-même.

J'ouvre ici une parenthèse pour dire un mot au sujet de Carlos Castaneda.

Il fut, en Amérique du Nord, une véritable star de la contre-culture des années soixante-dix. Ce qui entoure sa personnalité un peu trouble, les quelques témoignages de ceux qui prétendent l'avoir rencontré et les circonstances de sa mort, ainsi que la perpétuation de son œuvre et de sa pensée par des disciples « illuminés » m'ont toujours incliné à la plus grande méfiance. Il n'en reste pas moins qu'en faisant la part de l'affabulation probable et des modes « libératoires » de ces années-là, les premiers livres de Castaneda demeurent renversants, car jamais texte plus éloquemment subversif ne fut écrit pour s'opposer à la pensée occidentale classique.

Il n'est pas étonnant que les ennemis les plus farouches du sieur Castaneda, qui prêta d'ailleurs le flanc à la critique en brouillant les pistes concernant sa biographie et la réalité de ses prétendues expériences, ne furent autres que les ethnologues et anthropologues réputés sérieux, lesquels, extraordinairement dérangés au cœur de leur terrain de jeu favori, ne pouvaient que crier à l'imposture et au scandale. Soulignons que ces offusqués refusaient de façon systématique d'examiner le fond de l'œuvre qui leur était proposée, préférant se livrer avec la plus entière mauvaise foi à de venimeux commentaires sur la personne de l'auteur. Pourtant, si on sait mettre à part toute prévention légitime concernant l'authenticité des expériences et la probabilité d'une compilation habile de diverses sources, le tout agrémenté d'une dose de romanesque, le texte lui-même demeure un prodigieux condensé de ce que fut, dès l'origine, l'opposition fondamentale des pensées amérindiennes à notre invasion évangélisatrice et destructrice. Au-delà encore, on pourrait dire que l'œuvre de Castaneda (du moins dans les six premiers ouvrages, car il semblerait qu'ensuite il n'ait su éviter de sombrer dans une sorte de délire mysticisant de mauvais aloi sans doute dû à son succès médiatique incontrôlé), on pourrait dire, oui, que l'œuvre littéraire — car il s'agit de cela et personne ne viendra reprocher à Tolkien d'avoir inventé les Hobbits — est une manifestation éclatante de cette dimension souvent invoquée du *mentir-vrai*.

Or donc, pour en revenir à cette faculté de l'happenstance, nul plus que Don Juan Matsu, le gourou de Carlos, ne peut en revendiquer l'apanage. À un certain moment, Carlos (qui ne cesse de jouer les naïfs), évoquant le cas d'une de ses connaissances tombée dans un traquenard tendu sur son chemin coutumier, demande à Don Juan comment faire pour éviter semblable piège. Celui-ci lui répond alors : « Il ne faut pas passer à cet endroit ce jour-là ! » Réponse typique de la pensée analogique car elle se passe d'explications : ou bien on est capable de sentir ce genre d'évidence ou on ne l'est pas, et cette faculté ne s'acquiert pas au moyen d'une longue ascèse mentale, mais plutôt par un simple abandon à ce que j'ai désigné précédemment comme le « calcul inconscient ».

Les exemples s'engendrant les uns les autres, me revient ici une anecdote racontée par Karen Blixen dans *La Ferme africaine*. Effectuant assez régulièrement, escortée de ses accompagnateurs kikuyus, un long périple pour visiter des amis vivant au cœur d'une partie sauvage du territoire kenyan et devant traverser un grand fleuve au moyen d'un bac dont le pilote habite sur la rive opposée — éloignée de près d'un kilomètre —, elle s'étonne que, sans avoir à prévenir ce passeur à l'avance, il ne se soit jamais produit que celui-ci ne se trouvât déjà là à l'attendre, même lorsque sa venue se trouvait être tout à fait impromptue. Un jour, par l'intermédiaire de son traducteur, elle lui pose la question et pour toute réponse, nous rapporte Blixen, le passeur ne fait que hausser les épaules avec une moue un peu dédaigneuse, comme s'il était oiseux de poser de telles questions.

Mon grand-père Joseph Simon qui, à Verdun et durant les quatre années de la Grande Guerre devait échapper plusieurs fois à des situations quasi désespérées, me raconta que, juste avant la guerre en 1912, sa situation financière étant florissante (il était maître d'hôtel à l'hôtel Savoy de Londres), il décida d'emmener sa femme et ses enfants dans un voyage transatlantique en direction des États-Unis, à bord d'un nouveau paquebot rutilant, vanté alors comme l'aboutissement suprême de la technologie occidentale et qui s'appelait le *Titanic*. Joseph acheta donc les six billets deux mois à l'avance et tous se préparèrent à cette croisière merveilleuse. Sur ces entrefaites, mon grand-père reçut à son hôtel la visite d'un Italien, à qui l'agence de voyages avait donné son nom, et qui le supplia de lui revendre les billets car ses frères et sœurs et lui-même désiraient ardemment rendre une dernière visite à leur père immigré à New York depuis trente ans et sur le point de succomber à une longue maladie. Après avoir un peu hésité, mon grand-père, qui avait bon cœur, accepta et revendit les billets à l'Italien qui se confondit en remerciements émus.

Un peu plus tard, dans une tranchée de Verdun, alors qu'il était en train de jouer à la belote avec un camarade assis sur un tonneau en face de lui et que les yeux baissés sur son jeu il relevait la tête pour abattre sa carte, il eut la stupeur de constater que son camarade s'était littéralement volatilisé. On le retrouva à dix mètres de là, dans un arbre, le corps déchiqueté par un Schrapnel. Pendant la Deuxième Guerre mondiale, Joseph, qui tenait un restaurant sur le bord de la Seine, à Maisons-Laffitte, juste en face de Sartrouville, cultivant les légumes de son potager durant les terribles bombardements alliés qui firent tant de morts civils en 45, ne daigna pas se réfugier une seule fois dans les abris aménagés non loin de là. Sa bouffarde au bec, il binait et sarclait philosophiquement, convaincu d'être protégé par sa bonne étoile.

Dans la compilation des textes attribués au taoïste Lie Tseu et intitulée *Le Vrai Classique du vide parfait*, on trouve une histoire édifiante concernant l'happenstance et ce d'autant plus qu'elle est fortement teintée d'ambivalence et de fatalisme.

Deux voisins d'un village chinois ancien, Che et Mong, possédaient chacun deux fils et, ainsi qu'il était traditionnel à l'époque, avaient élevé l'un dans le métier des armes et l'autre dans celui des lettres. Les deux fils de Che partirent un jour pour faire valoir leur savoir-faire dans le vaste monde. Le premier, le lettré, s'adressa au prince de Ts'i qui l'accueillit à bras ouverts et en fit le précepteur de ses enfants. Le second, le soldat, proposa ses services au roi de Tch'ou qui méditait justement une prochaine action guerrière et en fit son général. Grâce aux émoluments des deux frères la famille de Che put s'enrichir.

Voyant cela, Mong s'enquit auprès de Che de la manière de procéder et celui-ci lui confia comment il en avait été pour ses fils. Sur quoi le premier fils de Mong, le lettré, proposa ses services au roi de Ts'in qui le prit très mal car il projetait précisément à cet instant de régénérer son peuple par des actions guerrières et cette requête lui apparaissant comme de mauvais augure, il fit, conformément aux usages, châtier le solliciteur avant de le relâcher. Le second fils, le soldat, se rendit à Weil pour offrir ses services au seigneur de la région. Or, celui-ci se trouvait sur le point de conclure la paix avec ses ennemis car il ne voyait plus d'issue à l'action violente. Il reçut donc l'offre du fils de Mong comme un mauvais présage et, toujours conformément aux usages, lui fit couper les deux mains avant de le renvoyer dans son village.

À la suite de quoi, atterrés, Mong et ses fils vinrent accabler de reproches leur voisin Che. C'est alors que Che leur dit ceci :

> Quand les circonstances sont favorables, on réussit. Dans le cas contraire, c'est la ruine. La voie que vous avez prise était la même que la

nôtre, cependant l'issue en est différente. Cela provient de ce que vous n'avez pas trouvé le moment favorable, et non pas que vous l'ayez manqué de votre propre chef. En outre, il n'existe pas dans le monde de principe qui soit valable en toutes circonstances, pas un acte qui soit mauvais dans tous les cas. Ce qui fut jadis en usage est peut-être rejeté aujourd'hui. Ce qu'on rejette aujourd'hui sera peut-être en usage plus tard. L'usage et le non-usage ne suivent pas de règle fixe. Comment exploiter une occasion, trouver le moment opportun, se plier aux circonstances, voilà ce qui ne dépend d'aucune recette. Il s'agit ici d'une certaine habileté. Si vous n'avez pas cette habileté, auriez-vous l'immense savoir de K'ong K'ieou et l'adresse d'un Liu Chang, où que vous alliez, vous échouerez*.

Au mauvais endroit au mauvais moment

> « La psychologie n'est pas uniquement un fait personnel. L'inconscient, qui possède ses propres lois et des mécanismes autonomes, exerce sur nous une influence importante, que l'on pourrait comparer à une perturbation cosmique. L'inconscient a le pouvoir de nous transporter ou de nous blesser de la même façon qu'une catastrophe cosmique ou météorologique. »
>
> Carl Gustav JUNG

L'écrivain anglais William Boyd, pour faire pendant à la sérendipité, a créé dans son roman

* Lie Tseu, *Le Vrai Classique du vide parfait*, Gallimard, coll. Idées, 1976, p. 255.

Armadillo paru en 1999 le terme de zemblanité, censé désigner « la prédisposition à faire de façon systématique des découvertes malheureuses, attendues et n'apportant rien de nouveau ». Puisque la sérendipité tirait son appellation de l'île de Serendip, qui n'était autre dans l'esprit de son inventeur, Horace Walpole, que celle de Ceylan, réputée à l'époque pour être un petit paradis, Boyd a choisi l'île de la Nouvelle-Zemble, une grande île quasi désertique et inhospitalière du nord de la Sibérie, pour illustrer géographiquement son opposé : ladite zemblanité.

Nous connaissons tous des personnes affligées de zemblanité, et de même que la sérendipité est, sans doute, connectée à ce don de se trouver au bon endroit au bon moment, la zemblanité me paraît l'être à celui de se trouver au mauvais endroit au mauvais moment ; ce qui, dans nombre de cas, s'apparente à la conduite d'échec répertoriée par la psychanalyse et dont tant de gens semblent être cruellement pourvus.

Un jour que j'avais emmené ma fille Émilie et Arthur, le fils d'un de mes amis — tous deux, à l'époque, âgés d'une quinzaine d'années —, à la grande fête foraine qui prend place chaque hiver dans une partie du jardin des Tuileries, Arthur commença de nous expliquer avec le plus grand sérieux, mais en bégayant abondamment, que son gros problème dans la vie était une disposition innée à provoquer des catastrophes. Il suffisait, nous affirma-t-il, qu'il se mêle de quoi que ce soit pour que « ça foire », et il avait fini d'ailleurs par l'accepter avec fatalisme. Ma fille et moi, croyant avoir affaire à un jeune humoriste à la Woody

Allen, prîmes le parti d'en rire, cela jusqu'à ce que nous en ayons la première confirmation.

Nous étions parvenus à l'emplacement du fameux labyrinthe transparent et Émilie eut le désir de s'y aventurer. Elle demanda alors à Arthur de l'accompagner, ce qu'il accepta mais en faisant discrètement — ce que je notai — une drôle de grimace. Je demeurai donc à l'extérieur à les observer évoluer un certain temps au sein des différents couloirs, se heurter à des impasses, revenir sur leurs pas, rire ensemble, repartir, se consulter, etc. À un certain moment, alors qu'ils se trouvaient dans un des coins éloignés du labyrinthe, je les perdis de vue et, m'asseyant sur un banc, j'attendis patiemment de les voir réapparaître. Quelle ne fut pas ma surprise, au bout d'une dizaine de minutes, de voir ma fille ressortir seule en me demandant si j'avais vu Arthur. Je lui affirmai que non et elle me raconta qu'à un certain moment celui-ci avait décidé de prendre les opérations en main et que, dès cet instant, ils n'avaient cessé de se heurter à des culs-de-sac. Un peu plus tard, chacun cherchant pour son propre compte, ils s'étaient insensiblement séparés de quelques couloirs jusqu'à ce qu'elle finisse par constater qu'Arthur avait disparu. Elle avait alors elle-même retrouvé très vite la sortie.

Nous nous approchâmes des parois de verre et mîmes les mains en visière pour tenter d'apercevoir Arthur. Au bout de quelques minutes, nous le vîmes apparaître non loin de nous gesticulant et nous adressant des mimiques découragées. Émilie commença alors à essayer de le guider de l'extérieur mais après quelques tournicotages, nous le vîmes revenir à l'endroit exact où nous l'avions aperçu auparavant, arborant la même attitude défaitiste et fataliste. Force nous fut d'admettre qu'il ne parviendrait jamais à ressortir par lui-même et je dus aller demander au préposé du jeu forain de bien vouloir le tirer de là, ce qu'il fit en un tournemain, déclarant que c'était la première fois que la chose se produisait.

Après avoir récupéré Arthur un brin hébété et confus, nous continuâmes de déambuler dans les allées jusqu'à ce que j'avise un stand de tir et décide de faire quelques cartons. Émilie et Arthur me regardèrent faire un petit moment puis, lorsque j'en eus terminé, Arthur me demanda s'il pouvait essayer à son tour, ce à quoi, ayant insoucieusement oublié la précédente mésaventure, je répondis par l'affirmative. Le forain plaça alors une carabine chargée dans les mains d'Arthur et celui-ci se cala des deux coudes sur le rebord aménagé tout exprès, ainsi qu'il m'avait vu faire, et visa. Il avait choisi pour cible une pipe de porcelaine blanche qui se trouvait exposée à près de deux mètres cinquante de lui et parmi une longue rangée de ses consœurs, toutes placées nettement au-dessus des nombreux lots gagnants exposés là pour attirer le chaland. Après avoir visé un temps exagérément long, il arriva qu'au moment même où il appuya sur la gâchette (lui imprimant, il faut le préciser, une énergie tout à fait excessive) le coude droit d'Arthur ripa maladroitement contre le rebord où il ne s'était appuyé qu'en partie... si bien que le coup partit directement exploser le poste de radio qui se trouvait juste au-dessous. Effrayé, Arthur se releva, ne sachant que faire. Tout d'abord, je lui conseillai de reposer calmement la carabine, puis j'entamai auprès du tenancier du stand (accompagné, je m'en souviens, du fou rire en sourdine de ma fille) les pourparlers un peu tendus concernant le prix de la radio.

Lorsque nous repartîmes, Arthur plus confus encore qu'auparavant me glissa qu'il était absolument désolé mais qu'il m'avait prévenu.

C., un ami à moi qui se plaignait régulièrement de jouer de malchance, ou plus précisément de devoir sans cesse payer les pots cassés, me raconta l'histoire suivante. Alors qu'il était encore jeune et affecté d'une timidité pathologique avec les femmes, il avait pour ami un garçon qui pour sa part — jazzman adulé des femmes — enchaînait les conquêtes à une allure toute donjuanesque. Ce dernier, au sortir d'une nouvelle aventure torride, avait éprouvé quelques signes urétraux inquiétants et était allé faire des analyses d'urine dans un certain laboratoire où, précisément, dit-il à C., il lui était impossible de se rendre le jour prévu pour la réception des résultats. C. aurait-il l'amabilité d'aller les réceptionner à sa place ?

C. se présenta donc à l'adresse indiquée : un grand laboratoire un peu vieillot dont la salle d'attente était déjà remplie d'une quantité de jeunes gens à la mine sombre. Après avoir reçu son numéro d'ordre, il s'assit pour attendre son tour. Une infirmière apparaissait toutes les dix minutes pour annoncer un numéro : le 12 M. Untel, etc. Après une bonne heure d'attente, ce fut soudain le numéro affecté à C. qui fut annoncé, suivi du nom de son camarade concerné par l'analyse. C. suivit docilement l'infirmière jusque dans une salle où attendaient deux hommes en blouse blanche, un infirmier athlétique et un médecin se tenant debout à côté d'une sorte de fauteuil à bascule. Le médecin lui ordonna alors de bien vouloir se déculotter et C. tenta d'expliquer qu'il ne s'agissait pas de lui mais d'un camarade qui… « Oui, oui, on sait, on sait, on a l'habitude, on connaît la chanson ! » s'exclamèrent en chœur et en riant les deux hommes en blouse blanche. L'hercule d'infirmier se saisit de C. à bras-le-corps, l'obligea à s'asseoir sur le siège, tandis que l'infirmière lui baissait son pantalon tout en disant : « N'ayez aucune crainte, ça ne dure pas longtemps et c'est juste un mauvais moment à passer. » C. eut beau protester, il fut maintenu de force sur le siège tandis que le médecin lui introduisait une fine et longue sonde dans la verge et y propulsait (toujours au dire de C.) un « liquide noirâtre et tiède ». Lorsqu'en dépit des protestations de C., l'opération fut terminée, il put se rhabiller et on lui tendit une feuille de résultats en lui affirmant, sans plus le laisser parler qu'auparavant, que désormais il n'avait plus rien à craindre. « Ensuite, dans la rue, je peux te dire que je dansais la gigue tellement ça me brûlait ! » me confia C. en racontant l'histoire « et un peu plus tard dans la journée, quand j'allai donner les résultats à mon copain en lui expliquant ce qui m'était arrivé, sans même me plaindre ni s'excuser, il examina un instant les résultats du labo puis fit la grimace et me déclara : "C'est bien ce que je craignais ! Il fallait que je me prépare psychologiquement." »

Wolfgang Pauli — qui fut Prix Nobel de physique et dont on a dit qu'il était le fils spirituel d'Einstein — fut un des fondateurs, avec Heisenberg et Bohr, de la mécanique quantique. Pauli était célèbre pour son intransigeance scientifique et l'on sait qu'il exerçait une ironie impitoyable à l'égard de tout ce qui lui semblait approximatif. En réalité, au fil des années, un désaccord profond se fit jour entre Einstein et lui au sujet de la mécanique quantique. Ce fut alors qu'il se rapprocha de Jung et commença à s'intéresser à la jonction possible, aussi bien dans les sciences que dans la conscience livrée à elle-même, des phénomènes physiques et psychiques que, sous certains aspects, la mécanique quantique induisait déjà. Il en vint donc à souffler à Jung cette notion de synchronicité dont il avait trouvé les prémisses dans les écrits de Kepler.

> Cette pente de son esprit, nous dit Étienne Klein qui s'est beaucoup intéressé à Pauli, l'amena naturellement à se tourner vers Kepler, auquel il consacra un livre, pour étudier chez lui « l'influence des notions archétypales sur la formation des théories scientifiques ». À l'opposé de la conception purement empiriste qui veut que les lois naturelles soient tirées des seules données de l'expérience, Pauli voulait mettre en avant le rôle joué par l'intuition dans la formation des concepts scientifiques. Il lui sembla que ce rôle de l'inconscient était implicitement contenu dans la notion d'archétype proposée par Kepler au début du XVIIe siècle. Ce mot, qui renvoyait chez Kepler à un ensemble d'images primordiales, fut repris par Jung pour désigner des formes typiques de notre saisie du réel qui se manifestent sur le plan physique aussi bien que sur le plan psychique.

Cependant, ce que je veux noter ici concernant Pauli est cette faculté étrange qu'il possédait (laquelle a été rapportée par quantité de ses collaborateurs, au point qu'on l'a nommé *l'effet Pauli*) de non seulement faire échouer, aussitôt qu'il était entré dans un laboratoire, les expériences sur lesquelles il se penchait, mais encore de dérégler les instruments de mesure dont il s'approchait. N'était-il pas fatal, étant doté d'une telle « aura », qu'il finisse par s'interroger sur le rôle primordial du psychisme dans l'observation des phénomènes physiques ? Ne peut-on déceler aussi, dans ce trait de sa personnalité complexe, une profonde ambivalence qui pourrait s'apparenter à une méfiance instinctive — non assumée — pour les méthodes de recherches accréditées par la science de son époque et plus encore pour le cartésianisme en général ?

Leur littérature l'atteste, en sus d'être affectés d'un fatalisme mélancolique légendaire, les Russes semblent avoir toujours éprouvé une fascination pour la malchance et donc pour cette incapacité que possèdent certains de se trouver au bon endroit au bon moment — ce qui a manifestement le don de les faire rire. Leur passion pour le jeu de la roulette russe semble l'attester et l'histoire suivante, qui m'a été racontée par un ami moscovite comme étant typique de l'humour russe, me semble le corroborer :

Ce soir-là, avait lieu une grande soirée dans le palais de la princesse Olga Andrievna Srebenikov. Étaient présents, dans l'immense salon doré, sous les lustres électriques brillant de leurs mille feux, le comte Igor Vassilievitch Gontcharov, l'archiduc Vladimir, le grand pope Ostronikov, les ducs Ivan Maximovitch Levbedev, Alexis Petrovitch Strogonov, le juge Madléiv, le président de la cour Medvedev, les administrateurs Sermontov, Dounine, la poétesse Sonia Morlovna et la duchesse Irma Vladimirovna Ustinov, le général Semenov et bref, tout le gratin du Saint-Pétersbourg de l'époque en grande tenue d'apparat. Le champagne coulait à flots, les plateaux couverts de victuailles circulaient au-dessus des têtes, tenus à bout de bras par les laquais en livrée, l'orchestre jouait sans discontinuer des valses et des polkas endiablées et les plus belles femmes tournaient, enivrées et abandonnées, aux bras des plus élégants officiers en grand uniforme... Peu après les douze coups de minuit, au plus fort de la fête, l'orchestre s'interrompit d'un seul coup, la lumière s'éteignit, plongeant le salon dans la plus totale obscurité et un coup de feu retentit. Aussitôt après, les lumières se rallumèrent et l'orchestre reprit un fox-trot très alerte, tandis que les serviteurs dégageaient sur un brancard le corps inerte de l'archiduc Vladimir, un trou rouge à l'endroit du cœur. Les danseurs se déchaînèrent et le champagne continua de déferler en vagues successives dans les flûtes. Quelques tables de jeu s'organisèrent dans les petits salons attenants.

À minuit trente, nouvelle interruption et nouvelle plongée dans l'obscurité suivie d'un nouveau coup de feu, puis, comme la première fois, reprise immédiate des festivités. Cette fois-ci, c'est le corps de la duchesse Irma qui est emporté diligemment sur un brancard parmi les danseurs ébouriffés, un point rouge sanguinolent à la tempe. Une demi-heure plus tard, nouvelle interruption : le grand pope Ostronikov est emporté, la chemise maculée de rouge, et reprise tout aussi endiablée sur-le-champ. Puis c'est le tour du général Semenov, puis d'Ustinov et d'un certain nombre d'autres personnalités à la suite les unes des autres. Ainsi jusqu'à cinq heures du matin, où il ne reste plus qu'une dizaine d'invités rassemblés au centre du salon. « Mais alors », comme le confia Alexis Petrovitch Strogonov, l'un des rares rescapés, les larmes aux yeux et la voix tremblante de nostalgie, « une ambiance du tonnerre et comme on n'en verra plus ! »

Mon jeune ami Gabriel, qui fait profession d'être incurablement désabusé et défaitiste et qui ne s'engage jamais dans la moindre entreprise sans en évaluer minutieusement les multiples inconvénients — lesquels, la plupart du temps, le découragent à l'avance de rien amorcer —, alors que je m'enquérais des origines de ce tempérament négatif, me répondit :

— Comment veux-tu être optimiste quand tu as l'impression que la vie ne cesse de s'ingénier à te mettre des « bâtons dans les roues » ? Et quand j'emploie cette expression, tu vas voir qu'elle est parfaitement justifiée dans mon cas.

Dans mon village, quand j'étais adolescent, nous étions une bande de copains passionnés de cyclisme et nous suivions assidument les grandes courses professionnelles, nous connaissions tous les champions du moment et nous nous entraînions sur les routes des environs comme des malades. J'étais sans doute le plus assidu et lorsque arriva la course annuelle du village, je peux t'affirmer que je me sentais fin prêt.

Dès le début de la course, je parvins à me maintenir sans effort dans le peloton de tête, puis six tours plus tard, je me retrouvai parmi les trois « échappés ». Arriva la dernière côte avant la dernière ligne droite et, sentant que j'avais de la réserve, j'attaquai dès le bas de la pente, laissant mes deux rivaux sur place. Cependant, parvenu en haut de la côte, je voulus me retourner pour mesurer et peut-être aussi savourer mon avance, mais c'était sans compter avec mon destin qui m'attendait sous forme d'un malheureux nid-de-poule que, pourtant, je connaissais parfaitement bien mais que, dans l'ivresse de la victoire, j'oubliai complètement d'éviter. Je me ramassai une gamelle magistrale qui m'entama le genou et tordit ma roue avant en huit, ce qui fit que je terminai la course dans la voiture-balai sous les quolibets et les rires de tout le village et, plus cruellement encore, des quelques jolies gamines que j'aurais tant voulu impressionner. Et ça a toujours été comme ça pour moi, dans l'existence, alors comment voudrais-tu que je voie la vie en rose ?

J'ai connu en revanche dans mon club de tennis, il y a quelques années, un garçon affichant une chance insolente au jeu. Impossible de s'affronter à lui dans un défi qui comportait une part de hasard, pas même au simple jeu de pile ou face. Comme c'était de surcroît quelqu'un d'intelligent et de cultivé, j'eus un jour l'idée de lui demander à quoi il attribuait pour sa part cette faveur de la fortune.

— Il faut d'abord que tu saches, me répondit-il, que ça ne marche que lorsque l'enjeu est relativement faible ou bien que je n'y accorde qu'une importance secondaire ; aussitôt que je commence à trop y croire, ça ne marche plus vraiment. Bref, j'ai remarqué que si je comptais trop sur le gain, ça capotait une fois sur deux.

— D'accord, mais c'est quand même très étonnant, à quoi l'attribues-tu ?

— Au désir ! me répondit-il avec une lueur un peu démente dans le regard, je crois que je sais mieux désirer que vous.

— Que veux-tu dire ?

— Eh bien que je me coule dans mon désir comme dans un bain chaud, sans plus, et alors c'est le plaisir de jouer qui attire la chance et qui ensuite me fait gagner. Comprends-tu ce que je veux dire ?

Je comprenais d'autant mieux que je l'avais expérimenté moi-même au tennis. Je n'aurais d'ailleurs mieux su comparer cet état de grâce qu'à cet instant où, se rencontrant pour la première fois, deux enfants deviennent amis — parfois pour la vie — en commençant à jouer ensemble, ou bien encore à l'amour partagé à l'instant d'un coup de foudre. C'est un état de dépersonnalisation intense où, d'une certaine manière, l'on ne fait plus qu'un avec les événements et le rythme de leur apparition, où nos gestes s'enchaînent comme guidés par une instance mystérieuse — comparable, peut-être, à cette déesse aux yeux pers de la mythologie grecque.

Parmi les très grands champions que j'ai pu observer d'assez près, deux m'ont semblé être doués au plus haut point de cette faculté du lâcher-prise extrême-oriental : Rod Laver et Roger Federer. Bien souvent, au début d'un match, l'un et l'autre jouaient de façon erratique, approximative, apparemment chagrinés par une sourde matérialité rebelle qui les empêchait de décoller, et cela jusqu'au moment où — la chose étant la plupart du temps déclenchée par un coup chanceux brusquement réussi — l'on pouvait remarquer sur leur visage l'effet d'une transfiguration. Le regard absent, habités d'un calme souverain, ils enchaînaient alors une longue série de coups parfaits, miraculeux, comme si rien ne pouvait plus les arrêter. Cette sorte de transe a d'ailleurs été répertoriée par leurs adversaires habituels et la plupart (Rafael Nadal y fait référence à propos de Federer dans son autobiographie récemment parue*) savent qu'il faut alors rompre ce somnambulisme inspiré d'une manière ou d'une autre : en réussissant soi-même un exploit ou en créant un incident perturbateur.

Cet état de concentration impersonnel, les psychologues américains l'appellent « passer dans la zone » et ils donnent diverses recettes pour y accéder. Malheureusement, j'ai bien peur que leur pragmatisme matérialiste foncier ne leur fasse manquer l'essentiel, lequel, à mon sens, n'est autre que ce profond désir de rejoindre *la gratuité ludique*, qui est au cœur de toute activité inspirée**.

Il est assez douteux, en effet, que la plupart des Américains, nourris comme ils le sont dès l'enfance au lait de la performance et des records tous azimuts, bref, du salut de l'âme par l'exploit individuel (lequel est induit par leur incorrigible puritanisme endémique), puissent jamais se détendre suffisamment pour connaître cette symbiose ludique.

* *Rafa*, Jean-Claude Lattès, 2012. Traduction de Judith Coppel.

** Gratuité ludique dont nous parlent si bien l'historien et anthropologue Johan Huizinga dans son ouvrage déjà cité *Homo ludens*, ainsi que le philosophe Eugen Fink dans son livre *Le Jeu comme symbole du monde*.

Pour en terminer avec la faculté de relâchement préconisée par les maîtres du zen au sein de l'action, et que nous autres Occidentaux ne pouvons connaître que de façon sporadique, hasardeuse et innocente, il faut ici saluer la « pureté d'intention » — sans doute inconsciente d'elle-même — qui permet à un joueur tel que Federer de préserver son enthousiasme ludique jusqu'au cœur des grandes compétitions d'aujourd'hui. Une fois que j'assistai à l'une de ses interviews à Roland-Garros, je notai cette petite phrase significative prononcée par lui comme par inadvertance, à mi-voix : « Je crois que personne au monde ne peut s'amuser plus que moi sur un court de tennis. »

Cette affirmation un brin humoristique en dit long, je crois, sur l'intime persistance d'un enthousiasme enfantin au fond du cœur du grand champion Federer. Innocence et grâce ludique préservées qu'il nous fait partager par empathie à ses plus grands moments, comme une sorte de prodige inespéré. Sa plus grande réussite réside d'ailleurs peut-être en ceci qu'il est le seul numéro un mondial à être encore encouragé par le public de Roland-Garros — un brin « midinette » on le sait — lorsqu'il se trouve opposé à un outsider qui s'est vaillamment hissé jusqu'à lui dans le tournoi et le met momentanément en difficulté. Le public français, plus esthète encore que sentimental, désire que se poursuive « l'enchantement Federer » et que perdure le jeu divin de l'enfant prodigue du tennis moderne.

Cette faculté de désirer suffisamment fort qui paraît faire défaut aux victimes de la zemblanité ou de cet « inopportunisme » dont j'ai donné plusieurs exemples, Robert Frost, dans un poème métaphysique poignant, paraît y voir un trait caractéristique de la condition humaine :

À une phalène rencontrée en hiver

Voici ma main dégantée, toute chaude encore,
Lieu de halte et perchoir entre un bois et un autre,
Petit être aux yeux noirs et au corps argenté
Marqué de brun, et aux ailes non point pliées
Paresseusement, mais largement déployées.
(Quel peut bien être ton nom ? Je me le demande,
Et je le saurais si tu étais une fleur.)
Dis-moi donc ce qui t'a leurré de faux espoirs,
Fait tenter l'aventure de l'éternité
Et rechercher l'amour au plein cœur de l'hiver.
Reste et écoute-moi. Il me semble vraiment
Que pour une créature si aérienne
Tu te donnes beaucoup trop de mal pour voler
Et t'exténues pour te soutenir dans les airs.
L'amour et toi ne vous rencontrerez jamais.
Ce que je déplore en toi, c'est un trait humain :
Ce manque extraordinaire d'opportunisme
Qui est la seule vraie source de tous nos maux.
Mais va, tu as raison et vaine est ma pitié.
Va, tu seras bientôt tout détrempé et mort.
Tu dois être plus innocent que moi et plus sage,
Si tu sais que la main que je t'avais tendue
Sans réfléchir au-dessus du gouffre du monde,
Peut t'atteindre, mais ne peut changer ton destin.
Je ne peux ni changer ta vie ni la sauver,
Je dois pour très peu de temps me sauver moi-même.

L'esprit synthétique chinois

Comment faire cependant pour ne pas être inopportun, convoquer la chance et accéder au fameux *kaïros* des anciens Grecs — ne sont-ce pas là les questions fondamentales qui se posent encore à nous sans relâche ? Il semblerait justement que l'ancienne pensée chinoise — aussi bien confucéenne que taoïste ou tch'an — n'ait cessé de tourner autour de cette problématique de l'opportunisme temporel, ancienne pensée chinoise — souvent désignée comme pensée synthétique ou bien simultanéiste — qui, depuis des temps immémoriaux, pratique le raisonnement analogique.

Qu'est-ce au juste que le raisonnement analogique chinois comparé à notre raisonnement analytique occidental ? Il est assez difficile de l'expliquer simplement tant cette conception est étrangère à la nôtre. Une chose est sûre, toutefois, le meilleur moyen de s'en faire une idée n'est certes pas de s'immerger dans le gros ouvrage de Liou Kia-hway intitulé *L'Esprit synthétique de la Chine*, car vous vous trouverez instantanément plongé dans une rhétorique d'une folle abstraction dont vous aurez autant de mal à suivre le fil qu'à mémoriser une combinaison d'échecs imaginée par Mikhail Tahl lui-même. Pourtant, si vous persistez à suivre pas à pas le cheminement de cette pensée subtile — réservant prudemment la compréhension de certaines distinctions abstruses pour plus tard (au cas où vous auriez jamais le temps d'y revenir un jour...) — il peut arriver que vous tombiez sur des passages tels que celui-ci* :

* Liou Kia-hway, *L'Esprit synthétique de la Chine*, PUF, 1961, p. 86.

Contrairement à la philosophie occidentale de l'essence dont le résultat nécessaire constitue un système fixe de concepts clairs et distincts, la philosophie chinoise traditionnelle représente surtout une philosophie de l'existence complexe et ambiguë, philosophie qui empêche tout penseur chinois traditionnel d'avoir une idée claire et distincte de sa propre expérience. Ainsi, par exemple, le Jen chez Confucius indique tantôt une vertu particulière, tantôt la personne possédant cette vertu particulière ; il représente tantôt la perfection en tant que synthèse des vertus particulières, tantôt le sage confucéen réalisant en lui cette perfection ; il embrasse indistinctement la perfection du sage confucéen selon ses possibilités pratiques et l'expérience ontologique du sage confucéen voulant dépasser son idéal humain de perfection réalisable.

De même le Tao selon Tchouang-tseu embrasse confusément l'univers changeant et le principe générateur de ce même univers ; il est à la fois l'être et le non-être, le non-être et le néant absolu, le néant absolu et la négation de ce même néant absolu. En résumé, le Jen de Confucius aussi bien que le Tao de Tchouang-tseu ne peuvent pas se fixer dans la pensée conceptuelle dont la clarté et la distinction constituent l'essence. Car le paradoxe de la pensée chinoise de l'antiquité vise à traduire le mystère indéchiffrable de l'existence complexe et ambiguë, mystère incapable de s'incarner dans aucun langage du monde, mystère échappant à toute prise de conscience humaine, mystère pressenti par tous les grands penseurs de l'Occident, non exploités par eux, mystère que tout penseur chinois veut creuser aussi profondément que possible.

S'il est un ancien livre chinois qui entretient des relations étroites avec la synchronicité jungienne, c'est bien le fameux Yi-King, le Classique des changements, auquel j'ai déjà fait allusion. Le Yi-King que, durant les années soixante-dix, nombre de gourous utilisèrent comme une table de divination en manquant sa portée réelle, est surtout, selon moi, un manuel de stratégie existentielle assez pragmatique fondé sur l'observation de cette bipolarité qui, depuis les temps les plus anciens, a semblé aux penseurs chinois être à l'œuvre dans l'univers — bipolarité à la fois physique et mentale agissant en une sorte de couple mécanique où s'opposent et se complètent deux forces antagonistes : le yin et le yang.

En réalité, le Yi-King (ou Yi-Jing) est un livre étrange à propos duquel beaucoup de spécialistes, tout particulièrement en Chine, semblent s'opposer, certains ne voulant lui reconnaître qu'une valeur historique et les autres persistant à y déceler un précieux enseignement de stratégie existentielle.

Tant de gens à ma connaissance ont glosé sur le sujet qu'il me paraît plus sage d'abandonner toute velléité d'explication objective et de me livrer — ce qui correspond d'ailleurs à l'esprit même de la synchronicité en question — à une approche anecdotique personnelle. Mais avant cela, sans doute me faut-il, concernant la subtilité de la pensée chinoise, introduire — en tant que nouvelle digression indispensable, n'est-ce pas ? — le passage d'une lettre adressée à l'un de mes plus chers compagnons épistolaires, sinologue et écrivain réputé séjournant en Australie, lequel nous raconte à un certain moment, dans une de ses savoureuses chroniques*, la petite fable suivante :

> Zhuang Zi et le logicien Hui Zi se promenaient sur le pont de la rivière Hao. Zhuang Zi observa :
> — Voyez les petits poissons qui frétillent, agiles et libres ; comme ils sont heureux !
> Hui Zi objecta :
> — Vous n'êtes pas un poisson ; d'où tenez-vous que les poissons sont heureux ?
> — Vous n'êtes pas moi, comment pouvez-vous savoir ce que je sais du bonheur des poissons ?
> — Je vous accorde que je ne suis pas vous et, dès lors, ne puis savoir si les poissons sont heureux.
> — Reprenons les choses par le commencement, rétorqua Zhuang Zi, quand vous m'avez demandé : « D'où tenez-vous que les poissons sont heureux », la forme même de votre question impliquait que vous saviez que je le sais ? Mais maintenant, si vous voulez savoir *d'où* je le sais — eh bien je le sais du haut du pont.

Or mon ami tire de ce bref apologue l'enseignement suivant : nous partons toujours, que nous le voulions ou non, d'une certaine conception préalable et indiscutable de la vérité, et il est donc oiseux d'ergoter plus longtemps à ce sujet. Cependant, comme cette interprétation ne me semblait pas absolument évidente, j'ai trouvé amusant, quelques siècles plus tard et de façon lointainement épistolaire — sans la possibilité d'observer le scintillement des poissons dans l'onde, hélas,

* Simon Leys, *Le Bonheur des petits poissons*, J.-C. Lattès, 2008.

ce qui est peut-être le détail essentiel à retenir de cette histoire… — de prolonger la promenade argumentée des deux amis.

« Je lis régulièrement vos chroniques, lesquelles m'amusent et me passionnent et je dois dire que je suis généralement en parfait accord avec vos vues et vos remarques. Cependant, dans celle concernant le dialogue des logiciens au sujet de l'éventuel bonheur des petits poissons, il m'a semblé — mais je ne suis pas tout à fait certain d'avoir bien compris et je trouverais intéressant de chercher à le préciser — que nous divergions au sujet des conceptions de la Vérité et partant de ce qui me semble l'englober : la vaste et multiple réalité. (À tout le moins, ce que je vais vous dire me permettra-t-il de circonscrire ma propre conception de ce que vous appelez La Vérité.)

À vrai dire, je ne parviens pas à entendre le terme même de vérité au singulier et surtout affublé d'un grand V, j'ai trop lu Nietzsche (et, au risque de rabâcher, son meilleur disciple : Jules de Gaultier), puis ensuite Husserl et les analyses phénoménologiques, pour ne pas estimer que désigner cette notion au singulier revient à se soumettre à une sorte de dogmatisme.

Des vérités, certes, il en existe une grande variété et elles sont d'une nécessité absolue, pour le coup, en tant qu'illusions vitales, mais comme le démontre brillamment Pirandello dans une pièce célèbre : à chacun la sienne. Non pas que je sois un fanatique du relativisme intégral puisque, poussé jusqu'à cette extrémité, il se retourne contre lui-même par une affirmation contraire à son principe de départ*, mais sans doute tendrais-je à ce que l'on appelle "le perspectivisme" — à savoir replacer en permanence chaque chose en son contexte historique et circonstanciel précis, lequel confère alors, dans un cadre donné, une vérité *momentanée* à certains principes particuliers. Le défaut serait de se croire ensuite autorisé à théoriser cette occurrence un instant favorable en l'extrapolant au-delà des limites qui lui ont été naturellement imparties par le "ciel". Il y a, en effet, beaucoup d'histoires merveilleuses concernant ce relativisme erratique parfois contrarié par une vérité plus stable (jamais éternelle toutefois) dans *Le Vrai Classique du vide parfait* — que vous devez connaître bien mieux que moi.

L'idée que l'on puisse avoir — comme il me semble que vous le laissez entendre — une conception "au préalable" et indiscutable de la Vérité me semble une évidence : fatalement conditionnés et enchâssés comme nous le sommes, dès l'enfance, dans les axiomes qui nous furent inculqués. Il me paraît néanmoins plus prudent et plus honnête de les réexaminer de façon fréquente, car

* « J'affirme que nous ne savons ni si nous sommes quelque chose, ni si nous ne savons rien, et que nous ne savons même pas s'il existe une possibilité d'ignorer ou de connaître et, plus généralement, s'il existe vraiment quelque chose ou s'il n'existe rien », Métrodore de Chio.

Cette sentence est l'un des fondements du pyrrhonisme zététique ou doute systématique et, comme on peut le remarquer, ce qui accroît le vertige dialectique : la suspension du jugement est systématiquement organisée, mais elle débute par un « J'affirme ! ».

Il me semble que c'est ce que nous démontre brillamment Allan Bloom dans son fameux ouvrage intitulé en français *L'Âme désarmée*. Il y explique — emboîtant le pas à Leo Strauss — à quel point le relativisme intégral est devenu un dogme contraignant de notre époque, tout particulièrement dans les milieux universitaires.

si nous sommes désespérément (et tragiquement la plupart du temps) attachés à une rassurante permanence des choses en ce "branloir pérenne" qu'est le monde, il se pourrait bien, après tout (comme cela est si bien pointé justement par la pensée chinoise), que la réalité demeure pour sa part continuellement en mouvement et n'ait de cesse de se déplacer hors de portée (pas bien loin, souvent, et c'est ce qui nous trompe, mais en mécanique l'extrême précision est impérative) de nos saisies mentales habituelles. Or nous préférons dogmatiser sur ce qui nous a réussi la fois précédente, plutôt que de chercher à repérer où la petite vérité efficiente momentanée a bien pu se nicher *cette fois-ci*.

Dans son langage à lui Spengler a exprimé assez bien quelque chose d'équivalent, dans *Le Déclin de l'Occident*, p. 251 :

> Pour chaque homme et le laps de temps de son existence, il n'y a d'éternelle et de vraie qu'une religion: celle que le destin lui a octroyée par le lieu et le temps de sa naissance. C'est par elle qu'il sent et qu'il forme les intuitions et les convictions de ses jours. Il tient à ses paroles et à ses formes, bien qu'il les entende toujours différemment. Les vérités éternelles existent dans le monde de la nature, dans celui de l'histoire il y a un être vrai éternellement changeant.

Tout cela — si maladroitement et rapidement rédigé — pour en arriver à votre apologue des petits poissons à propos duquel votre interprétation m'a fort surpris puisque, pour ma part, je l'interprète de façon un peu différente.

En effet, selon moi, ce *savoir du haut du pont* fait justement — avec cet humour chinois un peu cérémonieux que je retrouve souvent dans les textes anciens du Tch'an — référence à ce relativisme évident et inéluctable de tout savoir possible, toujours fatalement induit par un point de vue inhérent à la position spatiale de la personne, qui ne peut pas se trouver au même endroit que son voisin le plus proche. Ce que Zhuang Zi me semble vouloir dire, en l'occurrence, c'est qu'il est idiot et superfétatoire pour un logicien de demander d'où quiconque peut bien savoir quoi que ce soit : c'est toujours par essence depuis le point de vue limité, circonstanciel, diffracté et hasardeux qui est le sien en tant que particule humaine idiosyncratique.

Zhuang Zi me semble vouloir montrer que la discussion logique initiée sous cette forme est inutile et d'une récurrence tautologique qui se passe de commentaire : tout ce que nous savons, nous le savons toujours soit du haut du pont en ce qui concerne les petits poissons (au cours de cette promenade de ce jour-là), soit depuis le point de vue hasardeux (et l'état momentané de nos connaissances) qui est le nôtre à l'instant où nous observons les choses.

Bien entendu, il est fort possible que je me trompe et que je me sois moi-même laissé abuser par quelque apparence de logique fallacieuse au moment où j'ai lu votre chronique, car je vous accorde sans discuter que *je ne suis pas vous et que, dès lors, je ne prétends en rien savoir ce que vous savez* (loin de là même). Je ne fais qu'initier une sorte de pilpoul ludique avec un ami, de surcroît antipodiste*, ce qui rend le dialogue plus incertain encore puisque les choses s'en trouvent nécessairement inversées pour nous deux... »

Cependant, depuis cet échange épistolaire, j'ai fini par réaliser que ce Zhuang Zi était le même que le Tchouang-tseu de la plus célèbre des fables chinoises de la tradition taoïste, que je rappelle ici : Tchouang-tseu, ayant rêvé durant la nuit qu'il était un papillon voltigeant à sa guise parmi les fleurs, se sent incapable le matin à son réveil de décider s'il est Tchouang-tseu ayant rêvé qu'il était un papillon ou bien le papillon qui a rêvé qu'il était Tchouang-tseu. Or, à moins que je ne continue moi-même de rêver qu'il m'est possible de voltiger à ma guise parmi les idées subtiles, alors que je ne suis qu'un pauvre apprenti philosophe cherchant à se repérer parmi l'embrouillamini de ses idées mal définies, il me semble que se situe là une des constantes les plus instructives de la pensée chinoise ancienne, laquelle me paraît pouvoir se ramener, une fois de plus, à cette observation déjà évoquée du « mince intervalle résiduel subsistant entre ce que l'on voudrait qui soit et ce qui finalement nous apparaît ».

Concernant le Yi-King cependant, je me suis replongé ces temps derniers dans maints ouvrages qui en traitent savamment. J'y ai appris que les soixante-quatre hexagrammes** qui constituent le

* Judith, ma fidèle correctrice, après avoir lu attentivement ce passage, me dit qu'elle ne saisit pas où se trouve l'opposition que je crois déceler avec mon interlocuteur. Ce qui, après tout, est fort possible et me ravit.

** Je n'ai trouvé nulle part d'allusion au fait que le jeu d'échecs tel qu'il s'est codifié en Occident — et qui peut être à bon droit fameux Classique des changements étaient issus d'une très ancienne tradition divinatoire qui procédait à l'aide de carapaces de tortues que l'on chauffait au feu par en dessous et sur la surface desquelles on observait les divers fendillements — d'après l'orientation et l'intensité desquels on cherchait ensuite à interpréter la situation du moment (et non point tant, d'ailleurs, à deviner l'avenir, la prédiction du futur constituant une pratique qui ne fut jamais trop en faveur au sein de l'esprit chinois, essentiellement pragmatique). Au cours des siècles donc, ces multiples petits traits répertoriés furent archivés, puis on abandonna les carapaces de tortues afin de rendre ceux-ci plus abstraits et susceptibles d'être généralisés, classés et organisés en fonction des similitudes qui y étaient distinguées. Ce patient travail de recensement, de regroupement et d'agencement, fut alors consigné sur des tablettes où l'on cherchait à résumer d'un mot l'appréciation tirée de l'examen de milliers de traits simultanés. Ces appréciations, qui se retrouvaient à l'identique dans des centaines de milliers d'archives traitant de circonstances fort diverses, furent alors mises en relation avec l'énergie du couple Yin et Yang de la pensée chinoise traditionnelle et tendirent à déterminer l'énergie qui traversait le moment précis où il s'agissait de prendre une décision.

Ainsi que nous l'explique Cyrille J.-D. Javary

---

considéré, surtout par ses fervents adeptes, comme un authentique monde parallèle — comportait lui aussi soixante-quatre cases. Mais en faisant cette remarque, il est fort possible que je sois déjà victime, comme on le verra plus tard, d'une forme bénigne d'apophénie...

dans l'introduction de sa nouvelle traduction de l'ouvrage,

> il fallait bien, se dirent les lettrés de l'Antiquité, qu'une qualité commune parcoure ces situations extérieures disparates : ils pensèrent alors qu'il devait s'agir de la qualité énergétique du moment et de l'adéquation de ce qu'on projetait d'y réaliser. C'est ainsi qu'après des siècles de réflexion, d'organisation et de distillations successives, ils aboutirent vers le milieu de la dynastie des Han (au tournant de notre ère) à ce texte de seulement quatre mille caractères, organisé en soixante-quatre chapitres, consacrés chacun à une situation type, un agencement énergétique spécifique, défini par un titre — généralement un simple verbe d'action — et dont l'évolution globale, le déroulement probable, est explicité par six paragraphes successifs*.

Par la suite, comme on le sait, les pratiquants de ce qui devait devenir le Yi-King procédèrent avec des tiges d'achillée que l'on lançait et laissait retomber pour en observer les configurations tectoniques ; les différentes configurations renvoyant à ces soixante-quatre hexagrammes auxquels avait abouti le recensement des multiples traits dont je viens de parler. Cette manière de vouloir prévoir la *direction probable* (et non point les faits précis, il faut y insister) des événements à venir fut reliée à la manière de penser chinoise classique que l'on peut appeler synthétique ou synchronistique, laquelle consiste, en quelque sorte, à penser par

* Cyrille J.-D. Javary et Pierre Faure, *Yi-Jing, le Livre des changements*, Albin Michel, 2012, p. 3.

juxtaposition plus que par dérivation d'une cause à un effet. Pour les Chinois anciens, il ne s'agissait pas tant de savoir *pourquoi* telle ou telle chose s'était produite, ou quel facteur avait causé cet effet, que de repérer ce qui avait coutume de se produire de façon signifiante *au même moment*. Les anciens sages chinois demandaient toujours à propos d'un événement donné ce qui tendait à se produire conjointement dans le temps, ou encore quels autres événements (même mineurs) avaient régulièrement tendance à s'agglutiner au premier. Ils firent ainsi d'innombrables observations concomitantes qui permettaient raisonnablement d'anticiper la venue de certains phénomènes avec une exactitude troublante. Plus précisément encore, cette méthode ignorait notre façon occidentale de distinguer les faits psychologiques des physiques. L'apparition des uns et des autres, et peu importait leur ordre d'arrivée, était également représentative d'une concomitance temporelle signifiante.

> La synchronicité, c'est-à-dire la manière chinoise de penser, nous dit Marie-Louise von Franz, représente une différenciation de la pensée primitive dans laquelle aucune distinction n'a jamais été faite entre les faits psychologiques et physiques. Pour la manière de penser synchronistique il est au contraire essentiel de surveiller les deux zones de la réalité, la zone physique et la zone psychique, et de remarquer qu'au moment où l'on a ces pensées-ci ou ces pensées-là, ou ces rêves-ci ou ces rêves-là — qui sont des événements psychologiques — il se passait tels ou tels événements extérieurs ; c'est-à-dire qu'il se formait un complexe d'événements physiques d'une part et psychologiques de l'autre.

> Bien que la pensée causale pose aussi le problème du temps sous une certaine forme puisqu'elle s'appuie sur les notions de l'avant et de l'après, le problème du temps est beaucoup plus central dans la façon synchronistique de penser, parce que c'est chez elle le moment clé — un moment déterminé dans le temps — qui est le point focal pour l'observation de ce même complexe d'événements*.

Ainsi que je l'ai déjà indiqué, il me semble que la plupart d'entre nous, et plus particulièrement les hommes d'action qui vont devoir se lancer dans des péripéties à l'issue incertaine et que le langage nomme précisément « hasardeuses », ne cessent, la plupart du temps à leur insu, de recourir à ces signes ou à ces rituels quasi divinatoires, qui leur permettent éventuellement d'anticiper la réussite de leur projet. Ce pourquoi Marie-Louise von Franz, dans un autre passage du livre déjà cité, ironise à juste titre sur le prétendu mépris occidental vis-à-vis de ce genre de comportement.

> Cela se pratique à travers le monde entier, non seulement au grand jour, mais aussi par bien des gens au calme chez eux, lorsqu'ils alignent les cartes de tarot ou qu'ils pratiquent de petits rituels : « Si le soleil brille aujourd'hui, alors je ferai telle ou telle chose. » L'homme pense constamment ainsi, et même des scientifiques nourrissent ces petites superstitions, se disant que parce que le soleil brillait dans leur chambre lorsqu'ils se sont levés, ils savaient que ceci ou cela devrait réussir. Même si l'on abandonne ce point de vue dans sa

* Marie-Louise von Franz, *La Psychologie de la divination, le hasard signifiant*, Poiesis, 1986, p. 10.

Weltanschauung consciente, l'homme primitif qui demeure toujours en nous utilise constamment ce genre de pronostic, de la « main gauche » si l'on peut dire, et puis d'une façon embarrassée, il le nie honteusement devant son collègue rationaliste — quoiqu'il soit très soulagé de découvrir que l'autre le fait finalement aussi !*

En effet, bien peu d'entre nous — et il se peut que ce ne soit rien d'autre qu'une survivance atavique mais on ne peut nier sa puissance sur le plan psychologique — peuvent prétendre échapper à ce besoin de sacrifier à de petits rituels propitiatoires au départ de la moindre entreprise un peu délicate. Cependant, ainsi que l'indique Marie-Louise von Franz, peu oseront jamais l'avouer à un tiers, si ce n'est tout à fait clairement à eux-mêmes… Pour ma part, ayant eu la chance d'observer de très près, au cours de leurs préparations préalables dans les vestiaires ou autres coulisses, quelques champions sportifs et échiquéens ainsi qu'un certain nombre d'acteurs saisis par le trac, je puis assurer que ceux qui ne sacrifient pas à la moindre cérémonie de propitiation demeurent bien rares.

Rafael Nadal en offre un exemple frappant et il s'en explique d'ailleurs dans son dernier livre *Rafa*. Ses multiples rituels qui ne peuvent échapper au regard de ses aficionados lui permettent de se placer mentalement dans la position du guerrier nécessitée par la haute compétition.

J'ai vu des grands maîtres d'échecs — tous légèrement timbrés, il faut bien l'admettre — se retirer

* *Ibidem*, p. 12.

dans les couloirs adjacents à la salle de compétition du tournoi et se livrer à d'étranges cérémonies qui pouvaient tout aussi bien tenir du rite vaudou que de la séance d'exorcisme, tournant en rond sur un pied, les yeux fermés, tout en murmurant des paroles abracadabrantes ou bien se récitant à eux-mêmes, comme dans une sorte de transe, de longues litanies de formules algébriques. J'en ai vu d'autres adresser secrètement des signes imprécatoires à leurs adversaires à l'autre bout de la salle. J'ai vu d'innombrables joueurs de tennis, de squash ou de courte paume s'obligeant à d'invraisemblables parcours alambiqués pour passer des vestiaires sur le court en évitant de marcher sur certains linéaments du carrelage ou même, une fois en lice, les lignes blanches du court au changement de côté. L'un d'entre eux, un grand champion américain, persuadé qu'il était protégé par une sorte d'oiseau imaginaire de grande envergure, se débrouillait pour entrer sur le court par les tribunes pour que son volatile fétiche puisse le suivre sans encombre. Nous avons tous vu sur nos écrans les vedettes des sports collectifs ou les athlètes des sports olympiques se signer avant d'entrer sur le terrain, mais il serait instructif de pouvoir repérer ce même type de comportement chez les artistes et les écrivains. Pour ce qui est de ces derniers, on sait que certains ne pouvaient trouver l'inspiration que dans des tenues appropriées, complètement nu pour ce qui est de William Blake, en smoking pour Somerset Maugham, en tenue d'alpiniste avec tout l'équipement de survie à portée de main pour certains écrivains voyageurs ; une infinité d'entre eux, on le sait, une bouteille de whisky à portée de main sur la table…

Je me suis amusé à évoquer tout cela à seule fin de pointer la puissance résiliente du sacré et du mysticisme subconscient chez la plupart d'entre nous, ce que Marie-Louise von Franz nomme la survivance en nous-mêmes de l'homme primitif.

Pour en revenir quelques instants au Yi-King, si représentatif de ce profond sentiment qui nous anime tous peu ou prou d'être influencés de manière décisive par des lignes de force énergétiques et cosmiques que la rationalité cartésienne prétend ignorer, j'en ai conclu que la grande spécificité de cette pensée chinoise pour nous autres, Occidentaux, était cette notion du changement perpétuel. Pour les Chinois anciens une seule chose ne change jamais, c'est précisément le fait que tout change constamment. Ne peut-on voir que cette notion de la variabilité de toutes choses est ce qui nous fait le plus cruellement défaut et nous amène à une sorte de psychorigidité non seulement affligeante au niveau du bien-vivre mais aussi dangereuse pour notre simple survie, tant il est vrai que nous ne savons pas nous adapter aux mutations qui surviennent fatalement dans l'univers, tant nous manquons d'une réflexion globale sur l'idée de changement ? Pour parvenir à rejoindre un tel état d'esprit, sans doute nous faudrait-il d'abord accepter de remettre en jeu la conscience que nous avons de notre propre identité et reconnaître qu'elle est une équation qui ne connaît que des variables, qu'elle relève d'un modèle ondulatoire qui ne prend en compte que la position relative des choses, bref refuser à l'individu une identification définitive.

Un exemple me vient à l'esprit pour illustrer notre tragique incapacité à nous adapter au changement et c'est le simple rapport que nous entretenons avec la météorologie. Perpétuel décalage qui nous amène à vitupérer contre les services météorologiques *invariablement* (pour le coup) accusés d'imprécision. Or s'il demeure un domaine aléatoire, c'est bien celui des variations du climat à brève échéance*.

Il devient alors assez tentant d'établir un parallèle avec les surprenantes mutations que connaissent les événements tant extérieurs qu'intérieurs à nous-mêmes et qui nous prennent sans cesse de court. Ne serait-il pas temps de développer une météorologie de nos états d'âme qui chercherait à prévoir les variations auxquelles nos décisions et nos jugements risquent d'être soumis ? Un des éléments fondamentaux du Yi-King est justement de nous enseigner le respect de l'ambiguïté perceptive qui doit accompagner l'apparition de tout phénomène.

> Lorsque nous nous penchons sur les hexagrammes, nous dit Pierre Faure, il s'agit de rassembler les éléments sans juger *a priori*, sans chercher tout de suite à conclure, mais en laissant agir les évocations et les suggestions venues du texte et des figures elles-mêmes.

Dans cette perspective, un jeu s'installe qui permet de faire résonner des sensations imprécises mais réelles avec des niveaux de vécu très divers, pour aboutir, comme c'est si souvent le cas, à des

* À plus longue échéance, d'ailleurs, on préférerait que cela demeure tout aussi aléatoire, plutôt que d'être bientôt confirmés dans ce que les plus sombres prévisions nous annoncent pour les décennies à venir...

conjonctions fulgurantes. Il s'agit en fait de laisser travailler les contradictions plutôt que de vouloir à tout prix les résorber. Nous accédons alors à ce que l'on pourrait appeler une pensée symbolique.

Dans un passage de *Critique et clinique*, Gilles Deleuze nous explique que le symbole n'est jamais explicatif car il n'appartient pas à une chaîne causale linéaire : « C'est, nous dit-il, une pensée rotative où un groupe d'images tourne de plus en plus vite autour d'un point mystérieux, par opposition à la chaîne linéaire allégorique. »

Et un peu plus loin, il nous permet de mieux caractériser ce que représente pour nous cette pensée symbolique :

> Le symbole est un maelström, il nous fait tournoyer jusqu'à produire cet état intense d'où la solution, la décision surgit. Le symbole est un processus d'action et de décision ; c'est en ce sens qu'il est lié à l'oracle qui fournissait des images tourbillonnantes. Car c'est ainsi que nous prenons une véritable décision : lorsque nous tournons en nous-mêmes, sur nous-mêmes, de plus en plus vite, jusqu'à ce qu'un centre se forme et que nous sachions que faire.

Dans une interview où il traite de cette question, François Jullien précise encore cette idée du centre approximatif au sein duquel la pensée chinoise nous entraîne afin de mieux réagir aux sollicitations des événements. À propos des hexagrammes du Yi-King, il écrit :

> Toute figure est toujours formée de ces douze traits dont six sont les traits manifestes, et six

> autres les traits cachés, laissés dans la nuit. Cette idée rend très bien compte de ce qui, à mon sens, est l'un des points les plus forts de la pensée chinoise, ce rapport du visible et de l'invisible : ceux-ci ne sont pas séparés l'un de l'autre et le réel n'existe que par un va-et-vient entre les deux.

Puis il nous signale que dans les hexagrammes, il n'existe pas de centre unique. Il y a deux centres qui se renvoient sans cesse l'un à l'autre et ne cessent pas non plus de se déplacer. En fait, à chaque moment, dans chaque circonstance, on aboutit à un *Zhong*, un milieu juste. On peut donc trouver la centralité, aussi bien dans les périodes de crise que dans les périodes d'essor, dans les périodes de décadence que dans les périodes d'apogée.

La chose qui demeure essentielle à comprendre dans la pensée chinoise est que, pour aboutir à ce milieu juste (« cette perfection du juste milieu », comme le dit Nietzsche*), il est nécessaire de s'imprégner de cette conception que l'individu,

* Dans une lettre du 28 septembre 1896, Nietzsche répond à son ami le baron de Gersdorff, après que celui-ci l'eut pressé de se convertir au régime végétarien : « Je suis vraiment fâché de ne pas être de ton avis en ces matières. Cependant, pour montrer ma bonne volonté et mon énergie, je me suis tenu jusqu'ici au régime que tu préconises et je persévérerai jusqu'à ce que tu me donnes l'autorisation de vivre autrement. — Pourquoi pousser tout de suite la modération à l'extrême ? — Parce que de toute évidence, il est plus facile de s'en tenir à l'extrême que de suivre la perfection du juste milieu. »

S'agissant de ce juste milieu si difficile à atteindre pour l'humanité moyenne, Robert Burton fait une remarque technique simple mais cependant décisive à mes yeux : « Les extrêmes, aussi bien l'un que l'autre, étant nuisibles, il faut adopter la voie médiane, laquelle n'est pas facile à déterminer. » Tout est là : en bien des circonstances, en effet, où donc situer la voie moyenne ?

comme l'univers qui le contient, participe d'une totalité circulaire où viennent s'opposer de façon ludique les deux énergies fondamentales du yin et du yang. Bipolarité permanente qui forme avec les hexagrammes une véritable « grammaire du déséquilibre », selon, encore une fois, la belle expression de Gilles Deleuze. Mais voyons ce que nous en dit Pierre Faure :

> En général assimilée à la différence sexuelle, cette disposition a l'avantage de permettre de poser une chose et de la contredire sans que cette contradiction soit perçue comme une négation. Ce principe de l'intégration du contraire fait toute la richesse dynamique de l'ensemble, car rien ici n'est « affranchi de la nécessité de sa propre réversion ». Dans ce schéma d'inversion perpétuelle, il n'y a pas d'ordre définitif, et « tout ordre contient en soi du désordre ». Ce qui, dans d'autres contextes, s'articule autour d'une organisation que les dérèglements rituels viennent régulièrement perturber, est inscrit en Chine dans l'ordre cosmique même.
>
> Tous ces éléments constituent la matière même du livre qui nous occupe : choses et individus ne sont là que pour marquer les étapes d'un devenir permanent symbolisé par le déploiement du Yang et la déperdition qui le ramène au Yin ; tout n'y est qu'éclosion passagère, temporalité où germes de vie et de mort ne cessent de s'échanger. L'individu n'y apparaît que dans un cadre très hiérarchisé où la capacité de se relier au monde des morts et à l'invisible tient une grande place*.

* Pierre Faure, « Une grammaire du déséquilibre », in *Les Mutations du Yi-King* déjà cité, p. 138. Les passages entre guillemets dans le texte proviennent du livre de Stéphane Breton intitulé *La Mascarade des sexes*, Calman-Lévy, 1989.

Il subsiste cependant, si l'on est un tant soit peu sceptique, une question essentielle à laquelle le psychanalyste Élie Humbert répond ainsi :

> Vous posiez une question très importante, à savoir : « Est-ce qu'on n'y trouve pas ce qu'on y a mis ? » Je me la suis souvent posée. Je pense que l'utilisation de fond du Yi-King se passerait fort bien des hexagrammes parce qu'il permet le contact avec la philosophie confucéenne qui est derrière. Sous cet aspect-là, finalement, tirer un hexagramme revient à tirer au sort la page que je vais lire aujourd'hui dans cette philosophie extraordinairement riche qui nous fait à peu près complètement défaut. C'est cela qui, d'abord, fait la richesse du Yi-King*.

J'ajouterai, pour ma part, qu'un autre bénéfice important de cette pratique « décisionnelle » du Livre des changements est qu'il nous oblige à nous extirper de notre logique unilinéaire.

Notre ami Gérard, titi parisien de Montreuil qui, après avoir travaillé comme dessinateur industriel pendant de longues années, s'était entiché de l'idéologie du retour à la terre de l'après-68, avait décidé de quitter la ville pour aller s'installer à la campagne avec Solange, dont il venait de tomber amoureux. Tous deux fort démunis, ils avaient tout de même réussi à s'acheter une ruine au fin fond de l'Aveyron et, se mettant courageusement — héroïquement, devrait-on dire — au travail, ils avaient, au fil des années, fini par se construire un véritable petit paradis. Non seulement la maison,

* Page 233 du recueil déjà cité.

fort bien restaurée et laissée à son âme paysanne d'origine, possédait un charme inégalable — au creux d'une vallée perdue et éloignée de toute civilisation — mais, en écologistes et « naturalistes » consommés, ils avaient fait fructifier sur le terrain adjacent ce que l'on pouvait désigner comme un verger-potager modèle — passant le plus clair de leurs heures à sarcler, biner, planter et arroser, sans parler du labeur interminable et harassant de la mise en conserve de l'énorme production qui les assaillait chaque automne et dont d'ailleurs ils ne savaient plus comment disposer — les ventes sporadiques sur les marchés locaux et les distributions aux amis ne suffisant pas à l'épuiser. Combien de fois, à l'époque où nous les fréquentions, ne les entendîmes-nous pas se plaindre de la corvée des mises en conserve et du casse-tête de leur surproduction ?

Cependant, au bout d'un certain temps, Gérard, qui ne cessait de vanter la vie saine et équilibrée qu'ils menaient dans leur bout du monde préservé de la folie universelle, commença de montrer des signes d'impatience, voire d'ennui, mais de toute évidence à son insu, son discours officiel persistant à glorifier la sagesse d'un « mode de vie idéal ». Il faut dire qu'entre-temps, devenu père de deux enfants et acculé par le manque d'argent à faire valoir le métier qu'il avait acquis en restaurant leur ruine, Gérard s'était trouvé réduit à mettre en œuvre des chantiers chez les autres, ce qu'il faisait de main de maître d'ailleurs, mais sans enthousiasme, tant on sentait que son esprit s'élançait sans cesse vers d'autres horizons que celui de cette campagne aveyronnaise enclavée. Si on l'interrogeait à ce propos, sa réponse se noyait presque aussitôt dans une vaste démonstration amphigourique de la sagesse du renoncement à la civilisation moderne et autres réfutations du mode de vie urbain, tandis qu'il était assez facile de conclure, à l'observer vivre, que son véritable problème (inconscient, j'insiste) était précisément d'avoir définitivement rompu avec l'émulation vénéneuse de la ville, bref, qu'il déprimait ferme sans le savoir... Cela d'autant plus que les relations avec Solange, qui assurait la sécurité matérielle régulière du ménage grâce à son travail de kinésithérapeute qu'elle avait repris, s'étaient un peu dégradées.

Un peu plus tard, au beau milieu de l'hiver, il se retrouva paralysé par une véritable dépression nerveuse et finalement obligé (quoique profondément humilié) d'ingurgiter des antidépresseurs chimiques. Il retrouva une relative bonne humeur l'été venu mais replongea de plus belle l'hiver suivant. J'avais beau parfois (à l'époque, il venait travailler chez nous) essayer de lui démontrer qu'il pouvait arriver qu'on ne se connaisse pas parfaitement soi-même et autres approches indirectes de ce que je pensais être son point aveugle, encombré comme il l'était de l'orgueil indéracinable de celui qui s'est fait lui-même, et flairant la probable direction où pouvaient l'entraîner de semblables considérations, il éludait immédiatement pour m'adresser un nouveau sermon baba-cool ultra-rodé. Impossible de lui faire entrevoir qu'il lui aurait peut-être été salutaire d'aller de temps à autre se retremper dans l'atmosphère sans doute insensée et déraisonnable — mais ô combien joyeuse et insouciante aussi — de certains bistrots de Montreuil où il avait passé sa jeunesse !

Le troisième hiver, Gérard commença à tousser de façon inquiétante et les tisanes, ainsi que les innombrables remèdes de médecine naturelle essayés, n'y faisant rien, il se résigna, après moult tergiversations, à consulter les médecins allopathes honnis qui diagnostiquèrent un cancer du poumon. Débuta alors une longue hésitation quant à devoir subir la chimiothérapie qui lui était recommandée, puis il opta pour l'homéopathie de choc et pour le savoir « ancestral » d'une multiplicité de thérapeutes dont un chaman bouriate échoué à Nanterre qui lui prescrivit une substance rarissime venue des hauts plateaux du Tibet accompagnée de séances d'hypnose propres à révéler les fautes majeures commises par ses ancêtres les plus éloignés — qu'il lui fallait désormais expier pour espérer guérir.

À ce stade de mon récit, je crois plus simple de retranscrire ce que j'ai noté dans mes carnets à la date du 19 juillet 2000 :

« Après qu'au début de l'hiver Solange nous eut annoncé que le cancer de Gérard avait progressé de façon foudroyante, qu'en conséquence il se résignait à commencer une chimiothérapie, mais que les médecins lui avaient confié à elle qu'ils ne lui donnaient quasiment aucune chance, il semblerait que Gérard ait non seulement fort bien supporté le traitement (n'ayant pas même perdu ses cheveux) mais que la maladie ait régressé au point que les médecins aient décidé d'arrêter chimio et rayons et parlent désormais de guérison.

Hier soir, nous étions là tous les six, A. et V., Solange et Gérard, puis Judith et moi et nous décidâmes soudain à la fin de l'excellent repas préparé par Judith (et convenablement arrosé !) que j'allais leur tirer le Yi-King.

Lorsque vint le tour de Gérard, après avoir secrètement posé sa question, il lança les trois pièces de vingt centimes et tomba sur le n° 48, Le puits, qui se transforme en n° 40, La libération. Après avoir consulté la traduction de Richard Wilhelm, je décidai de lire les commentaires plus incisifs tirés d'un livre d'une certaine Claudine Rolland. J'y lus donc ceci :

> Vie sociale : C'est l'hexagramme de la délivrance. Vous êtes sauvé ou sur le point de l'être. Toutes vos difficultés sont en train de se résoudre, et la tension qui régnait en vous se relâche. Libéré de la charge qui vous accablait, cette délivrance exerce sur vous un effet stimulant. Cependant, n'essayez pas de poursuivre la réalisation des projets interrompus lors de la venue du danger. Ne recommencez pas les mêmes erreurs, mais reprenez la vie que vous meniez avant l'arrivée des difficultés. Restez sur vos gardes, car il reste le danger de vous perdre dans la joie extrême de cette délivrance. Lorsque vous aurez compris vos erreurs passées, votre libération sera totale et vous pourrez à nouveau faire des projets en toute lucidité.
>
> Vie émotionnelle : Vous arrivez à la fin d'une période catastrophique. Maintenant, vous pouvez voir avec le recul que les conflits qui vous opposaient à l'Autre étaient dus à des émotions nées de la peur. Peur des obstacles, des complications et de la menace qui pesait sur vous. Ces tensions ont cessé de vous accabler et votre réconciliation est une réponse d'espoir.
>
> Vie spirituelle : D'une façon ou d'une autre, vous avez vu la mort en face. Cette expérience a

> bouleversé votre vie en vous délivrant de toute illusion, y compris celle de votre moi. Face à cette révélation, restez humble. Si vous vous laissiez emporter par l'orgueil et que vous vous placiez au-dessus des autres, vous repartiriez dans une autre illusion encore plus difficile à briser.

Après que j'ai eu lu ce texte, un silence s'établit autour de la table et Gérard demeura longtemps le regard fixant le vide, comme hébété.

Réfléchissant ce matin (j'écrivis ceci le lendemain) à l'étonnante acuité du Yi-King dans son intervention d'hier soir (et, notons-le, par le biais indirect d'un commentaire du commentaire...), je crois comprendre que ce qui nous fascine et nous est éventuellement d'une aide précieuse dans ce *Traité des mutations et des changements*, issu de l'ancestrale civilisation chinoise pragmatique (et si peu encline au mysticisme, j'y insiste encore), n'est peut-être pas tant le dévoilement d'une réalité objective extérieure ou d'une sorte de chose en soi, opéré par l'intermédiaire d'un quelconque lancer de pièces de monnaie ou de tiges d'achillée, qu'une simple mise en déséquilibre de nous-mêmes et de nos certitudes trop établies — déséquilibre qui permettrait alors, par le biais du décalage ainsi créé, de ressaisir l'énergie primordiale (le va-et-vient du yin et du yang par exemple) qui mène le monde et que nos habitudes mentales, encadrées — si ce n'est encagées — par le conformisme, auraient occultée. Ressaisissement proprement créateur et dynamique qui, tout en nous ouvrant de nouvelles perspectives, nous offrirait le point d'appui nécessaire pour structurer notre volonté d'action et lui imprimer une direction au sein du chaos des émotions désordonnées ; le texte des commentaires étant suffisamment flottant, allusif, énigmatique parfois, pour laisser place à une libre interprétation des lignes de force sur lesquelles nous appuyer — qui seraient ainsi projetées sur notre écran mental comme des constellations répertoriées sur une carte du ciel. Il y aurait donc bien là, dans la pratique du Yi-King, un aspect à la fois ludique et dynamiquement hasardeux, une « grammaire du déséquilibre », comme l'a si bien dit Deleuze — laquelle nous serait hautement salutaire à nous autres cartésiens.

Cependant, puisque toute histoire qui se veut significative doit être racontée dans sa drastique authenticité, force m'est de préciser que Gérard mourut un an et demi plus tard.

La chute de l'anecdote pourrait sembler propre à infirmer gravement le pouvoir du Yi-King, ce n'est pourtant pas mon avis car, d'une part, comme je l'avais déjà écrit dans mon carnet d'alors, il est vraisemblable que le Livre des changements joue un rôle de simple stimulant psychologique et, d'autre part, si nous devons souscrire à la précision événementielle de ses indications, il serait sans doute assez facile — en se penchant sur l'évolution mentale ultérieure de Gérard et compte tenu de sa quasi radicale incapacité à se remettre en question — de vérifier que, se croyant hors de danger, il reprit assez vite ses modes d'être et de pensée préalables à la maladie. Par ailleurs, changer d'état d'esprit et modifier son comportement eût-il suffi à le sauver ? Nous ne le saurons jamais. Toujours est-il que je persiste à penser que s'il eût subsisté pour lui une mince chance de s'extirper du cercle vicieux dans lequel il s'était manifestement enfermé depuis de longues années — lequel mena à l'affaiblissement vital qui fit ensuite le lit de la maladie —, elle se trouvait probablement dans cette possible modification de sa stratégie existentielle.

Le plus pathétique de toute cette histoire est l'ultime entrevue que j'eus avec lui dans la chambre impersonnelle du vaste hôpital déshumanisé où je lui rendis visite. Très amaigri, les joues hâves, les yeux brillant d'une fièvre extatique, branché à divers tuyaux glougloutants, il ne pouvait plus que susurrer son long discours sur les illuminations décisives qui l'avaient visité ces temps derniers. Il avait, me confia-t-il en levant les yeux vers le plafond comme si la somme de ces révélations auxquelles il faisait allusion s'y trouvait résumée, beaucoup médité et entrevu « l'Essentiel ». Je le laissai divaguer de la sorte — dans son demi-délire induit en partie par les doses massives de morphine qui lui étaient administrées —, n'acquiesçant que de temps à autre pour lui manifester mon soutien amical, et je pus ainsi constater que sa théologie personnelle n'avait pas évolué d'un iota. Il continuait obstinément de me réciter son catéchisme de bon citoyen de la planète, quasiment dans les mêmes termes que toujours... Cependant, à un certain moment — nous étions en été et il faisait très chaud —, tournant la tête de part et d'autre pour voir si personne ne nous observait, il me fit signe de me rapprocher et me murmura d'une voix de vaincu :

— Tu n'irais pas à la cafétéria me chercher un Coca-Cola bien frais ?

Il fallait connaître en détail les principes de

Gérard — qui avait toujours vitupéré tant et plus contre ce qu'il appelait « le poison des sodas » — pour apprécier le coup de tonnerre que pouvait représenter une telle requête de sa part.

La vérité était qu'il avait attendu d'être au bord de la tombe pour oser une telle entorse à son code de conduite.

Vaut-il mieux ne vivre qu'à moitié ?

Ne suffit-il pas — à Paris ou ailleurs — de scruter la vitrine d'une librairie ésotérique, d'oser parfois même y entrer, aussitôt saisi à la gorge par cette atmosphère de componction pseudo-méditative et sacerdotale (la même que celle qui règne dans les restaurants végétariens), puis d'en examiner les rayons — sous le regard de la libraire arborant un demi-sourire de compassion universelle — et de lire les titres des publications traitant des révélations qui ont été faites à d'innombrables « élus », sans compter les traités de divination de toutes extractions et autres méthodes de « développement personnel » ou d'accession aux forces cachées qui mènent l'univers, pour savoir qu'une nécessaire méfiance, accompagnée d'une analyse objective, est indispensable à quiconque commence à s'aventurer sur le terrain de ce qu'il est convenu d'appeler la pensée irrationnelle ? Il se trouve que mon expérience personnelle m'a rendu fort vigilant concernant les dangers de l'amalgame et de ce que j'ai envie de nommer la surinterprétation car, issu d'une famille élargie où, à l'instar de mon oncle (qui n'était pourtant pas le plus furieux d'entre eux), nombre de personnes versaient dans le mysticisme tous azimuts, il me semble avoir perçu très tôt la pente presque fatale où glissaient les gens qui désiraient s'extirper du plan rationnel imposé par l'éducation officielle.

Il semblerait, en fait, et comme l'avait si bien vu Nietzsche, que l'humanité ne puisse s'empêcher de se jeter d'un extrême à l'autre, sans jamais parvenir à s'équilibrer dans une modération salutaire, autrement dit, qu'elle ne puisse que très rarement se montrer capable de suivre la « perfection du juste milieu » qu'il invoque et cela non seulement, faut-il croire, parce que l'exercice de la discrimination et de l'examen attentif est ardu, mais encore parce que le simple fait de devoir réfléchir de façon objective nous effraie. De terribles remises en question de nos préventions et de nos habitudes de raisonner ne nous y attendent-elles pas ? Il est si facile, pour paraphraser encore l'orgueilleux reclus de Sils-Maria, de « s'en tenir à l'extrême », d'enfermer sa vie dans un code de conduite rigide où la troublante diversité du monde n'a plus sa place ! Je crois que nous touchons à ce stade à l'un des paradoxes fondamentaux de l'humanité : la facilité de la discipline austère et la difficulté de l'adaptation permanente à l'évolution des choses changeantes, ce qui, encore une fois, a amené les anciens penseurs chinois à nous livrer cette étonnante recommandation : il vaut peut-être mieux ne vivre qu'à moitié !

Beaucoup d'anciens poètes chinois ont d'ailleurs chanté cette *demi-vérité*, mais l'un de nos grands écrivains — accessoirement poète — André Dhôtel, en a magnifiquement renouvelé l'expression lorsqu'il conclut ainsi son poème intitulé « Les mondes* » :

Mais, tu sais bien, rien n'est plus beau
que de ne vivre qu'à moitié
en suivant l'immense chemin
qui passe entre plusieurs mondes.

Le délire d'interprétation

Ce danger des surinterprétations ou de la recherche systématique de corrélations significatives, que n'évitent généralement pas ceux qui brûlent de s'écarter coûte que coûte de l'autoroute rationalisante et qui les amène à découvrir avec émerveillement que « tout fait sens et que tout a rapport avec tout », a été superbement brocardé par Umberto Eco dans un passage de son roman intitulé *Le Pendule de Foucault* :

> Il ouvrit tout grand et théâtralement les battants, nous invita à venir voir et nous montra, au loin, à l'angle de la ruelle et des avenues, un petit kiosque de bois où se vendaient probablement les billets de la loterie de Merano.
>
> « Messieurs, dit-il, je vous invite à aller mesurer ce kiosque. Vous verrez que la longueur de l'éventaire est de 149 centimètres, c'est-à-dire un cent milliardième de la distance Terre-Soleil. La hauteur postérieure divisée par la largeur de l'ouver-

* André Dhôtel, *La Vie passagère*, Phébus, 1978, p. 154 et 155.

ture fait 176 : 56 = 3,14. La hauteur antérieure est de 19 centimètres, c'est-à-dire égale au nombre d'années du cycle lunaire grec. La somme des hauteurs des deux arêtes antérieures et des deux arêtes postérieures fait 190 x 2 = 732, qui est la date de la victoire de Poitiers. L'épaisseur de l'éventaire est de 3,10 centimètres et la largeur de l'encadrement de l'ouverture de 8,8 centimètres. En remplaçant les nombres entiers par la lettre alphabétique correspondante, nous aurons C10H8, qui est la formule de la naphtaline. »

Cette affection qui, lorsqu'elle tourne à la manie, a été répertoriée en psychiatrie sous l'appellation d'apophénie, en recouvre une autre, plus fréquente, liée à l'interprétation visuelle hallucinatoire et savamment nommée, ainsi que nous le verrons plus tard : paréidolie.

L'apophénie, tout d'abord, est, sur le plan pathologique, une altération de la perception qui conduit à donner un sens bien déterminé à des événements banals — établissant au passage des rapports non motivés entre les éléments. Pour un individu cela revient à penser, par exemple, que tout ce qui survient dans le monde tourne autour de lui-même et de ses préoccupations du moment.

Klaus Conrad, le psychiatre inventeur de cette notion, estime qu'elle représente une phase du développement de la schizophrénie, mais il est aisé de voir que ce concept peut se généraliser, sous sa forme atténuée et maîtrisée, aux perceptions immédiates de tout un chacun ; qu'en outre, si l'on se mêle d'y réfléchir un peu sérieusement, cette observation nous entraîne très vite dans un labyrinthe de ramifications — lesquelles amènent fatalement les plus introspectifs d'entre nous à se livrer à un véritable examen de leurs propres perceptions. Qui donc, en effet, peut se dire indemne d'interprétations hypothétiques concernant les événements les plus anodins de l'existence quotidienne ? Ne suffit-il pas de recueillir le récit de plusieurs de vos amis concernant un même événement, ou d'avoir la curiosité de consulter les minutes d'un procès relatant les différents rapports d'une enquête policière et de constater la disparité des témoignages, pour s'en convaincre pleinement ? De façon générale, on le sait, chaque témoin a entrevu le phénomène non seulement depuis son angle de vision particulier (au sens le plus strictement physique), mais encore le plus idiosyncratique (au sens moral), projetant inévitablement — ce qui est facile à établir avec un examen méthodique doublé d'une expertise psychologique serrée — ce que son intentionnalité subconsciente lui a suggéré d'apercevoir.

Carl Gustav Jung a fait à ce sujet une démonstration qui me paraît magistrale, même si, comme on va le voir, ses conclusions restent douteuses. Dans son ouvrage intitulé *Le Mythe du moderne*, il commence par recenser un nombre impressionnant de rapports de gendarmerie (section du GEPAN en France) au sujet des fameux « objets visibles non identifiés » (ovnis). Ce qui ressort des apparitions d'engins volants à l'époque de cette recension est non seulement leur fréquence stupéfiante, mais encore et surtout que toutes (hormis quelques cas isolés du fin fond de la Bulgarie ou de la Sibérie orientale demeurées obstinément pieuses) font référence à des objets de forme sphérique, métalliques et de fabrication technologique avancée (la plupart ressemblant fort aux dessins futuristes des bandes dessinées d'alors), bref les fameuses *soucoupes volantes* tellement en faveur à cette époque. Dans un deuxième temps, Jung nous brosse le tableau général des apparitions de temps plus anciens et l'on s'aperçoit que précédemment à l'ère de la mécanique aéronautique, les apparitions ne mentionnaient que des personnages de l'Histoire Sainte — en grande majorité des Saintes Vierges. Cette constatation est évidemment plus que troublante : elle nous invite à penser qu'il existe une sorte de phénomène de « prêt à porter » tout aussi bien dans le domaine des apparitions miraculeuses que dans celui des modes vestimentaires !...

Néanmoins, le professeur Jung, tout en nous livrant cette leçon de relativité perceptive, finit — inéluctablement, ai-je envie de dire — par tomber lui-même dans le travers qu'il entend dénoncer, car poursuivant sa démonstration, il nous laisse entendre que cette propension trahit, dans notre inconscient collectif, une appétence au sacré, laquelle s'est transmuée de la religion chrétienne en son avatar moderne : la religion de la science et du progrès (des Saintes Vierges aux soucoupes volantes !). Jusqu'ici, tout paraît pertinent. Survient alors ce que j'aurais tendance à nommer le bovarysme consubstantiel à la nature humaine — aussi prégnant apparemment pour le plus sagace des scientifiques que pour le pékin moyen. Jung, voulant nous donner une explication du phénomène, ne peut s'empêcher d'y placer sa marotte du moment : il s'agirait, selon lui, au vu de la forme sphérique des engins spatiaux aperçus dans les hallucinations, de la manifestation d'une vision archétypique de mandalas hindouistes et bouddhistes de l'ancienne culture indienne ! Il est clair, à mon sens, et cela revêt pour le coup un aspect comique, que Jung est lui-même victime, en l'occurrence, d'un début d'apophénie.

Il existe, ainsi que je viens de le découvrir, une croyance de la numérologie — cette pratique qui considère que chaque chiffre possède une valeur intrinsèque relative à notre destin — à propos du chiffre 23. Les adeptes de cette croyance avancent ce genre d'arguments :

Tel homme célèbre est né le 11 décembre : 1+1+1+2 = 5 et 5 est bien égal à 2+3

La bombe d'Hiroshima larguée à 8 h 15 : 8+15 = 23 mais aussi 8+1+5 = 14 et 14 = 1+4 = 5, toujours ce 5 = 2+3.

Or, l'axe d'inclinaison de la terre est *précisément* de 23,5° : 2+3+5 = 10 = 1+0 = 1 mais les croyants diront que 5 n'est que 2+3 donc 23, etc.

Il existe aussi cette phobie plus célèbre, qui est loin d'être lettre morte dans les pays méditerranéens, relative au chiffre 13 et que les historiens se plaisent à nommer la triskaidékaphobie ; celle-ci étant sans doute liée au fait qu'il y avait 13 personnes autour de la table du dernier repas du Christ, mais peut-être aussi au fait, plus ancien encore, que Loki, le dieu de la discorde chez les anciens Vikings qui essaimèrent de par le vaste monde comme l'on sait, était le treizième dieu de la mythologie scandinave, croyance manifestement reprise plus tard par les chrétiens lorsqu'ils désignèrent Satan comme le treizième ange.

De façon plus ordinaire, nous connaissons tous des personnes de notre entourage qui, au Loto et dans des jeux de hasard fondés sur des numéros sortants, jouent invariablement leur date de naissance ou toute autre date qu'ils considèrent comme fatidique dans leur existence. Une histoire drôle qui circulait du temps de ma jeunesse me paraît emblématique de cette propension superstitieuse :

Un homme, cette nuit-là, en rêve, n'avait cessé de rencontrer le chiffre 8 sous d'innombrables déclinaisons : il s'était classé 888e au marathon onirique qu'il avait couru dans une immense ville improbable, il avait aperçu 8 canards dérivant dans le ciel vers un nord tout aussi onirique et il se souvenait d'avoir été invité à l'anniversaire des 38 ans d'une femme d'une beauté telle qu'il ne s'en rencontre qu'en rêve. Un matin, en s'éveillant, il dut se rendre à l'évidence que le calendrier affichait le 18 juin et lorsqu'un peu plus tard, il se rendit à la gare de banlieue prendre le train qui le mènerait à Paris, il ne put faire autrement que de remarquer en consultant sa montre que le train, qui avait un peu de retard, entrait en gare à 8 heures et 8 minutes précisément. Arrivé à la gare Saint-Lazare et devant se rendre dans le centre, il emprunta fatalement le bus n° 28 et, alerté comme il commençait à l'être, il nota encore que l'arrêt auquel il descendait sur le boulevard Saint-Michel se situait exactement à la hauteur du numéro 58.

C'en était trop, son affaire du matin réglée, il prit illico le chemin du champ de course d'Auteuil (le numéro d'immatriculation du taxi qu'il arrêta se trouva d'ailleurs se terminer par 78) et sans plus tergiverser il joua tout son pécule du mois sur le numéro 8 dans la course majeure de l'après-midi. Et il advint ce qui devait advenir — oui ! — son cheval ARRIVA : 8e.

Pour continuer sur les phénomènes de surinterprétation ou d'apophénie, je dois confesser qu'il m'est rarement arrivé d'essayer de me plonger dans un livre de théorie psychanalytique sans éprouver au bout d'un certain temps, après avoir été tout d'abord ébloui par la virtuosité associative de l'auteur, une sorte de malaise ; comme si j'avais assisté à un tour de manipulation intellectuelle de haute volée que l'on voulait à tout prix me faire prendre pour la réalité d'un enchaînement psychique indubitable. En vérité, j'avais toujours l'impression d'être entraîné dans une spirale de rapprochements incroyablement brillants, surprenants et même confondants — presque aussi fascinants qu'une belle mécanique d'horlogerie mise à nu — mais pourtant — comment dire ?... — à laquelle je n'arrivais pas à adhérer... comme si, encore, ces chaînes interprétatives étaient non seulement trop intelligentes et trop précises, voire précieuses et, en fin de compte, d'une logique trop facilement compréhensible et parlante à l'esprit clair, alors que j'avais toujours cru constater jusqu'ici que les affaires du monde, surtout celles relevant du domaine psychologique, se révélaient invariablement d'une complexité filandreuse, obscure, alambiquée et à la limite du perceptible. Bref, ces démonstrations concernant des liens cryptés de l'inconscient me paraissaient sans cesse aussi esthétiquement belles et artificielles qu'auraient pu l'être d'improbables combinaisons d'échecs. J'avais le sentiment de lire le même genre de brillantes élucubrations « plausibles » que celles qu'on rencontre dans ces nombreux ouvrages qui traitent des alignements de Carnac, de Stonehenge, du mystère des pyramides ou de la signification cosmique des géants de l'île de Pâques. Non point que j'aie jamais douté de la réalité effective de l'inconscient, mais je ne pouvais m'empêcher de me méfier des interprétations trop « lumineuses » concernant ses manifestations, car, comme le dit si bien un proverbe taoïste : « Qui veut briller n'éclaire pas. »

Christian David, « un vieux de la vieille » de la psychanalyse, dans un ouvrage fondamentalement remarquable mais au style un brin amphigourique (noblesse oblige), nous confie ceci de similaire :

> Les pouvoirs de l'intelligence, attestés par le succès du pari optimiste concernant la démarche interprétative appliquée à des composantes obscures de la réalité humaine, ouvraient ainsi une voie nouvelle au logos par l'accession à la dimension latente du sens. La découverte du double sens ne pouvait, une fois généralisée, que susciter la tentation de l'hypertrophie du sémantique et déclencher chez certains esprits sans modération ce que Henry Ey dénonçait comme la « folie du sens ». Il y avait certes du parti pris et des résistances à l'égard de la psychanalyse dans cette dénonciation mais aussi l'intuition perspicace des dangers que certains de ses adeptes, ne reculant pas devant l'outrance, pouvaient lui faire courir. Depuis lors on a pu vérifier que ces dangers n'étaient pas illusoires.
>
> Mais indépendamment des excès où tombent certains courants de pensée, certaines pratiques, je crois que la tendance à élargir les limites de l'interprétable, inhérente à l'esprit de recherche et d'efficacité de tout véritable analyste, peut conduire si

l'on n'y prend garde à des constructions factices, à des interventions artificielles, infructueuses ou inopérantes, sinon néfastes. Trop d'interprétation tue l'interprétation. Trop de lumière aveugle ou éblouit. Trop de jour ne laisse pas place à la nécessaire nuit*.

Pour ma part, bien que fort sensible à la pesée souveraine de cette partie nocturne de nous-mêmes que Freud nous a dévoilée ou plutôt qu'il a réinvestie de ses anciens pouvoirs, j'ai tendance à penser que sa théorisation conceptuelle, née de l'ancienne pratique judaïque de l'examen ultra-minutieux, en accuse aussi les défauts : cet instant de basculement où l'esprit talmudique se retourne contre lui-même en accusant un excès de subtilité. À l'instar de Christian David, d'autres parmi les plus fins penseurs de cette tradition ancestrale l'ont bien senti et nous en ont avertis. Je pense notamment à Leo Strauss, à Allan Bloom, à Ernst Bloch et aussi à Wittgenstein. Le Littré, au mot « talmudique », indique que ce terme est souvent employé pour désigner à la fois l'habileté à trouver le point faible d'une argumentation et le fait de couper les cheveux en quatre.

En réalité, cette propension potentiellement apophénique de la psychanalyse a souvent été raillée et caricaturée et les plus habiles parmi les rieurs tombèrent, eux aussi parfois, dans l'excès. Mais ainsi va l'humanité, sans cesse ballottée d'une rive à l'autre des courants d'opinions du moment et, à toutes les époques, peu demeurent

* Christian David, *Le Mélancolique sans mélancolie*, L'Olivier, 2007, p. 14 et 15.

assez fermes pour se maintenir à égale distance des positions extrêmes.

Ainsi qu'il a été annoncé plus haut, l'apophénie comporte un élément plus visuellement perceptif nommé paréidolie — laquelle désigne la tendance de l'esprit humain à associer un stimulus visuel à un élément identifiable, souvent une forme humaine ou animale. Cette tendance se trouve peut-être la plus accusée dans l'innocente manie de trouver des formes identifiables parmi la profusion chaotique des nuages*. Mais elle désigne aussi les brèves hallucinations qui nous assaillent dans le quotidien : une branche morte et tordue au détour du sentier dans le crépuscule nous mime la présence d'un être tapi à nous attendre, des ombres diverses nous suggèrent, l'espace d'une seconde, la présence de quelqu'un que nous savons pertinemment être loin, bref tout ce que nous croyons identifier à la faveur de certains éclairages ou de certains états d'âme et que la vivacité incontrôlable de notre pouvoir fantasmatique a en réalité investi d'une forme désirée ou redoutée. Le phénomène classique des mirages, des apparitions et des divers fantômes fait évidemment partie intégrante de ces paréidolies momentanées qui, parfois, comme on l'a vu dans

* André Breton dit ceci page 124 de *L'Amour fou* : « Baudelaire, à la fin du premier poème du *Spleen de Paris*, semble n'avoir multiplié les points de suspension : "J'aime les nuages… les nuages qui passent… là-bas… là-bas… les merveilleux nuages !" que pour que passent réellement sous les yeux les nuages, pour qu'ils apparaissent comme des points de suspension entre la terre et le ciel. C'est que regarder de la terre un nuage est la meilleure façon d'interroger son propre désir. »

Voir aussi Gavin Pretor-Pinney, *Le Guide du chasseur de nuages*, Points, 2007, ch. 5.

le cas de Kandinsky, peuvent mener aux plus fructueuses inventions. Cependant, il n'est nullement nécessaire d'être rompu aux élucubrations les plus échevelées de la recherche phénoménologique pour subodorer que nous touchons là au domaine philosophique le plus vaste, le plus ambigu (le moins exploré à vrai dire), où suggestions et associations se côtoient continuellement et dont les aperçus sont vertigineux dans ce qu'ils impliquent d'artifices intimes perpétuellement réversibles : le domaine de la perception sensorielle.

On l'a dit, une des grandes avancées de notre époque dans le domaine psycho-philosophique est la prise de conscience du fait que notre perception du monde est un subtil mélange entre ce qui se tient effectivement sous nos yeux et ce que nous désirons voir. Phénomène psychique qu'Husserl a baptisé « l'intentionnalité ».

Je pense que nous avons tous fait l'expérience de découvrir qu'un objet, une considération intime ou une personne pouvait nous apparaître tout à fait différente, voire radicalement autre, selon l'éclairage et le contexte. Proust, dans *La Recherche*, en a fait l'un des ressorts les plus savoureux de sa démonstration relativiste (*montaignesque*, dirait Charles du Bos) : après que nous a été décrit à l'avance le caractère d'un des protagonistes, nous le voyons soudain apparaître et celui-ci se comporte bien tel qu'on nous l'a annoncé — ce qui produit un effet comique assuré. Il arrive souvent d'ailleurs qu'à la seule teneur de ses propos, nous le reconnaissions avant même que le narrateur l'ait identifié — ainsi de cette femme un peu extravagante que Marcel rencontre par hasard dans le train de Cabourg et qui s'avère être Mme de Cambremer, dont le portrait a été brossé peu auparavant. Or, à de multiples reprises, Proust s'ingénie à nous surprendre en nous montrant qu'en certaines occasions bien précises, la personne incriminée ne se comportera nullement comme nous étions en droit de l'attendre. Ainsi le coiffeur de Saint-Loup, qui nous a été présenté comme la pire pipelette imaginable, dès l'instant où il comprend le pouvoir de nuire d'une certaine information qu'il est le seul à détenir — l'homosexualité dissimulée de son client, si je me souviens bien —, n'en touchera jamais mot à quiconque. Proust veut nous montrer, je crois, que nous n'apercevrons jamais, de ceux mêmes qui nous sont les plus proches, qu'une des faces de leur personnalité.

Edmund Husserl, sur un plan nettement plus spéculatif, a nommé ce phénomène perceptif — autant que je m'en souvienne — *le géométral de perspective* : lorsque dans une pièce nous apercevons un tabouret, nous n'en apercevons généralement, dans le meilleur des cas, que trois pieds, le quatrième étant occulté. Nous ne doutons cependant pas de son existence, ce qui n'est qu'une supposition automatique de notre intellect. Pourtant, dans la réalité, il arrive parfois qu'un des pieds soit cassé, ce qui n'empêche nullement le tabouret de tenir sur trois pieds, jusqu'à ce que nous tentions de nous y asseoir… Il semblerait bien, conséquemment, que nous ne cessions d'opérer dans l'existence des suppositions automatiques de ce genre non seulement à propos de tous les objets ou de la plupart des machines que nous utilisons et dont nous ne pouvons sans cesse vérifier si le géométral de perspective n'en a pas occulté une des parties manquantes*, mais aussi avec la plupart des éléments du monde naturel. (Il semblerait, par bonheur, que ce genre de vérifications soient opérées dans l'aéronautique — pas dans toutes les compagnies aériennes, toutefois…)

Cette véritable « phénoménologie de la perception », à laquelle Merleau-Ponty a consacré un énorme ouvrage éponyme passionnant (et aride), est une opération mentale à laquelle il serait salutaire de sacrifier plus souvent — principalement dans le domaine politique — car elle nous amènerait à découvrir à quel point nous sommes invariablement victimes de paréidolies programmées par les grandes instances manipulatrices que sont la propagande et la publicité.

Philosophiquement parlant, une réflexion plus poussée sur les phénomènes de perception nous amènerait jusqu'aux limites de ce que nous sommes capables de concevoir et surtout d'admettre, car l'observation scientifique notamment, qui se prétend si rigoureuse et ne l'est pourtant

* Un de mes professeurs de dessin, au lycée, cherchait à nous expliquer l'innovation picturale que représentait selon lui l'école cubiste en nous faisant valoir que c'était précisément le désir de représenter la face cachée (et fatalement supposée par notre imaginaire) du cube que nous avions en face de nous qui avait motivé les distorsions représentatives qui nous ébahissaient tant sur les toiles de Braque et de Picasso.

Merleau-Ponty, presque à la même époque, écrivait, dans un langage incroyablement abscons : « Le cube à six faces est l'idée limite par laquelle j'exprime la présence charnelle du cube. Les côtés du cube n'en sont pas des projections, mais justement des côtés. Quand je les aperçois l'un après l'autre et selon l'apparence perspective, je ne construis pas l'idée du géométral qui rend raison de ces perspectives, mais le cube est déjà là devant moi et se dévoile à travers eux. » *Phénoménologie de la perception*.

Soit dit en passant, il faut sans doute être un grand philosophe perdu dans ses abstractions sublimes pour employer une expression telle que « la présence *charnelle* d'un cube » !

qu'en partie puisqu'elle ne daigne presque jamais s'examiner elle-même, est loin d'être exempte de paréidolies. Les observateurs, dans le domaine de l'astrophysique, par exemple, ne se posent généralement que fort peu de questions, semblerait-il, sur la teneur de ce qu'ils aperçoivent *au bout du compte* à travers le jeu des multiples et énormes lentilles des télescopes géants qu'ils utilisent, relayés de surcroît, je le suppose, par une infinité de systèmes électroniques et informatiques tendant précisément à corriger les innombrables aberrations optiques, erreurs de parallaxe ou autres déformations commises inévitablement par les instruments. Or, je doute fort qu'un astrophysicien d'aujourd'hui, focalisé sur les images que lui restitue son écran informatique, ait jamais soupçonné les abîmes de perplexité au sein desquels l'hypothèse du géométral de perspective pourrait le plonger si toutefois il avait jamais l'idée de la confronter à ce qu'il aperçoit *en réalité*. Mais nous le savons bien, nous sommes tous de grands enfants — tout particulièrement les scientifiques — qu'il ne faut surtout pas distraire de leurs passions et dont il serait plus cruel encore de vouloir casser les jouets *mirobolants*.

J'ai eu dernièrement la mauvaise surprise de voir ainsi apparaître, de façon assez abrupte, quelques minuscules taches brunes qui dansaient devant mes yeux en permanence et plus furieusement encore lorsque la lumière était vive. L'ophtalmologue que je consultai me précisa qu'il s'agissait de phosphènes visuels produits par de minuscules déchirures de la rétine qu'il fallait soigner au laser afin d'éviter une aggravation. Une quinzaine de jours plus tard, au cours de la séance de contrôle qui suivit cette bénigne opération, alors que je me plaignais de la présence inchangée de ces mouches vibrionnantes, il me révéla que celles-ci ne disparaîtraient jamais mais que… j'allais m'y habituer ! Comme je protestais que je ne le pourrais jamais, il m'assura (et je ne le crus pas sur l'instant, pensant qu'il voulait seulement atténuer cette annonce) que *le cerveau ayant pour fonction d'éliminer les détails gênants*, d'ici quelque temps, alors que les phosphènes continueraient d'être dans mon champ de vision physique, ma conscience ne les enregistrerait plus car ils auraient été éliminés par la « sélection représentative » du cerveau.

Il disait vrai et il me faut désormais faire un petit effort de concentration pour vérifier qu'ils sont effectivement toujours là, à danser en permanence sur ma rétine, alors que littéralement *je ne les vois plus*.

Cependant, l'ophtalmologue que j'avais consulté ne pouvait se douter des affres réflexives dans lesquelles une telle révélation allait me plonger ultérieurement, car s'il en était ainsi de phénomènes objectifs physiquement contraignants, qu'en était-il donc des multiples autres tellement plus subtils, matériellement presque impalpables, tels que certains phénomènes mentaux, certaines pensées gênantes ou autres actes délictueux du passé, auxquels notre idéal du moi ne supportait pas de se trouver confronté ? Les éliminions-nous eux aussi de notre champ de vision intérieur ?

Il y avait tout à parier que oui.

Une comparaison m'incitait fortement à le penser. Ces dernières années, j'ai plusieurs fois regardé l'émission télévisuelle intitulée *Faites entrer l'accusé* où nous sont présentées rétrospectivement — à l'instar d'un thriller bien ficelé — les différentes phases d'une enquête policière ; la plupart du temps les traques de redoutables tueurs en série que l'on met des années à démasquer. Une chose me frappait tout particulièrement : une fois arrêtés et après être passés aux aveux, une grande majorité de ces atroces meurtriers se rétractaient, prétendant avoir été manipulés par les enquêteurs, se récriant soudain de leur innocence avec des accents d'une sincérité confondante, cela même lorsque le faisceau des preuves se révélait d'une accablante évidence. Les procureurs et les psychiatres interrogés nous expliquaient alors qu'il s'agissait de ce qu'il est convenu d'appeler *le déni de culpabilité*. Or, toujours selon eux, la difficulté supplémentaire résidait dans le fait que ces gens étaient sincères (!), car une fois incarcérés et obligés de se confronter à la réalité de leurs faits et gestes, ils développaient assez vite un mécanisme de défense psychologique qui atténuait d'abord, puis, de petits arrangements en petits arrangements intimes, transformait progressivement les faits les plus gênants pour finir par les éliminer purement et simplement — afin d'aboutir à un idéal du moi plus satisfaisant. C'était là, nous disaient-ils, le fameux processus du *déni*.

Celui-ci ne rappelait-il pas à s'y méprendre le mécanisme d'élimination des phosphènes rétiniens et ne menait-il pas aussi à s'interroger sur nos facultés intimes d'auto-hallucination et de mensonge à soi-même, laissant entrevoir le rôle primordial, troublant, et même vertigineux dans ses implications diverses, de l'intentionnalité dans notre perception générale du monde ? Le fantasme, le désir, l'illusion et l'inconscient menaient-ils donc la danse, entraînant dans leur ronde notre claire conscience constamment bernée ?

L'incertitude qui vient des rêves

> « Celui qui apprend à se placer au point de vue de la contemplation de ce qui apparaît dans la conscience, celui qui apprend à situer le plaisir dans le spectacle et non dans la sensation immédiate se crée un motif de joie dont l'existence ne peut jamais le priver. »
>
> Jules DE GAULTIER

Dans un livre étonnant qui s'intitule *L'Incertitude qui vient des rêves*, Roger Caillois, s'opposant de façon délibérée au conformisme psychanalytique, cherche à nous démontrer que les rêves n'ont aucune signification, que ce ne sont que des associations libres et hasardeuses, comparables aux figures d'un kaléidoscope que produirait le cerveau relâché en train de se régénérer dans le sommeil. Selon lui, les images — même très impressionnantes — qui nous apparaissent dans les stances nocturnes n'ont pas plus de sens que les formes mouvantes des nuages, et notre appétence à leur en conférer relève précisément d'une variété de paréidolie. Aujourd'hui, j'ai fait la part de la pure polémique dans cette thèse qui s'oppose avec emphase au surréalisme. Néanmoins, quelque chose devait m'en rester : le soupçon que seuls *certains* de nos rêves sont porteurs d'un sens précieux (archétypique), tandis que les autres s'abîment dans d'innombrables associations hasardeuses.

S'agissant des rêves et de leur signification éventuelle, une autre objection à la doxa freudienne m'avait frappé dans mes lectures de jeunesse : celle présentée par Albert Béguin dans son ouvrage *L'Âme romantique et le rêve*. Il me paraît difficile, dans ma tentative d'élever une protestation à l'encontre de l'appréhension trop méthodique du monde, de ne pas citer *in extenso* la page suivante où Béguin se livre à un commentaire d'une citation de Steffens, l'un des romantiques allemands qui a le mieux évoqué les effets néfastes de l'invasion de la conscience onirique par la pensée rationnelle :

> « C'est folie que de vouloir expliquer les rêves, la part positive du sommeil, en partant de l'état de veille seulement, selon cette méthode d'exégèse psychologique qui ne voyait dans les rêves que les idées et les images à demi refoulées de la journée.
>
> Car la réflexion qui veut se saisir d'elle-même en partant d'elle-même, la conscience qui ne cesse de se refléter en elle-même, produit une veille excessive, une séparation morbide d'avec ce qu'il y a de purement positif dans le sommeil… et c'est ainsi que la conscience morbide des temps modernes est elle-même un demi-sommeil, une rêverie crépusculaire qui n'est pas le véritable sommeil, mais sa caricature. »
>
> Ces lignes de Steffens, que l'on dirait écrites d'hier et dirigées contre le freudisme, en marquent, en effet, l'extrême antipode. À ceux qui considèrent comme sain et normal un état de conscience simplement suffisant pour assurer un honnête comportement social, s'oppose la condamnation du romantique : ce qui est morbide à ses yeux, ce n'est pas l'influence du subconscient, c'est la conscience

orgueilleuse des temps modernes, qui prétend tout ramener à elle, au détriment de tous nos autres pouvoirs, de tous nos autres liens avec le réel, des angoisses métaphysiques comme des actes spontanés, des sentiments autonomes comme des rêves poétiques. Ne vivre que dans le conscient, c'est se simplifier jusqu'à l'absurde et réduire notre être, si riche de possibilités et d'avertissements voilés, à une série d'actes jamais compris : car cette conscience-là, tournée vers le dehors et qui s'empresse de nier tout ce qui n'est pas elle, est le contraire de la véritable compréhension. Celle-ci tient de tout l'être et intéresse des pouvoirs d'appréhension infiniment plus ténus et plus mystérieux que ceux de l'intelligence.

Cette dernière formule « des pouvoirs d'appréhension infiniment plus ténus et plus mystérieux que ceux de l'intelligence » me paraît résumer à elle seule le sujet de ce livre. Il s'agirait de réactiver en nous ces facultés dormantes. N'est-ce pas en effet au sein du sommeil de la raison raisonnante, qu'il soit diurne ou nocturne, et loin des faciles et artificielles certitudes logiques, sur cette « incertitude qui vient des rêves » que nous devrions fonder pour nous réapproprier les pouvoirs dont il est ici question et nous laisser une petite chance de rétablir un monde plus humain ?

J'ai souvent observé, que ce soit au concert, au cinéma, au théâtre, dans des salles de conférences, dans les gradins des stades, sur les bancs des musées, et même souvent dans les rues, une personne qui dormait à poings fermés au plus fort de l'effervescence générale. Je ne puis m'empêcher de rapprocher cette sorte de résistance passive, ironique même, cette *indifférence affichée* aux émotions de la foule, aurais-je envie de dire, à celle que la providence nous réserve, au sein des villes de vieille civilisation, avec la présence, sur les plus antiques et orgueilleux monuments du passé, de quelques herbes folles poussant innocemment sur des corniches plus ou moins inaccessibles. Je pense à Lisbonne surtout, où le laisser-aller poétique a été préservé comme un reliquat de vieille sagesse populaire. Lisbonne qui n'est pas pour rien la ville de Pessoa, le maître Tch'an de l'Occident. J'ai d'ailleurs tendance à penser que la vraie civilisation, celle qui se doit de conserver une dose d'auto-ironie et d'humour de principe, s'ingéniera toujours à *fermer les yeux* sur ces discrètes manifestations anarchistes spontanées, que ce soit celle du sommeil réparateur ou de la réappropriation subreptice des lieux par la végétation rebelle. Les villes où ce genre de phénomènes ne peuvent avoir lieu, comme je l'ai entendu dire des constellations urbaines japonaises d'aujourd'hui, totalement contrôlées et d'une propreté méticuleuse (même au niveau humain, semblerait-il), me paraissent tout à fait terrifiantes, gagnées comme elles le seraient par un totalitarisme rationnel tout-puissant.

Durant quelques années, j'ai suivi deux cours magistraux au Collège de France (lesquels, comme on le sait, sont ouverts à tous). J'allais d'abord au cours d'anthropologie de Philippe Descola, puis, dans la foulée, au « cours de philosophie de la perception » de Jacques Bouveresse. Nous étions une petite cinquantaine pour le premier et une bonne centaine pour le second, à tenter de suivre pas à pas les brillantes et abstruses élucubrations de ces lumières de l'intelligence actuelle. Un silence studieux accueillait les paroles oraculaires dispensées par les discoureurs derrière leur micro. Or, ayant l'esprit ainsi tourné, je ne pouvais m'empêcher, en sus des notes prises sur mes carnets, de répertorier à chaque fois, dans les deux amphithéâtres respectifs, le nombre de personnes en train de dormir, au point que je finis par soupçonner que certains d'entre eux venaient tout spécialement pour y poursuivre leur sieste hygiénique de l'après-midi en toute impunité. Pouvait-on imaginer en effet plus douce incitation et lieu plus propice au sommeil que ces salles préservées de l'agitation extérieure, pourvues de sièges confortables (chacun agrémenté de sa tablette repliable et d'une lumière savamment tamisée), où l'on pouvait se laisser doucement bercer par ces longues oraisons si intelligemment articulées, si rassurantes surtout, au sein desquelles le monde paraissait non seulement devenir enfin compréhensible mais supérieurement ordonné par la classification la plus méthodique ?

Je crois me souvenir qu'un grand philosophe a dit de la philosophie d'un autre qu'elle l'avait éveillé de son sommeil dogmatique*. Il me semblait à moi, en revanche, durant ces séances au Collège de France, que la plus sophistiquée des pensées rationalisantes nous enfonçait bienheureusement — comme l'aurait fait un doux mais puissant psychotrope — dans le sommeil dogmatique le plus salutaire. Shakespeare l'avait pressenti qui estimait que notre vie, tramée de l'étoffe même des songes, atteignait chaque jour sa limite dans le sommeil profond. Oui, je le

* Kant à propos de Hume, si je m'en souviens bien...

sentais bien par empathie, toute cette activité cérébrale intense gravitait autour de la question centrale du sommeil. Les raisonnements les plus pertinents et les plus signifiants, lorsqu'on les suivait attentivement, avaient pour fonction de nous rassurer sur l'agencement réel du monde, de nous consoler avec de bienfaisantes paroles équilibrées et imbriquées au sein de raisonnements impeccables, parfaitement huilés et la plupart du temps accompagnés d'esthétiques diagrammes au tableau noir, aussi propres et corrects que des villes japonaises, bref de nous bercer puis de nous endormir comme des enfants angoissés venus chercher refuge auprès de la maternelle institution de l'ordre établi.

Durant ces heures passées à suivre les spéculations oniriques des grands professeurs et au cours des multiples autres occasions où, perdu parmi les congrégations de mes contemporains rassemblés, j'avais lorgné ces saints dormeurs inconsciemment réfractaires, une phrase d'Héraclite, glanée au détour d'un livre, m'était toujours revenue comme une antienne : « Tous les hommes, dans leur sommeil, concourent fraternellement au devenir du monde. »

Oui, il y avait dans ce sommeil de certains au cœur de la foule comme un enseignement dispensé par la synchronicité : résidait là, peut-être, la seule fraternité possible en ce bas monde... La vie courante elle-même n'était-elle pas une sorte de rêve éveillé protégé par ces gardiennes que sont les conventions sociales ? Jules Supervielle l'avait d'ailleurs exprimé de façon poétiquement exacte : « Et l'homme en plein midi est comme un somnambule que son cœur à grands coups ne peut pas réveiller. »

Or donc, ces paréidolies ou autres apophénies développées dans nos rêves — éveillés ou pas — nous dévoilaient-elles les constellations dont le magnétisme pesait sur nos destinées ou ne faisaient-elles que nous avertir de l'incapacité probable de notre logique raisonneuse à embrasser la complexité du cosmos, et cela afin que nous orientions, tant qu'il en serait encore temps, nos recherches dans un sens différent ? C'était là la question que je me posais depuis des années sans jamais parvenir à m'accrocher à l'étoile fixe d'une opinion déterminée.

Christian David me paraissait cependant apporter un élément de réponse :

> Ces cas m'ont donné répétitivement l'impression que le nocturne et le diurne n'étaient pas aussi franchement délimités et spécifiques que d'ordinaire, qu'il y avait trop de présence de l'actualité dans les rêves. Je dirais que la surabondance des rêves signait comme une défaillance devenue constitutive de la fonction onirique, qu'il n'y avait, pour ainsi dire, pas assez d'obscurité dans les nuits de ces patients, pas assez d'ombre dans leurs récits de rêves. Je me souviens de Bachelard consacrant un cours à l'éloge du refoulement. Donc de la censure. Dans le fil de cette pensée l'expérience clinique particulière à quoi je me réfère ici m'incita à m'associer à la défense de l'ombre et dans une certaine mesure, de l'opacité. Ce n'est pas seulement avec le sentiment amoureux qu'on se heurte au noyau d'infracassable nuit que désigne André Breton dans *Nadja*, mais bien plus largement, me semble-t-il, dès qu'on se propose de penser conceptuellement

et de verbaliser l'irreprésentable, l'innommable. L'attitude mentale qui convient alors ne consiste pas dans le renoncement à toute pensée mais dans l'acceptation, l'adoption d'une démarche ne visant aucune représentation représentative, uniquement orientée vers la représentation et le savoir affectifs. La communication passera par des éléments non verbaux — mais il existe bien d'autres langages, de supports expressifs, que le langage verbal — et aussi, le cas échéant, par un usage poétique des mots, usage qui impose une attitude psychique dénuée de toute arrogance doctrinale.

Un certain mercredi, au cours d'un séminaire de Bouveresse portant sur la « notion de transparence dans le domaine du visible », durant lequel je fus *visiblement* le seul à m'amuser du fait que la machine de projection (dans laquelle on insère — je n'invente rien — ce que l'on nomme « un transparent », dont les textes ou les pictogrammes gravés sur la feuille plastique sont censés s'afficher sur le grand écran mural au-dessus du bureau du conférencier) ne voulait absolument pas fonctionner ce jour-là... comme si, là encore, se manifestait une étrange réticence des objets eux-mêmes à se retrouver enrôlés dans une démonstration à laquelle ils n'adhéraient pas pleinement, se trouvait assis à mes côtés un petit vieillard sec, endimanché dans son costume désuet. Il parut tout d'abord s'évertuer à suivre la prestation ultra-alambiquée du professeur invité (qui siégeait à la droite de Bouveresse et poursuivait un raisonnement très subtil sur « la différence entre le perceptible et le détectable » dans la mécanique quantique...), puis, mettant sa main en visière sur ses yeux, il s'endormit profondément. Je m'efforçai pour ma part — jugeant que de toutes les manières ce ne pouvait être qu'un excellent entraînement mental pour mes futures prestations échiquéennes — de suivre le plus longtemps possible le fil ténu de l'argumentation professorale, puis, décrochant à mon tour, je m'évadai dans des rêveries brumeuses pleines de figures à la Jérôme Bosch, jusqu'à ce que les applaudissements de l'auditoire m'extirpent de mon cauchemar flamand, pour me signaler la fin de la conférence. Le petit homme se secoua alors, lui aussi, et se redressant à l'instant où Bouveresse venait de conclure, il s'écria d'une voix fluette mais perçante, imposant le silence par son étrange autorité impromptue :

— Tout cela est bien joli, mes petits amis, mais vous n'avez rien prouvé du tout ! Absolument rien ! Je m'excuse, mais tout ce qui vient d'être dit est parfaitement contestable ! Je ne vais d'ailleurs pas me fatiguer à vous le prouver. Je veux simplement que vous ayez conscience qu'il est assez comique de prétendre parler de la transparence avec des propos aussi opaques !

Bouveresse se pencha sur le micro en souriant de façon bonhomme et répondit que, pour sa part, il en avait parfaitement conscience et qu'on pourrait en discuter la prochaine fois.

— Mais je serais bien incapable d'en discuter avec vous ! s'écria le petit homme, je le sens, un point c'est tout, et je tenais à vous le faire savoir.

Il n'y eut pas de suite à ce début de dialogue car l'assemblée s'était levée et s'apprêtait à quitter les lieux dans un brouhaha de conversations passionnées. Se tournant alors vers moi, le vieil homme, tout petit et chauve, me tendit la main :

— Auguste Lebrun, boulanger en retraite, m'annonça-t-il. Et vous savez que j'ai du mérite, car j'ai soixante-dix-huit ans et je n'ai que mon certificat d'études. En fait, je suis autodidacte et je m'intéresse à tout, depuis toujours, surtout à ce qui a rapport avec la philosophie des sciences. Je ne peux pas l'expliquer mais je sens qu'il y a quelque chose qui cloche de ce côté-là. J'essaie de comprendre... et surtout, j'adore venir écouter parler les gens supérieurement intelligents. J'ai l'impression de vivre plus pleinement, voyez-vous... J'ai toujours beaucoup lu aussi, n'est-ce pas... tout ce qui me tombait sous la main, à vrai dire... J'avais beaucoup de temps, la nuit, pendant que ça cuisait, vous savez... À part ça et pour tout vous avouer, je n'ai rien compris de ce qui a été dit aujourd'hui, mais j'ai un flair pour ces choses-là : j'ai senti que ça ne collait pas ! Ils ne croyaient pas à ce qu'ils débitaient, ils enfilaient des perles. Cela se repère à la façon de parler. Quand quelqu'un ne croit pas vraiment à ce qu'il dit, il parle un peu de travers et il est gêné parce qu'il sait qu'il fait du remplissage. Notez que je ne leur en veux pas : il faut que chacun gagne sa vie, n'est-ce pas, mais qu'on n'aille pas nous faire croire que c'est du sérieux. Ce qui était transparent pour moi aujourd'hui c'était leur incompétence. Enfin, tout cela n'a pas la moindre importance finalement, me dit-il soudain en souriant de façon presque enfantine, l'essentiel, c'est de participer, non ? Et puis à vrai dire, je n'ai pas tout écouté non plus, car je me suis un peu endormi, mais de toutes les manières la tête du conférencier et sa façon de s'exprimer ne me revenaient pas... depuis le début ! Et moi, voyez-vous, je suis d'une franchise à toute épreuve. Il fallait que je réagisse. Bon, vous avez le temps de prendre un verre pour qu'on parle de choses vraiment sérieuses ?

Nous allâmes nous asseoir à une terrasse de café et Auguste Lebrun me raconta sa vie qui, comme la plupart des vies ardemment vécues, était aussi pleine de rebondissements et de surprises qu'un roman d'Alexandre Dumas. Cependant, tandis que je l'écoutais me narrer ces péripéties rocambolesques, je songeais, à part moi, qu'il se pourrait bien qu'Auguste Lebrun, avec sa sortie intempestive un brin de mauvaise foi, ait joué à la perfection son rôle imparti : celui de l'arlequin classique armé du solide sens commun face aux élucubrations trop sophistiquées du savoir aristocratique, ou bien encore celui de Sancho Pança face au chevalier raisonneur à la triste figure.

Curieusement, la rencontre d'Auguste Lebrun me ramenait à nouveau aux théories de Jules de Gaultier, car s'il est un philosophe qui avait développé une brillante et fascinante philosophie de la vie en tant que spectacle, en tant qu'illusion nécessaire et inéluctable, ainsi que de l'exercice de la pensée spéculative comme jonglerie et prestidigitation supérieure de l'esprit, c'était bien lui, l'inventeur de la fameuse notion de bovarysme qui d'ailleurs s'y rattache étroitement :

> ... il faut prendre aussi conscience des systèmes philosophiques comme des éléments d'un spectacle dont il est bon de goûter la saveur, dès qu'on en a distingué le caractère spectaculaire. Et quand, dans la salle du théâtre philosophique où nous sommes, apparaissent se dressant aux avant-

scènes, pérorant dans les loges et aux fauteuils d'orchestre et interpellant les acteurs, un saint Anselme dans sa robe de moine, disputant avec la cohorte des théologiens lui donnant la réplique, ou le vieux Kant brandissant l'impératif catégorique et les dogmes de la Raison pratique et, sous les traits du Vicaire savoyard, Rousseau parmi le cortège des Encyclopédistes invoquant la raison naturelle, sachons que tous ces personnages qui essaient d'engager des colloques avec nous n'appartiennent pas à la catégorie des spectateurs, qu'ils n'ont pas payé leur place aux guichets, mais que sortis des coulisses du théâtre ils ont gagné par des escaliers et des couloirs dérobés les sièges que nous les voyons occuper et se sont mêlés à nous, dupes eux-mêmes de l'ivresse qui les inspire pour nous mieux duper nous-mêmes*.

Cette façon d'évoquer l'inévitable jeu de dupes, l'inéluctable mensonge à soi-même qui caractérise la plus haute manifestation de la pensée — et dans bien d'autres passages de son œuvre, précisons-le, Jules de Gaultier ne s'exemptait nullement lui-même de cette supercherie spéculative —, oui, cette « philosophante » ironie sur soi-même m'avait littéralement ravi lorsque je l'avais découverte. Et cela d'autant plus que je n'avais jamais pu m'ôter de l'idée que les grands philosophes avaient un côté prestidigitateur, un talent d'illusionnisme intellectuel dont ils étaient effectivement eux-mêmes les premières dupes. J'avais toujours pratiqué un dilettantisme spéculatif qui me faisait considérer les différentes théo-

* Jules de Gaultier, *La Sensibilité métaphysique*, Mercure de France, p. 230-231.

ries comme d'envoûtantes perspectives s'ouvrant à moi au cœur de villes splendides, ne négligeant pas d'aller me divertir dans les théâtres et les music-halls où d'habiles manipulateurs jouaient avec les concepts comme avec des jeux de cartes, des lapins, des foulards et de jolies comparses dans des valises à double fond... et où, tel un enfant, je m'enthousiasmais pour les plus brillants numéros.

Oui, aussi loin que je pouvais remonter dans mes souvenirs, il me semblait avoir toujours éprouvé une véritable fascination pour les illusionnistes, les prestidigitateurs, les jongleurs et les escamoteurs. Cependant, à la différence de la plupart de mes camarades, le dévoilement *a posteriori* de la manipulation ou de l'astuce du tour n'en avait jamais gâché l'attrait ni terni le prestige à mes yeux car, sevré très jeune au lait du réalisme sportif, j'avais déjà résolu que la seule magie possible, en ce monde prosaïque, opérait toujours au moyen d'une adaptation précise de nos gestes aux articulations du réel. Autrement dit, l'habileté gestuelle des prestidigitateurs me paraissait suffisamment *épatante* en elle-même pour n'éprouver nul besoin d'y ajouter un quelconque merveilleux transcendant. Il était donc sans doute prévisible que j'en vienne progressivement à me passionner pour le théâtre et plus encore pour la philosophie, puisque cette dernière m'était dès lors apparue, et cela avant même que je ne découvre Nietzsche, comme le lieu où les idées venaient parader et exécuter leurs tours de passe-passe rhétoriques et leurs jongleries mentales et verbales sur le devant de la scène.

Cependant, le plus fascinant de tout dans la

philosophie de Gaultier était le fait qu'il estimait que cette autoduperie contagieuse était de la plus haute nécessité et que sans elle, sans cette illusion locomotrice — dont les notions de vérité et de liberté étaient le carburant, en quelque sorte* —, le gigantesque diorama du cosmos s'anéantirait sur-le-champ. Et ce qu'il appelait le « bovarysme » était cette illusion qui nous amène à créer pour notre usage personnel une indispensable image faussée — souvent flatteuse — de nous-mêmes, bref un idéal du moi illusoire que nous ne pouvions éviter de développer narcissiquement afin de continuer à jouer notre rôle imparti dans la comédie de la vie.

En bref, Gaultier ne se souciait pas de savoir si son explication du comportement humain par le bovarysme était vraie ou fausse, et il indiquait clairement qu'elle n'était ni exhaustive ni

* Il me faut, une fois de plus, citer ici l'un des passages les plus brillants de la pensée « gaultierenne » : « Les idées de Vérité et de Liberté sont des fictions, mais des fictions naturelles, engendrées par la Vie qui ment dès qu'elle se meut. La touffe d'herbes fraîches attachée, pour le dresser, devant les naseaux du cheval qui, dans un manège forain, fait tourner le cirque des chevaux de bois, n'a par elle-même aucune vertu pour faire mouvoir l'appareil, mais le cheval, attelé et harnaché, s'élance vers l'herbe fraîche qui fuit devant lui d'une vitesse égale à celle qu'il déploie pour l'atteindre. Ainsi il entraîne de son effort tout le cirque des chevaux de bois, avec ses cavaliers enfantins, ses écuyères en fête, parmi le bruit des propos et des chants, dans un fracas d'orgues et de cymbales, sous la lumière des quinquets multicolores. La Vérité, la Liberté sont pour l'homme des bouquets d'herbes fraîches : l'homme croit qu'une Vérité fixe est assignée comme un but à l'effort intellectuel ; il croit qu'il dispose d'un libre arbitre, c'est-à-dire du pouvoir de se modifier lui-même, de se déterminer dans le sens de la Vérité qu'il aura trouvée. Et l'homme aussi prend sa course vers ces promesses fleuries qui règlent la vitesse de leur fuite sur l'énergie de son élan. De la sorte est mis en branle le diorama infiniment complexe du monde moral, parmi le cortège des civilisations, la clameur des prières, la frénésie des actes, et la méditation des philosophes. »

exclusive. Aucune hypothèse conceptuelle, selon lui, ne pouvait se dire indemne d'un mythe fondateur et il était donc absurde de penser que l'idée des causes objectives était moins fictive que celle du bovarysme ; et il concluait : « Tout est mythologie, nous ne pouvons donner du fait de l'univers que des représentations symboliques, toutes nos explications sont des métaphores. »

Je venais donc à cette époque, on l'a compris, de découvrir le seul penseur moderne retendant le fil jusqu'à cet humanisme classique, pétri d'ironie sur soi-même, qui s'était manifesté plusieurs siècles auparavant mais n'avait pas prévalu, évincé comme il l'avait été au profit du rationalisme cartésien — humanisme classique moins crispé sur les preuves logiques et mathématisantes dont les plus brillants représentants avaient été Érasme, Montaigne, Robert Burton et Rabelais ; lesquels n'avaient cessé de présenter leur propre idiosyncrasie comme une simple participation au jeu de rôles que commandait la scène du monde.

À vrai dire, certains éléments m'avaient toujours gêné et laissé sur ma faim dans la philosophie nietzschéenne, lesquels avaient sans doute rapport avec cette combativité germanique qui, tout en lui faisant dévoiler avec brio le jeu d'illusions auquel nous étions soumis depuis des siècles, l'avait empêché du même coup de réaliser à quel nouveau leurre il avait lui-même, ce faisant, bovaryquement succombé. Cependant, la philosophie nietzschéenne de l'illusion universelle avait inspiré à Jules de Gaultier une sublime vision ontologique du monde comme spectacle. L'illusion éthique se montrait ainsi, selon sa propre formule, un moyen de la fin esthétique :

> L'illusion éthique se montre ainsi un moyen pour la fin esthétique. Il ne saurait donc être question, et il serait naïvement prétentieux de déconseiller à l'humanité cette passion illusoire qui la porte à chercher une solution que la nature des choses rend strictement impossible : une humanité qui aurait soulevé les plis de ce mystérieux voile d'Isis et saurait, de science certaine, que le problème est insoluble parce qu'il n'y a pas de problème, serait comme un rouage brisé dans une machine et qui doit être aussitôt remplacé par un autre ; elle ferait place à une humanité plus jeune et plus crédule.

Car c'est l'oubli, et rien d'autre, qui permet à la conscience de se diviser entre l'instinct de vie et l'instinct de connaissance — lesquels, tirant chacun de leur côté en croyant fermement l'un à l'inutilité, l'autre à la méchanceté et à la bêtise de son antagoniste, forment le couple mécanique inconscient qui entraîne invinciblement la roue de l'existence. C'est l'oubli encore (ce que Gaultier appelle « le pacte du Léthé ») qui permet à la faculté de connaissance, lorsque sous le coup d'une soudaine lucidité elle parvient à se hisser jusqu'à la vision de l'enchaînement dans lequel elle se trouve impliquée, de laisser presque instantanément (dans le même mouvement pourrait-on dire) échapper cette révélation, pour s'abandonner de nouveau, tout aussi innocemment qu'auparavant, à l'instinct de vie qui lui commande de jouer son rôle d'acteur passionné et aveugle à soi-même dans le grand théâtre de l'existence. C'est cette faculté *schizoïde* de la conscience qui fait que le monde existe. Mais ici il faut écouter la voix du maître lui-même dans ce passage du recueil intitulé *Les Raisons de l'idéalisme* — passage qui me paraît, si l'on est toutefois encore capable de s'adapter à un style devenu désuet et à une demande d'attention soutenue, l'un des plus brillants de la pensée contemporaine :

> Que l'on imagine ce pacte juré sur les rives de quelque Léthé, au symbole plus vaste, que l'on imagine enfin, après le geste des libations, l'ivresse universelle où toutes les choses, oublieuses de leur identité, commencent, sous l'empire de l'hallucination qu'elles ont elles-mêmes provoquée, à figurer le rôle qu'elles se sont elles-mêmes dévolu, à remplir le destin fatidique dont elles ont librement tracé la courbe inflexible. Sous le jour de cette conception, l'*amor fati* dont Nietzsche avait fait sa devise et qui semble avoir dans sa pensée quelque sens héroïque, l'*amor fati* décèle une signification purement intellectuelle. C'est, chez le héros qui supporte le poids du drame et que le malheur frappe à coups démesurés, la conscience réapparue du caractère doublement fictif et de son personnage et des événements sous lesquels il succombe, c'est le souvenir surgi, en un éclair de la mémoire, d'avoir été lui-même le créateur du rôle qu'il assume dans la tragédie et l'inventeur complaisant de la catastrophe, c'est le sens spectaculaire, en vue duquel le spectacle a été créé, s'éveillant pour acclamer, à l'instant où le drame atteint son pathétique le plus aigu. C'est sous l'éclair de cette vision que le héros aime sa destinée, y découvrant son œuvre. C'est alors que, sous le masque rigide de la nécessité, sous le jeu inflexible du hasard, il reconnaît le geste et le décret de sa volonté. « Deviens ce que tu es. » Cette maxime nietzschéenne exige ici ce commentaire précis : Joue ton rôle, dira-t-on, tel qu'il est écrit,

tel que tu l'as toi-même écrit. Accomplis les gestes tracés. Par les voies fatidiques, parmi le cortège des circonstances et des paroles nécessaires, sois le héros qui s'avance vers sa fin, plein d'une joie contemplative et sereine, et qui sourit en spectateur au-dessus de son destin*.

La vie est-elle un songe ?

Ce rappel de la philosophie du spectacle et du rôle inconscient que nous jouons fatalement sur la scène du monde en tant que *jouets des circonstances* fait refluer en moi un souvenir…

L'année de mes dix-sept ans, nous fûmes toute une bande de mon lycée (et du lycée de filles adjacent…) à nous rendre, sous la tutelle de l'un d'entre nous déjà fort engagé dans une carrière théâtrale, au festival dramatique d'Arras. Nous logions dans un minuscule hôtel borgne où nous avions retenu deux chambres transformées en dortoir, nous y entassant à six ou sept dans un joyeux méli-mélo, et nous nous sustentions, midi et soir, de frites et de mauvaise bière dans des estaminets enfumés, assourdis par la musique tonitruante des juke-box. Ce bref épisode demeure d'ailleurs transcendé dans ma mémoire par une turbulente gaieté sans objet typiquement adolescente où la moindre vétille prenait immanquablement le statut d'événement — façon peut-être plus sage, après tout (lorsque j'y repense aujourd'hui avec

* Jules de Gaultier, *Les Raisons de l'idéalisme*, Mercure de France, 1906, p. 156-160.

une inévitable pointe de nostalgie), d'aborder l'existence...

Cependant, un soir, nous allâmes assister à une représentation de *La vie est un songe* de Calderon — titre, je m'en avise aujourd'hui, déjà suffisamment prémonitoire.

On s'en souvient peut-être, dans cette pièce — considérée à juste titre comme l'un des chefs-d'œuvre du théâtre baroque européen — l'action virevolte et rebondit à une cadence tellement soutenue que le personnage principal, Sigismond, pris dans un tourbillon de révélations successives et contradictoires (notamment après avoir été plusieurs fois emprisonné puis promu roi, endormi et réveillé à toutes les heures, follement amoureux et cruellement détrompé, soutenu par des alliés puis trahi, s'être cru riche puis pauvre, éternel puis mortel, etc.), finit par être saisi d'un vertige ontologique. Entraînés corps et âme à sa suite, nous autres spectateurs en arrivons à ne plus pouvoir discerner le vrai du faux, le songe de la veille, l'identité véritable de ceux qui apparaissent et disparaissent sur la scène à un rythme endiablé, et l'inéluctable récurrence de l'illusion universelle s'impose en définitive à nous comme seule réalité tangible. De sorte que mes camarades et moi, assis au dernier rang des gradins dressés dans la cour d'un château, les feux des projecteurs illuminant le décor d'un palais royal situé au cœur d'une Pologne de fantaisie, demeurions, grands enfants que nous étions encore, littéralement fascinés par cette folle sarabande d'apparences trompeuses cavalcadant sur la scène, gagnés nous aussi par une sorte de fatalisme universel, et en venions à contempler, à l'instar du héros, l'évanescence générale de toutes choses avec résignation.

Or, à un certain moment, se produisit cet événement objectivement quasi insignifiant mais que je n'ai pourtant jamais cessé de me remémorer depuis lors comme l'un des instants décisifs de mon existence.

Au plus fort de l'exultation qui m'avait saisi à visionner les chatoyantes facettes de ce kaléidoscope scénique et comme si une présence m'y avait incité, je me suis soudain retourné... pour être littéralement pétrifié (c'est le cas de le dire) par la vision qui s'offrait à moi : l'insistante, hiératique et hautaine indifférence de la façade de pierre du château qui se dressait dans notre dos — percée de fenêtres sur les vitres obscurcies desquelles venaient mourir les reflets du spectacle comme au fond d'un puits. L'inertie de cette façade plongée dans l'ombre, insensible au burlesque de l'action théâtrale, revêtit pour moi à cet instant un aspect d'une étrangeté presque terrifiante. Je n'en avais ressenti l'équivalent qu'une seule fois auparavant : lorsque j'avais été mis en présence du cadavre, allongé sur un lit et d'une immobilité inqualifiable, de celle qui m'avait tenu lieu de nounou durant mon enfance. Révélation, à l'époque, qui m'avait fait toucher du doigt l'ironie tragi-comique de l'existence, au sein de laquelle l'ombre et la lumière, la joie et la souffrance, la vie et la mort ne cesseraient probablement jamais de perpétuer leur dramatique face-à-face...

Est-il encore permis de flâner ?

S'il en est un qui sait s'adonner aux plaisirs discrets et hasardeux de la contemplation, c'est bien le flâneur.

Deux grands écrivains, Charles Baudelaire et Walter Benjamin, ont considéré cette figure comme emblématique d'une certaine résistance à la modernité. Elle reste liée dans mon esprit à l'atmosphère parisienne du XIXe siècle. Pourtant, on le sait, sa survivance fut gravement compromise par l'œuvre rénovatrice du baron Haussmann qui éradiqua de Paris son âme médiévale. Auparavant, les flâneurs parisiens pouvaient déambuler tranquillement au sein des rues, parfois biscornues mais toujours hautes en couleur, de la capitale, s'y livrant à ce que Balzac nommait « la gastronomie de l'œil ». Ces flâneurs — poètes du quotidien, adeptes du croquis — préféraient, bien entendu, en esthètes qu'ils étaient, circuler incognito. Non point qu'ils fussent asociaux, mais s'ils avaient besoin de se mêler à la foule pour y jouir de leur voyeurisme artiste, toute implication dans ses passions eût été contraire à leur pratique de la contemplation. De plus, point décisif, contrairement aux hommes pressés de la foule active, le flâneur aime à prendre son temps, et l'on raconte que certains d'entre eux s'accompagnaient de tortues tenues en laisse pour mieux harmoniser leur allure !

En vérité, ce mode de vie désinvolte supposait de ses adeptes, à une époque où les populations n'avaient pas encore été totalement enrégimentées dans les armées du travail productif, une certaine oisiveté tempérée et un certain goût pour le désordre hasardeux propre aux grandes villes. De nos jours, on aperçoit peu de promeneurs au sein des grandes villes, ou alors ce sont des touristes apparemment anxieux de boucler leur programme. Parfois pourtant, on croit repérer un solitaire en train d'observer discrètement ses contemporains et l'on croit deviner que le plaisir raffiné qui est le sien consiste à se rendre invisible. Son butin à lui réside dans les images glanées au hasard des rues, et dont il pourra, par la suite, se repasser indéfiniment le film sur l'écran mental du souvenir.

Pour le flâneur, comme je l'ai indiqué, le hasard reste une valeur essentielle, quasi sacrée, et dont il sait repérer sans coup férir, au cours de ses dérives apparemment décousues, les moindres sollicitations. En réalité, l'artiste en flânerie observe certaines règles telles que solitude, fluidité, discrétion, silence intérieur et, surtout, disponibilité attentive. Karl Gottlob Schelle dans son ouvrage *L'Art de se promener* nous explique par le menu l'importance de cette rêverie sans but et désoccupée, où il s'agit de se rendre poreux au monde extérieur.

> Les promenades ne sont pas destinées à poursuivre des cogitations métaphysiques ou physiques, à résoudre des problèmes mathématiques, à repasser l'histoire, bref, elles ne sont pas faites pour la méditation. Même l'observation futile et raffinée d'autres personnes en train de se promener serait aussi opposée à la finalité de la promenade que l'observation forcée de la nature.
>
> Durant la promenade, l'attention de l'esprit ne doit pas être poussée ; elle doit davantage être un

jeu qu'empreinte de sérieux. Elle doit glisser au-dessus des objets en quelque sorte, répondre à leurs sollicitations plutôt que de se laisser contraindre à leur étude par l'esprit. Réceptif et ouvert, l'esprit doit accueillir avec tranquillité les impressions des choses qui l'entourent plutôt que de s'échauffer avec passion sur un quelconque objet, il doit s'abandonner sans résistance à leur courant avec une sérénité joyeuse plutôt que de se soustraire à elles, perdu dans ses idées et revenant sans cesse sur ses propres réflexions*.

Plus proche de nous dans le temps, le philosophe chinois contemporain Lin Yutang consacre dans *L'Importance de vivre* un long chapitre à la flânerie où il laisse entendre que la pensée chinoise sut résister à l'activisme occidental tant qu'elle parvint à équilibrer les deux grands courants qui la traversaient, le taoïsme et le confucianisme, mais que dès l'instant où, avec notre aide, le confucianisme pragmatique l'emporta, elle se laissa gagner corps et âme, elle aussi, à l'idéologie du salut par le labeur.

Par ailleurs, le flâneur se distingue en ceci du promeneur que si l'un et l'autre musardent, le flâneur le fait essentiellement au sein d'un espace urbain. En effet, perdre son identité au profit de l'identification aux choses extérieures au sein de la nature demande d'être rompu à une discipline mentale nettement plus rigoureuse que celle qui consiste à se laisser happer par les multiples sollicitations de la vie urbaine. Le flâneur urbain cherche à provoquer cette fêlure intérieure, cette

* Karl Gottlob Schelle, *L'Art de se promener*, Payot-Rivages, 1996, traduction de Pierre Deshusses, p. 33.

« intranquillité » de soi, ce déséquilibre intime qui lui permet de se perdre dans les autres et d'oublier ainsi les ultimes rigueurs imposées à notre fragile et incertaine individualité. Michel Maffesoli dans son *Précis de subversion postmoderne* le dit fort bien :

> C'est une telle multiplicité, à l'intérieur de soi, qui est à l'œuvre dans les théâtralités quotidiennes. C'est elle qui permet de comprendre les duplicités vécues contre tous les pouvoirs, les ruses de tous les jours contre les injonctions pédagogiques, les faux-fuyants par rapport aux certitudes idéologiques, l'abstention lors des grandes messes démocratiques, les rejets de tout moralisme contraignant*.

J'ouvre ici une parenthèse parmi d'autres pour faire remarquer que s'il subsiste sur le territoire européen une ville où le flâneur peut se sentir comme au sein d'une patrie bienveillante — ne suffit-il pas d'y avoir passé plusieurs journées à déambuler parmi les ruelles tortueuses, montant et descendant d'une colline à l'autre en empruntant ses tramways cahotants, à s'être perdu dans le labyrinthe des ruelles où s'ouvrent de multiples petits cafés d'où se déverse la litanie du fado mélancolique, à s'être soudain retrouvé, au détour d'une rue, face au Tage étincelant à la surface duquel semblent dormir de gros navires rouillés, tandis que les mouettes virevoltent dans l'espace… — c'est bien Lisbonne, hantée par le fantôme de celui qui fut le grand désœuvré-désabusé de l'Occident : Fernando Pessoa ; Lisbonne qui, du fait de

* Michel Maffesoli, *La Part du diable. Précis de subversion postmoderne*, Flammarion, 2002, p. 145.

sa relative résistance à l'activisme qui ravage les autres villes d'Europe, demeure non seulement empreinte de cette merveilleuse mollesse existentielle dont il a été question plus haut, mais absorbe aussi les multiples influences extérieures sans y perdre son âme. Comme si, en quelque sorte, sa profonde mélancolie atavique, cette *saudade* nationale, la protégeait contre la barbarie productiviste et le cancer de l'âme consumériste. Mais pour combien de temps encore ?

Ce matin, je suis sorti très tôt
parce que je m'étais éveillé encore plus tôt
et qu'il n'y avait rien que j'eusse envie de faire…

Je ne savais quelle direction prendre,
mais le vent soufflait fort, il poussait d'un côté,
et je suivis le chemin vers quoi le vent me soufflait
dans le dos.

Telle a toujours été ma vie, et
telle je désire qu'elle soit à jamais.
Je vais là où le vent m'emporte
*et je ne me sens pas penser**.

Il faut peut-être ajouter — parenthèse refermée — que ces notions de fêlure, de déséquilibre intime, de dédoublement et d'invisibilité chères au flâneur — être anticartésien par excellence — permettent de s'imprégner de l'hypothèse proposée par Gaultier selon laquelle la vie sociale ne serait qu'une tragi-comédie à laquelle l'*Homo estheticus*

* Fernando Pessoa, « Le Gardeur de troupeaux », in *Œuvres poétiques*, Gallimard, La Pléiade, 2001, p. 321.

se devrait d'être bon public, ce qui nous délivrerait de l'angoisse typiquement occidentale d'une scission intime entre l'être et le paraître. Peut-on, en effet, devenir ce que l'on est si l'on n'essaie pas d'abord d'être quelqu'un d'autre ? L'authenticité ne réside-t-elle pas dans la conscience du rôle qu'on s'efforce de jouer, dans la sensation exaltante de représenter enfin vis-à-vis de soi-même (et éventuellement d'autrui) le personnage qu'on aspire à devenir parmi les multiples possibilités de l'existence ?

Durant les deux mois que je passai à la résidence du Mont-Noir, ancienne demeure de Marguerite Yourcenar, j'allais chaque jour marcher plusieurs heures parmi les nombreux sentiers de ce pays étrange et magnifique qui borde la frontière belge, près de Bailleul. Il y avait là, parmi les autres résidents, une poétesse grecque dotée d'un humour sarcastique inimitable et probablement très talentueuse sur le plan littéraire (je ne lis pas le grec), mais qui offrait tous les symptômes d'une culture presque exclusivement cérébrale et urbaine (cigarettes à gogo, whisky, conversations de café à n'en plus finir, Internet permanent, etc.). Un soir au repas pris en commun, la voyant préoccupée, je lui en demandai la raison et elle finit par m'avouer qu'elle avait une importante question à me poser (cela la turlupinait depuis le début du séjour, ajouta-t-elle) : au cours de ces longues promenades que je « m'imposais » (*sic*) quotidiennement, à quoi est-ce que je pouvais bien penser ? Cette question aussi inattendue que candide, jaillie de son désintérêt manifeste pour la campagne, me fit rire. Puis il me vint à l'esprit qu'elle avait, en réalité, mis le doigt sur un problème épineux auquel je me trouvais confronté au cours de mes randonnées : comment résister à l'invasion intempestive des pensées abstraites, ce à quoi j'avais fini par remédier partiellement au moyen d'un lâcher-prise de mon cru, consistant — sans me ressaisir trop énergiquement, ce qui m'eût fait basculer dans une attention volontariste — à me laisser glisser dans une sorte de vague à l'âme diffus où l'inattendu pouvait venir interférer.

Je répondis à mon interlocutrice qu'en effet orienter ses propres pensées au cours d'une promenade solitaire s'apparentait à une difficile négociation avec soi-même. Il y fallait soit des années d'entraînement soit la chance d'être doté d'une conscience amphibie. Je vis que cette réponse, qu'elle écouta les yeux à demi fermés, tout en tirant à petits coups dubitatifs sur sa cigarette, la renforçait dans son opinion préalable : j'étais bien français, donc désespérément snob et incapable d'une réponse simple.

En vérité, si j'avais voulu être plus précis, j'aurais répondu que, pour se promener de façon satisfaisante, il fallait se rendre perméable aux influences extérieures. De plus, j'aurais sans doute cité Jean Prévost, écrivain sportif qui en savait long sur l'interdépendance du corps et de l'esprit et qui avait écrit à propos de Baudelaire :

> Quand il subit l'influence directe d'un être ou d'une chose, d'un spectacle, d'une drogue, il se laisse... transformer par ces objets ; pendant qu'il compose son poème, il semble tout d'abord ne ressentir et n'exister qu'à leur image, il leur emprunte des sentiments et un état momentanés : noir et blanc, froid ou brûlant selon ce qu'il contemple, il y a dans son esprit quelque chose qui rappelle les

animaux à sang variable, notamment le caméléon. Cette tendance ou cette souplesse, je propose de la nommer le mimétisme de Baudelaire*.

À ce stade, il faut supposer que mon interlocutrice eût décroché depuis longtemps et m'eût rangé dans une catégorie qui, pour être un peu moins dévolue au snobisme hexagonal, n'en fût pas moins demeurée plus excentrique encore à ses yeux : celle des doux illuminés irrécupérables ! Quoi qu'il en soit, ce mimétisme baudelairien résumait parfaitement la faculté maîtresse qui caractérise le flâneur : l'empathie immédiate avec ce qu'il contemple.

Cependant, cette empathie, qui nécessitait l'abandon au cours des choses tel que Schelle le recommandait et que j'avais tendance à pratiquer, s'était heurtée, dès l'époque du lycée, à un paradoxe dont je ne parvenais pas à m'extirper : le sentiment que tout ce que l'on nous avait enseigné au cours de nos dites « humanités » reposait sur une conception pour le moins contestable de la précision. N'était précis selon nos professeurs que ce qui pouvait être détaillé, disséqué, analysé avec minutie et finalement démantibulé — que ce soit les sentiments d'un personnage ou le corps d'une innocente grenouille — alors que l'atmosphère d'un lieu, le charme d'une personne, la puissance même d'une suggestion rationnelle (dont aucune partie ne pouvait être isolée sans altérer le tout), qui pourtant régnaient de façon souveraine sur nos cœurs, n'étaient pas réputés suffisamment précis

* Jean Prévost, *Baudelaire, essai sur l'inspiration et la création poétique*, Mercure de France, 1953, p. 89.

pour que nous puissions fonder sur eux. J'avais pourtant déjà l'impression, à cette époque, que la réalité agissante, celle qui tramait intimement nos vies, se rencontrait au détour de certaines rêveries, à l'occasion d'aperçus impromptus que l'existence nous offrait comme par inadvertance plutôt que dans les savantes théories hautement argumentées de la philosophie ou de la science.

Ainsi disposé, on peut deviner le choc que fut pour moi, à l'adolescence, la lecture de *La Lettre de Lord Chandos* d'Hugo von Hofmannsthal.

On s'en souvient, à la suite d'une crise mystérieuse qui soudain l'accable, Lord Chandos abandonne sa vocation et sa profession d'écrivain parce que aucun mot ne lui semble plus exprimer la réalité objective. Le flux secret de la vie le saisit et le pénètre au point qu'il se perd complètement dans la réalité immédiate des objets eux-mêmes. La sensibilité nouvelle qui s'est emparée de lui l'empêche de se conformer à la hiérarchie établie par son éducation. Les choses les plus dérisoires et les plus insignifiantes s'imposent à lui avec plus de force que celles réputées jusqu'ici d'une spiritualité supérieure :

> Chacun de ces objets, et mille autres pareils sur lesquels le regard d'habitude glisse avec une évidente indifférence, peut soudain pour moi, à n'importe quel moment qu'il n'est aucunement en mon pouvoir de provoquer d'une quelconque façon, prendre une valeur sublime et émouvante qu'il me semble dérisoire de tenter d'exprimer par des mots*.

* Hugo von Hofmannsthal, *La Lettre de Lord Chandos*, Payot-Rivages, 2000.

Il m'avait toujours semblé, à moi aussi, que se jouait là une partie essentielle, que c'était bien dans la revalorisation des objets anodins, dans l'observation des mouvements infimes habituellement négligés que le réel se laissait vraiment approcher. C'est ce qui m'incita à la photographie. Car si je sentais de façon confuse que cet « arrêt sur image » extraordinairement bref, arbitraire et hasardeux au sein du mouvement incessant de la vie contenait un arrière-plan morbide, voire névrotique (tout à fait comparable, en fin de compte, à la méticulosité du taxidermiste) et qu'il s'opposait de manière apparemment inconciliable à l'abandon de la promenade poétique, oui, si je sentais que cette pratique recelait quelque chose d'artificiel et de trop mécanique, il n'en demeurait pas moins que cette fixation d'une fraction de seconde faisant surgir des détails irréductibles à l'homogénéisation de la pensée conceptuelle comportait pour moi une saine insoumission à la rhétorique avec laquelle on parvenait à nous faire avaler les plus belles couleuvres.

Comme le remarquait avec justesse Roland Barthes*, la photographie à ses débuts s'était souvent dressée comme une révolte dirigée contre l'idéalisation outrancière de l'art et de la pensée

* « Voici des soldats polonais au repos dans une campagne (Kertesz, 1915) ; rien d'extraordinaire, sinon ceci, qu'aucune peinture réaliste ne me donnerait *qu'ils étaient là* ; ce que je vois, ce n'est pas un souvenir, une imagination, une reconstitution, un morceau de la Maya comme l'art en prodigue, mais le réel à l'état passé : à la fois le passé et le réel. Ce que la photographie donne en pâture à mon esprit (qui n'en est pas rassasié), c'est par un acte bref dont la secousse ne peut dériver en rêverie (c'est peut-être la définition du satori), le mystère simple de la concomitance. » *La Chambre claire*, Les Cahiers du cinéma-Gallimard-Le Seuil, 1980, p. 129 et 130.

académique, lui jetant à la face son constat drastique, le « tathata » d'obédience bouddhiste, le « tel quel » du réel non enjolivé, bref, lui opposant le fait que les choses puissent être *ainsi et pas autrement* et qu'il y aurait donc eu, dans l'acte photographique initial, un perpétuel cri enfantin du type « le roi est nu ! », réfractaire à toute transcendance. Je commençais seulement alors à comprendre combien ma quête d'images, ma tentative d'explorer la surface du monde, appareil photographique et carnet en main, constituait une démarche similaire. Cependant, ce paradoxe m'obligeait à me tenir mentalement dans une ambiguïté qu'à cette époque je trouvais fort inconfortable.

En fait, j'étais ballotté entre plusieurs options contradictoires : d'une part, en employant les outils les plus sophistiqués hérités de ce monde mécaniste (engendré par la progressive mathématisation du monde), tel mon petit Kodak portatif, il semblait que l'on puisse effectivement s'opposer, par un surcroît de précision pointilliste, à l'inflation emphatique et déréalisante du langage et, d'autre part — objet de mon dilemme —, cette pratique mécaniste faisait manquer l'essentiel en figeant ce qui n'existait qu'en mouvement. Ceci était d'ailleurs évoqué de façon magistrale dans l'ouvrage de Bergson, *Essai sur les données immédiates de la conscience*, que je découvrais au même moment : un mot ne pouvait pas signifier grand-chose par lui-même tant qu'il n'était pas pris dans le mouvement d'une phrase, car c'était le sens général qui importait et non pas l'addition du sens spécifique de chacun des vocables.

Oui, ce paradoxe me tourmentait à l'époque

et je ne m'en évadais qu'en m'abandonnant au cours des choses immédiates, adoptant, au gré de mes humeurs du jour, l'une ou l'autre attitude. Éclectisme qui était peut-être, après tout, la seule posture qui me permît de m'extirper de l'esprit de système (dont il a été dit avec tant de justesse qu'il est *la fatalité du concept*), ce que je compris pleinement un jour en découvrant cette sentence décisive de Tristan Tzara : « L'absence de système est encore un système, mais plus sympathique. »

Pour dire le vrai, je m'en évadais surtout, et sans effort particulier, en me concentrant sur le perfectionnement de mes gestes tennistiques ou en réintégrant le monde parallèle des vibrantes soixante-quatre cases de l'échiquier. Je m'en évadais en effet à l'aide de ces jeux dont il m'arrivait déjà de subodorer qu'il se pût fort bien que ces élucubrations philosophiques, dont l'apparent sérieux m'en imposait tant, participassent elles aussi… Ce dont je crus avoir la confirmation, des années plus tard, non seulement en découvrant Jules de Gaultier, mais aussi en prenant connaissance du prodigieux ouvrage de Johan Huizinga intitulé *Homo ludens*, lequel nous démontre — exhaustivement à mes yeux — que la fonction ludique est la seule valeur commune à tous les êtres animés (sans en omettre les philosophes les plus sédentaires !).

Cependant, si certaines attitudes permettaient de résister tant bien que mal à l'embrigadement d'un monde trop bien ordonné, certaines associations verbales, elles aussi, aidaient à nous en échapper. Et que faisaient d'autres les vrais poètes, si ce n'est de tenter d'exprimer ce courant sous-jacent du lyrisme humain au moyen de formulations non contaminées par le langage officiel ?

Yves Bonnefoy ne disait-il pas, à propos de ce qu'il désignait comme l'opium de la généralité abusive* :

> Qu'on pressente par cette image (de l'opium) quelle sorte de critique, avant tout morale, je voudrais opposer au concept. Il y a une vérité du concept, dont je ne prétends pas être le juge. Mais il y a un mensonge du concept « en général », qui donne à la pensée, pour quitter le monde des choses, le vaste pouvoir des mots. On sait depuis Hegel quelle est la force du sommeil, quelle est l'insinuation du système. Je constate, au-delà de la pensée cohérente, que le moindre concept est l'artisan d'une fuite. Oui, l'idéalisme est vainqueur dans toute pensée qui s'organise. Mieux vaut refaire le monde, y est-il dit obscurément, que d'y vivre dans le danger.
>
> Y a-t-il un concept d'un pas venant dans la nuit, d'un cri, de l'éboulement d'une pierre dans les broussailles ? De l'impression que fait une maison vide ? Mais non, rien n'a été gardé que ce qui convient à notre repos.

Il me paraît naturel que ce soit un poète qui ait fait cette remarque, car cette résistance à l'impérialisme de la pensée rationnelle ne se rencontre plus que chez les poètes appartenant à cette confrérie informelle dont le précurseur fut ce Lord Chandos, tout droit sorti de l'imagination d'Hofmannsthal. Oui, cela ne se rencontre plus

* Dans un livre dont je suis incapable, encore une fois, de citer ni le titre ni les références, car je ne les ai pas notés dans mes carnets de l'époque…

que dans l'exercice quasi clandestin de cette poésie rétive à l'encadrement du système et de son « mensonge insinuant », poésie dont la vocation est notamment de faire émerger des sentiments ou des sensations tels qu'un « éboulement de pierre dans les broussailles » ou « l'impression que fait une maison vide »*...

*

> Partout, la redoutable importance de ce qui n'est pas — de ce qui n'est plus ou de ce qui n'est pas encore — donne support à ce qui nous frappe.

* Un peu plus loin dans ce même texte, Bonnefoy poursuit ainsi : « L'homme dans sa détresse n'arrive plus à se faire comprendre ni à communiquer vraiment avec autrui par le moyen du langage ; dans cet état dont il a obscurément conscience le langage est devenu une puissance autonome qui étreint les hommes de ses bras de fantôme et les pousse où ils ne veulent point aller. Dès qu'ils cherchent à s'entendre et à s'unir pour une œuvre commune, la folie des concepts généraux ou même des pures sonorités verbales s'empare d'eux, et dans cette impossibilité où ils sont de s'exprimer, les créations collectives de leur esprit portent à leur tour le signe de la mésentente intime, dans la mesure où elles ne correspondent plus à des nécessités réelles, mais seulement au néant de ces mots et de ces concepts tyranniques ; c'est ainsi que l'humanité ajoute à ses autres maux la soumission à la convention, c'est-à-dire un accord entre les paroles et les actes qui ne correspond pas à un accord de sentiment. De même que les arts sur leur déclin arrivent à un point où la prolifération morbide des moyens et des formes acquiert une prépondérance tyrannique sur les âmes des jeunes artistes et les réduit en servitude, ainsi, au déclin des langues, on est devenu l'esclave des mots ; sous cette contrainte, personne n'ose plus se montrer tel qu'il est ni s'exprimer naïvement, et bien peu parviennent à sauvegarder leur personnalité dans la lutte contre une culture qui croit affirmer son succès non pas en se mettant au service de besoins clairement ressentis, mais en empêtrant l'individu dans le réseau des "idées claires et distinctes" et en lui enseignant à penser correctement ; comme s'il y avait un intérêt quelconque à rendre l'homme apte à penser et à raisonner correctement, si l'on n'a pas réussi d'abord à lui apprendre à sentir correctement ! »

Ainsi, comment mesurer l'énorme espace de pensée qui sépare les mots dans le discours le plus serré ? Dérision de croire que ces maigres flambeaux, piqués de loin en loin dans la nuit, font à eux seuls la lumière ! Ce sont plutôt les relais visibles d'un courant que l'on ne voit pas, que l'on n'entend pas, mais qui d'un terme à l'autre circule.

Ce qui fait que certains poèmes nous impressionnent plus que d'autres, c'est sans doute un plus grand écart entre les mots et la plus grande quantité de pressentiments qui se trouve prise dans leur intervalle, comme dans les mailles d'un filet. Il faut tant de « non-sens » (en deçà ou au-delà du sens) pour nourrir les significations ! »

Jean TARDIEU

*

Quiconque, traversant le centre de la France en automobile et se voyant dans l'obligation de s'écarter un tant soit peu de l'autoroute ou de la nationale qu'il suivait *aveuglément* à grande vitesse (pour partir à la recherche d'un garage « toutes mécaniques » par exemple), puis d'emprunter une route départementale, suivie d'une vicinale, voire — sait-on jamais ? — d'un chemin de terre cahoteux, en fera l'expérience : dès qu'il aura franchi le petit pont sur le ruisseau, les fantômes de la France profonde viendront à lui.

Et en effet, tandis que la voiture tournicote le long du ruban — souvent de bitume rose — de la route désormais à une seule voie qui sinue parmi les collines boisées, les champs et les prés, apercevant au passage un vieux moulin écroulé, d'antiques calvaires rongés par les intempéries, des chevaux s'éventant tête-bêche non loin de quelques placides bovidés qui ruminent sous un chêne, peut-être trois hérons parmi les joncs au bord d'un étang où s'abreuve un troupeau de moutons (au-dessus duquel plane lentement un couple de buses), et pour finir un chevreuil interdit à l'orée d'un bosquet, surplombant un tracteur poussif bringuebalant parmi les labours, il aura l'impression d'avoir, sans y prendre garde, franchi la frontière d'un monde parallèle. Cette sensation se renforcera d'ailleurs lorsque, arrêtant son moteur sur l'aire du garage encombré de carcasses des années cinquante, le vieux mécanicien à casquette, dont la vitesse de déplacement paraît réglée sur la pesanteur des coups qui s'égrènent à l'horloge du clocher, viendra s'enquérir du problème et dira, après avoir soulevé le capot :

— Ah ! c'est pas ben grave c't'affaire ! J'en ai pour trois p'tites heures.

— Trois heures pour remplacer une durite ?

— Ah ! faut ce qu'i faut, mon bon monsieur, ici on n'est point à la ville !

Or, s'il décide de tuer ces « trois p'tites heures » en dérivant dans la torpeur des ruelles désertes, il apercevra encore, derrière de profondes fenêtres, des ombres féminines se mouvoir et, plus loin, longeant un terrain de foot solitaire, quelques grosses corneilles affairées sur la pelouse, puis, dans l'arrière-salle d'un café mélancolique, tandis qu'il sirote sa bière au comptoir sous le regard du patron méditatif, des sortes d'automates endimanchés qui, sous la béance d'un grand miroir triste, répètent indéfiniment les mêmes plaisanteries éculées tout en abattant mécaniquement leurs cartes. S'il a, comme c'est probable, du temps de reste, il affrontera à coup sûr le silence pesant de la boulangerie déserte où une matrone soupçonneuse lui vendra un pain au chocolat substantiel, pour, au bout du compte, devant la grille d'un château profilant sa silhouette au bout d'une allée de hauts platanes, connaître enfin cette sensation proprement fabuleuse (c'est du moins ce qu'il pensera en se souriant à soi-même) d'être le « prince des touristes charmants venu réveiller la belle France au bois dormant ».

Cependant, si, sous le coup de ce complaisant fantasme, il s'attarde un peu trop, il y a tout à parier que le sourcilleux cerbère des illusions perdues — le chien du gardien — viendra le chasser méchamment. Il n'aura plus alors qu'à remonter la ruelle bordée de son mur moussu protégeant les désuets potagers, les maisons lézardées aux murs couverts de lierre et de vigne vierge, puis, après avoir jeté un œil distrait dans la cour de l'ancien monastère, retrouver la placette de la mairie où, sous l'enchantement de la fontaine chantonnant pour elle-même, rien n'aura bougé d'un millimètre.

Bien entendu, il serait étonnant que le garagiste, en train de bavarder avec un comparse, en ait déjà terminé et il n'aura plus qu'à écouter patiemment le compte rendu détaillé des « trépidantes » nouvelles régionales pour, une fois le capot enfin refermé, s'acquitter, dans le minuscule bureau envahi d'un humus de paperasses administratives entassées, de la modique somme réclamée ; un peu étourdi, il reprendra alors sa voiture et, faisant ronfler le moteur, tentera de s'extirper de l'épaisse couche de langueur temporelle dans laquelle il lui semblera s'être englué depuis des siècles.

Pour finir, vraisemblablement déjà poigné par une insidieuse nostalgie, il parviendra devant le « Stop » de la départementale où, tout de suite, le souffle d'un poids lourd passant en trombe l'avertira qu'il est sur le point de refranchir la ligne de démarcation de cette France secrète dont, hors des grands axes, la circonférence est partout et le centre... — si toutefois on le veut bien encore — tapi au cœur d'un merveilleux nulle part !

Les hommes ne viennent plus par ici

Après avoir garé notre voiture le long de la Cure, nous avons rejoint le groupe qui se préparait, comme nous, à la visite dite « archéologique ». Une fois que le guide nous eut recommandé de nous vêtir un peu chaudement en dépit de la chaleur extérieure, car à quarante mètres sous terre la température ne dépassait jamais 12 degrés, nous avons commencé à descendre par un long couloir de roche « poli par le passage de l'ancienne rivière souterraine », immédiatement saisis par l'atmosphère de crypte humide qui régnait là et aussi par le silence, lequel était seulement troublé, à intervalles réguliers, par le ploc d'une goutte froide tombant du plafond rocheux sur le sol — ce qui me fit m'étonner que notre guide, au crâne résolument chauve, ne parût pas en subir le désagrément.

Puis nous continuâmes de nous enfoncer dans les boyaux éclairés par des points lumineux savamment disposés le long du chemin cimenté, émerveillés par la richesse de formes des innombrables concrétions de roches calcaires — stalactites et stalagmites — qui jalonnaient notre parcours. Enfin nous arrivâmes au cœur d'un vaste espace de faible hauteur où le guide, baladant sa torche sur les parois, nous désigna, en nous redessinant les contours avec une pointe laser rouge, les peintures pariétales : essentiellement des ours, des mammouths, des mégacéros (sorte de grands cervidés préhistoriques), des oiseaux et quelques poissons. Dans le silence observé par la dizaine de visiteurs, faisant penser à celui qui règne dans les églises, où l'on se sent tenu de chuchoter, et seulement rompu par les explications du guide, je croyais sentir une sorte de vertige devant le gouffre infini des temps passés (certaines des peintures que nous avions sous les yeux dataient probablement de quarante mille ans avant Jésus-Christ !) et enfin, nous enveloppant comme une fine gaze vaporeuse, quelque chose de plus subtil encore et de fort difficile à définir, une propension au sommeil induite par les confins oniriques auxquels nous menaient ces perspectives nimbées de mystère.

Une interrogation subsistait au sujet des motifs qui avaient pu pousser ces « hominiens » (selon le guide, hommes de Cro-Magnon et néandertaliens s'étaient vraisemblablement croisés dans ces grottes… sur une période de plusieurs milliers d'années !) à s'enfoncer ainsi sous la terre avec le seul secours de lampes d'argile dont la durée de flamme n'excédait pas une demi-heure (ils devaient donc en faire cargaison pour s'aventurer jusqu'ici) et exposés au risque de rencontres aussi dangereuses, au dire du guide, que celle du monumental ours des cavernes. Le plus vraisemblable, bien que les thèses savantes divergeassent considérablement à ce propos, était que ces peintures, poursuivit-il, avaient eu une fonction magique ou religieuse. Les chamans de l'époque se seraient plu à représenter les animaux dangereux afin d'en faire des divinités protectrices ou d'en exorciser la terreur.

À un certain moment, nous nous arrêtâmes dans une salle très basse de plafond remontant en marches douces vers un siphon de l'ancienne rivière souterraine et le guide nous montra quelques nouvelles silhouettes peintes, vaguement animales. Désignant l'une d'elles, plus incertaine que les autres, il nous demanda de dire ce que nous croyions y voir et, chacun à notre tour — désignant à l'aide de la pointe laser les détails qui nous semblaient déterminants —, nous tentâmes de justifier notre interprétation du pâle tracé diaphane qui paraissait presque sourdre du mur. L'un voyait un ours, l'autre un loup, le troisième un rhinocéros, etc. Lorsque vint mon tour, qui se trouva être le dernier, je déclarai qu'à mon avis il s'agissait d'une « paréidolie ». Après quelques brèves secondes de stupeur, on me pressa d'éclaircir ce qu'était une paréidolie et je leur expliquai, en souriant de façon un peu soutenue pour maintenir l'éventualité d'une plaisanterie, qu'il s'agissait d'un terme de psychologie pour désigner l'interprétation personnelle de chacun au sujet de formes indéfinies et hasardeuses (comme les taches du fameux test de Rorschach), puis je poursuivis en leur assenant ma formule favorite concernant « le peu de différence entre ce que nous désirions apercevoir et ce qui finissait par nous apparaître » et terminai en déclarant que, pour ma part, je croyais distinguer là un précurseur du *Schtroumpf cavernicole*. Mes compagnons, excepté le guide — décidément un peu dévot —, s'esclaffèrent poliment et je m'en trouvai exempté d'une explication sérieuse qui eût ennuyé tout le monde.

Cependant, bien que je ne me fusse pas, en l'occurrence, assez vêtu pour supporter le froid pénétrant d'une aussi longue visite et que les redondantes explications du guide m'eussent à la longue un peu lassé, je me sentais à la fois étrangement réconforté au creux de cette grotte si bien préservée de l'agitation qui régnait à la surface et ému à la vue de ces quelques traits dont il ne subsistait souvent que de parcimonieuses traces de peinture ocre* et que je ne pouvais m'empêcher de considérer comme des signes d'amitié fraternels adressés à nous depuis les frontières les plus lointaines du temps humain. Et le désir qui avait poussé ces êtres improbables à prendre tant de risques et de soin à tracer des signes (parvenus jusqu'à nous à travers un espace de temps presque infini) ne pouvait-il apparaître comme aussi utopique que celui de vouloir lancer des messages aux hypothétiques habitants de l'univers intersidéral ? Quoi qu'il en soit, nous étions là, un peu hébétés de confusion, à contempler ces empreintes sur un chemin souterrain faiblement éclairé à la torche, à des années-lumière de ces artistes mystérieux dans la chaîne du devenir…

* Le guide nous révéla qu'il ne restait plus que quelques peintures à moitié effacées dans cette grotte d'Arcy-sur-Cure, pour la simple raison que dans les années soixante-dix, l'administrateur judiciaire des lieux, voulant effacer certains « graffitis plus récents », avait décidé de faire nettoyer la grotte au Kärcher !

Comme on peut aisément le supposer, écrire sur la synchronicité et sur les hasards *éventuellement* significatifs ne peut que provoquer (ou laisser imaginer) un certain nombre de correspondances…

Hier (j'écris cela vers la mi-septembre de l'année 2012), le phénomène n'a pas manqué de se produire. Ayant rendez-vous avec mon médecin dont le cabinet est situé juste en face de la basilique Sainte-Madeleine de Vézelay, je garai ma voiture, comme à mon habitude, en surplomb du cimetière médiéval, puis, longeant le flanc nord de l'église, j'avisai une porte latérale ouverte et entrai — instantanément saisi par la résonance, sous les voûtes romanes, d'une musique sublime. Je m'approchai pour découvrir, non loin du transept, six chanteurs, quatre hommes et deux femmes, en train d'interpréter *a cappella* des madrigaux de la Renaissance — ainsi que me l'apprit le programme que l'on me tendit. Il s'agissait de musiciens que, hormis Palestrina, je ne connaissais pas : Costanzo Festa, Dominique Phinot, Adrian Willaert, Francisco Layolle ; tous ayant exercé leur art au début du XVIe siècle. Une petite trentaine de personnes assistaient au concert gratuit. Je m'assis parmi elles et me laissai emporter par une ferveur vieille de cinq siècles. Cette musique qui me saisissait inopinément au mitan de la journée, transcendant soudain la vie ordinaire pour la rappeler à l'essentiel, m'émut à tel point que les larmes me vinrent aux yeux. Oui, en profondeur, derrière l'écume des événements et des imbroglios du quotidien, coulait en permanence un courant de lyrisme qui justifiait nos vies ! Je demeurai là, cloué sur place par la sublimité de cette polyphonie chorale qui exprimait avec élan une spiritualité intemporelle.

D'un seul coup, je fus pris d'une illumination : cette jubilation proche de la souffrance qu'exprimaient les physionomies des chanteurs — transcendés aux moments de la plus pure grâce — me fit repenser aux peintres des cavernes dont je crus alors « apercevoir », au fond de leur boyau souterrain, les visages faiblement éclairés par la lueur tremblotante des lampes d'argile, tandis qu'ils se concentraient, pinceau en main, pour tracer avec minutie leurs silhouettes d'animaux. Ne pouvait-on imaginer qu'ils se sentaient, eux aussi, obscurément approuvés par notre empathie présente réverbérée jusqu'à eux par le « ressac du futur » ? Oui, m'exaltai-je ainsi sous l'emprise de la polyphonie amplifiée par les voûtes romanes, peu importait, après tout, l'appellation qu'on ait voulu donner à cette ferveur, qu'on l'ait nommée le Saint-Esprit, Bouddha, l'Éternel Retour du Même, l'Harmonie préétablie ou l'Inconscient collectif, l'essentiel était que brûle sa flamme à travers le temps, particulièrement lorsqu'on avait tout lieu de la croire, comme aujourd'hui, réduite à l'état de simple veilleuse.

Le jeu des correspondances étant enclenché, il était inévitable que celle-ci en appelle une autre, tirée de mes carnets aveyronnais à la date du 2 septembre 90 :

« Nous nous enfonçâmes à la suite de l'ingénieur forestier, notre guide, dans une profonde crevasse touffue, humide et fraîche qui offrait un contraste saisissant avec la sécheresse et la chaleur caniculaire du sous-bois d'où nous venions.

Au fond de cette faille stagnaient de larges flaques d'eau pure recueillie à même le grès rouge, dans des vasques naturelles creusées par l'érosion et dans lesquelles se contorsionnaient toutes sortes de larves blanchâtres et de sangsues. Par ces temps de sécheresse, l'eau ne s'écoulait plus, mais à observer le polissage des dalles en escalier du torrent et, jusqu'à hauteur d'homme, celui des parois, nous n'avions aucune peine à imaginer la puissance du flux les jours de grosse pluie. Çà et là pourtant, un mince filet chantonnait en tombant d'un surplomb jusque dans une petite cuvette d'eau transparente. L'éclairage diffus et verdâtre, l'humidité qui suintait de toutes parts et l'odeur de décomposition végétale y étaient ceux d'une serre. On croyait y percevoir physiquement la fermentation de l'humus régénérateur. Sur les bords non rocheux de cette cave biologique croissait une végétation luxuriante. On y remarquait principalement des arbres pour le moins bicentenaires dont les éboulements des pluies d'orage avaient en partie dénudé les racines qui, tels des tentacules de pieuvres géantes, retenaient enserrés d'énormes blocs de pierre ainsi maintenus au-dessus du vide et sous lesquels nous passions avec circonspection. Les fûts de ces arbres monumentaux s'élançaient depuis le fond de cette combe obscure dans un puissant élan vertical vers la lumière, s'extirpant majestueusement au passage d'un fouillis inextricable d'arbrisseaux entremêlés et denses (genévriers hérissés de piquants, noisetiers nains, buis noueux), et il était difficile de ne pas éprouver un sentiment d'admiration et de respect devant la vitalité de ces géants vénérables. À certains endroits, où des îles s'étaient formées dans le torrent, le fond de cette crevasse était tapissé d'une luxueuse profusion d'essences rares : fougères arborescentes, scolopendres géantes aux feuilles vernissées, multiples espèces de lichens dorés et argentés, mousses épaisses et spongieuses d'un vert presque fluorescent. Enfin, depuis les branches horizontales des arbres formant le toit de ce tunnel de verdure pendaient de grosses lianes, parfois enchevêtrées en un nœud si volumineux et serré qu'il évoquait le nid de quelque monstrueux oiseau préhistorique.

Nous quatre (le forestier était accompagné de son fils de douze ans), au fond de ces catacombes de la forêt, dans la lumière verdâtre et l'atmosphère humide, parmi les puissances végétales méditatives, nous demeurions silencieux, gagnés par le léger frisson de peur « panique » que tout civilisé éprouve au contact de la nature sauvage. Nous restions là, écoutant au fond de cette secrète crypte sylvestre le tintement incantatoire du filet d'eau fluet qui s'égouttait et, subitement engourdis par le charme magique du lieu perdu, nous avions l'impression de nous enfoncer doucement au sein d'un sommeil irrésistible.

Nous fûmes tirés de notre envoûtement par la crécelle d'un geai « vite ! vite ! vite ! », tel un message envoyé de la surface pour nous rappeler à notre condition de créatures animées. Aussi, après nous être secoués, nous remontâmes quelque temps encore le lit du torrent, dérapant sur les dalles glissantes, nous agrippant comme nous le pouvions aux racines et aux lianes, et parvînmes jusqu'à une sorte de bassin naturel sur les bords boueux duquel nous relevâmes les traces récentes d'un sanglier venu s'abreuver. Au-delà commençait une série de fourrés trop denses pour permettre notre passage et nous comprîmes que cette barrière était la limite imposée à notre intrusion profane au sein de ces caves sacrées de la nature. Tandis que nous rebroussions chemin, pataugeant dans les mares d'eau translucides, je songeais qu'au creux de ces cavernes enfouies et secrètes mûrissaient peut-être, en dépit de notre pessimisme rationnel, les germes d'un nouvel âge d'or à venir. D'ailleurs, comme s'il avait deviné nos pensées, le forestier émit soudain, entre ses dents, une phrase dont l'expression ambiguë, inachevée, maladroite, résumait parfaitement, je pense, notre état d'âme commun, il murmura sans nous regarder, rêveusement, comme pour lui-même : « En ce moment, les hommes ne viennent plus beaucoup par ici… »

Nous venions de Brindisi après plusieurs mois passés dans une île grecque et nous avions décidé de visiter Naples. Mais, pour réaliser ce projet, il était de l'avis général qu'étant possesseurs d'une automobile, il était plus sage de faire station dans un camping de la lointaine périphérie où l'on nous garderait notre voiture et d'où nous pourrions nous rendre à la ville en train. C'est pourquoi nous plantâmes notre tente dans un camping de Pompéi.

Après plusieurs jours de visites, riches en surprises, de la capitale du sud de l'Italie, il était donc fatal que nous finissions par visiter les célèbres ruines.

J'ai souvenir à la fois d'une errance un peu égarée parmi le labyrinthe des nombreuses allées désertes, et de l'étrange impression, renforcée par l'épais brouillard qui régnait ce matin-là, de traverser une ville contemporaine sur le point de s'éveiller — impression qui se dissipait, toutefois, lorsque nous pénétrions dans l'une des antiques demeures reconstituées et apercevions, dans leurs sarcophages actuels, des formes humaines ou animales (dont on nous disait qu'elles avaient été saisies en quelques minutes par la soudaineté et la violence de l'éruption) momifiées par les cendres. La première surprise était, pour moi, l'état si bien préservé de cette vaste ville dont l'agencement suggérait une civilisation extraordinairement aboutie. Ce sentiment trouva d'ailleurs son apogée lors de la visite finale du petit musée, où sont conservées les peintures murales retrouvées dans les divers atriums. Nous pouvions admirer, au sein d'une lumière tamisée, assez onirique à vrai dire, des scènes de vie quotidienne du temps de la splendeur de la cité et ce qui se donnait à voir — si toutefois l'on se laissait gagner par l'atmosphère diffuse de ces représentations — était stupéfiant, non seulement de par l'état de préservation et la qualité même du dessin et des couleurs mais par l'empathie de bonheur ineffable qui en émanait. Comment donc, me dis-je alors, a-t-on pu nous faire croire, dans nos écoles républicaines, que nous avions atteint un style de vie supérieur à celui qui se laissait deviner au travers de ces images ? Il semblait d'une évidence confondante, pour quiconque savait interpréter le message implicite de ces fresques dont la patine avait résisté à près de vingt siècles, qu'un fait de civilisation merveilleux avait pris place ici, en ces temps lointains, à l'ombre du Vésuve, et peut-être d'ailleurs — me dis-je encore — du fait même de cette menace qui restituait à l'existence sa valeur réelle, essentiellement éphémère...

Or ce matin, écrivant ceci, je relie le souvenir de certains visages entrevus sur ces fresques pompéiennes à ceux des chanteurs de la basilique de Vézelay et je présume que l'expression de grâce douloureuse qui les animait n'était sans doute due qu'au regret diffus d'un monde plus heureux que le nôtre dont la musique véhiculait la nostalgie éthérée. Dérivant sur cette piste fantasmatique, je repensai subitement aussi aux artistes rupestres de la préhistoire qui, selon le guide d'Arcy-sur-Cure, avaient pris d'énormes risques vis-à-vis des bêtes sauvages qu'ils étaient susceptibles de rencontrer au fond de ces grottes. Mais que savions-nous au juste des rapports que ces êtres, dont la façon de penser et de réagir nous était tout à fait inconnue, entretenaient avec les animaux ? Ne pouvait-on imaginer, par exemple, que non seulement le danger n'eût été qu'intermittent mais encore qu'ayant développé avec eux un lien dont nous ne savions rien, ils aient eu une connaissance exacte des heures et des périodes où ces bêtes étaient dangereuses et qu'ils ne se soient aventurés à leur proximité qu'à leurs moments paisibles ? Ne suffisait-il pas d'observer parfois, sur les documentaires animaliers, l'étrange (du moins pour nos convictions présentes) cohabitation des prédateurs avec leur proie — toutefois interrompue sporadiquement par un prélèvement soudain, mais dont on croyait souvent pressentir qu'il avait pu être consenti ? Là encore nous ne savions rien de la profonde nécessité qui avait si longtemps présidé à la loi du chasseur-chassé, et nos préventions de modernes crispés sur le maintien de la Vie à tout prix ne nous avaient guère amenés — après avoir exterminé toutes les grosses bêtes « dangereuses » — qu'à nous entre-dévorer nous-mêmes plus cruellement encore, si ce n'est, ironiquement, à laisser le champ libre à des bêtes minuscules plus cruelles encore — tels les virus et autres bactéries qu'on nous annonçait de plus en plus résistants ! Si tant est cependant que ces élucubrations eussent confiné à la fantaisie débridée, il n'en restait pas moins que les doctes affirmations des spécialistes concernant les lointains temps révolus semblaient tout aussi hypothétiques et échevelées que les miennes.

Ma rêverie se poursuivant, j'en vins, puisqu'il en a été si fortement question au début de ce texte, à reconsidérer notre arrogante condescendance vis-à-vis de la sensibilité animale, laquelle arrogance entretient un étroit rapport avec notre rationalisme présomptueux et destructeur, et accessoirement encore avec notre façon de considérer les décrets du hasard et ce que nous nommons les coïncidences. Je me remémorai alors un passage du dernier livre de Sylvain Tesson :

> Je pense à ces efforts de l'homme pour dénier toute conscience aux animaux. Des milliers d'années de pensée aristotélicienne, chrétienne et cartésienne, nous cadenassent dans la certitude qu'une marche infranchissable nous sépare de la bête. Elle serait sans morale : ses actes se trouveraient dénués d'intentionnalité même dans les gestes altruistes dont elle se montre capable. Elle vivrait sans soupçon de sa propre finitude. Adaptée à son environnement, elle ne saurait s'ouvrir à la totalité de la réalité. Elle resterait inapte à concevoir le monde. Elle ne serait qu'une pauvre

volonté sans représentations. Enchaînée à l'immédiat, ne pouvant rien transmettre, elle se priverait d'Histoire et de Culture. Et les philosophes d'asséner qu'on n'a jamais vu un singe tirer une lecture symbolique d'une scène naturelle ni exprimer un jugement esthétique.

Pourtant, au fond des bois, il est troublant le spectacle des bêtes. Comment être certain que la danse des moucherons dans le rayon du soir n'a pas une signification ? Que savons-nous des pensées de l'ours ? Et si le crustacé bénissait la fraîcheur de l'eau sans aucun moyen pour lui de nous le faire savoir et sans aucun espoir pour nous de le déceler ? Et comment mesurer les émois des passereaux lorsqu'ils saluent l'aurore sur les plus hautes branches ? Et pourquoi ces papillons dans la clarté du midi ne connaîtraient-ils pas l'intensité dramatique esthétique de leur chorégraphie ? « Le jeune oiseau n'a aucune représentation des œufs pour lesquels il construit un nid, ni la jeune araignée de la proie pour laquelle elle tisse une toile... » (Schopenhauer in *Le Monde*...) Mais qu'en sais-tu Arthur, d'où tiens-tu ta science en la matière, de quelle conversation avec quel oiseau t'es-tu pénétré pour avancer pareille certitude* ?

Oui, c'était bien là l'attitude convenable à adopter face à toute docte affirmation de ce type provenant d'une sommité : passer au tutoiement et s'écrier : « Mais qu'en sais-tu grand homme ? D'où tiens-tu ta science en la matière ? » Et cela d'autant plus que lorsque nous nous renseignons d'une manière ou d'une autre sur la généalogie de la pensée d'une de ces sommités péremptoires,

* Sylvain Tesson, *Dans les forêts de Sibérie*, Gallimard, 2012, p. 195.

il est bien rare que nous ne puissions déceler à quel point celle-ci repose, en fait, sur une base tout aussi fragile que nos propres préventions hasardeuses.

Du temps où nous habitions dans l'Aveyron, nous avions pour voisins un couple d'entomologistes qui préparaient depuis plusieurs années un long-métrage sur les mœurs des insectes (lequel eut d'ailleurs un succès considérable à sa sortie). À l'occasion d'un dîner chez des amis communs, A. et V., ce couple nous décrivit longuement la logistique déployée pour la réalisation de ce film : l'immense espace intérieur *in vitro* (car pratiquement aucune des scènes saisissantes auxquelles nous assistons dans ce film n'a été filmée en extérieur), la façon de nourrir et de préserver la survie des « acteurs », et notamment les nuits à ne dormir que d'un œil, dans un lit de camp, afin de surveiller l'éclosion imminente d'une bande de moucherons à l'existence très éphémère... Finalement, nous fûmes tous invités le lendemain à venir visiter le laboratoire. Arrivés là, nous découvrîmes une charmante maison située à la limite supérieure d'une faille du causse d'où provenaient la plupart des insectes. Dans une ancienne grange assez vaste avait été reconstitué un causse miniature parmi la végétation rase duquel circulaient des dizaines d'insectes suivis en permanence par une batterie de caméras articulées ultra-sophistiquées, à même d'enregistrer les moindres allées et venues des innocentes bestioles jusque dans les replis les plus secrets de leurs repaires souterrains. Les deux réalisateurs nous expliquèrent alors par le menu non seulement le fonctionnement des appareils eux-mêmes mais encore le style de vie et les habitudes des minuscules protagonistes au sein de leur microcosmos. Nous restâmes là deux bonnes heures, un peu éberlués par toute cette complexité technologique, puis on nous entretint encore un moment du choix épineux de la musique, essentielle à la vision symbolique de la nature que voulait défendre cette œuvre. Enfin, nous allâmes prendre un thé sur la terrasse en compagnie de nos hôtes et tandis qu'un silence ébahi saluait la fin de la visite, V., qui a toujours été animé d'un solide bon sens induisant un humour parfois un peu abrupt, lâcha soudain : « Et les insectes, eux, qu'est-ce qu'ils en pensent de tout ça ? »

La stupéfaction consternée qui se peignit alors sur le visage de nos hôtes retint mon rire sur l'instant, mais depuis lors, lorsque je convoque le souvenir de cette saillie un peu maladroite, elle suscite à chaque fois un rire irrépressible que je ne m'explique pas tout à fait.

*

Procédant par sauts et gambades selon la méthode du chien fureteur mentionné plus haut, accumulant en outre un bric-à-brac d'idées, d'anecdotes et d'impressions tout à fait comparable à celui du collectionneur invoqué par Julien Gracq, ce texte ne fait, je dois l'admettre, que me mener par le bout du nez. Je tiens toutefois, dans la mesure du possible, à rassurer celui qui aurait eu la constance de me suivre jusqu'ici en lui annonçant que, s'il arrive que j'en sois étourdi moi-même, je ne renonce pourtant pas à rejoindre un jour la destination finale de cette longue élucubration ! Devoir me ranger dans la catégorie des tristes soupe-tout-seul n'ayant jamais été pour moi une perspective alléchante, j'ose espérer que le *charmant éventuel lecteur** fera l'effort de m'accompagner un tout petit peu encore...

Ne pas laisser s'embroussailler les chemins du désir

> « Le hasard serait la forme de manifestation de la nécessité extérieure qui se fraie un chemin dans l'inconscient humain. »
>
> André BRETON

Du temps où je résidais à la Villa Mont-Noir, près de Bailleul, il arriva, un jour que je flânais dans les rues de la ville, que mes pas me portent jusqu'au vaste cimetière. J'entrai par l'une des portes flanquée, je le notai, d'un local abritant la société colombophile, comme si en quelque sorte les pigeons se tenaient prêts à transmettre les messages d'outre-tombe. En fait de message, il devait m'en être délivré un quelque temps plus tard, comme on le verra, mais pour l'heure, c'était une étrange surprise qui m'attendait dans l'une des allées du cimetière envahies par les feuilles d'automne.

Après avoir contemplé les alignements de stèles blanches des innombrables morts anglais de la

* Ayant rempli quotidiennement pendant près de cinquante ans des carnets en solitaire, j'ai pris l'habitude, pour tromper cet isolement un peu aride, de m'adresser parfois à CEL — le « charmant éventuel lecteur » !

Première Guerre mondiale (Bailleul est située à la frontière belge), déchiffrant au passage les inscriptions stipulant l'âge et la date exacte de la mort de chaque soldat tombé au combat (j'appris ainsi que le 21 avril 1915 avait été particulièrement meurtrier), je parvins finalement, au détour d'une allée, dans un coin reculé du cimetière où, à l'ombrage d'un grand arbre jauni, m'attendait un rectangle d'herbes folles bordé de ciment, sur le rebord inférieur duquel figurait, à moitié rongée par les intempéries, l'inscription suivante: Léona Delcourt — 1902-1941. Je m'avisai d'un seul coup qu'il s'agissait de la sépulture de celle qui avait donné lieu à l'un des mythes poétiques majeurs du siècle dernier: cette tombe était celle de la Nadja de Breton!

Je demeurai un instant hébété, me souvenant de ma lecture adolescente du livre. Ce fut l'occasion — en cet automne maussade du Nord — de faire le point sur les sentiments mêlés qui m'avaient toujours animé vis-à-vis du surréalisme et dont cette découverte ravivait l'ambivalence.

Je me souvenais avec émotion de certaines professions de foi de Breton qui m'avaient tant remué à l'époque:

> Il s'agit *de ne pas*, derrière soi, *laisser s'embroussailler les chemins du désir*. Rien n'en garde moins, dans l'art, dans les sciences, que cette volonté d'applications, de butin, de récolte. Foin de toute captivité, fût-ce aux ordres de l'utilité universelle, fût-ce dans les jardins de pierres précieuses de Montezuma! Aujourd'hui encore je n'attends rien que de ma seule disponibilité, que cette soif d'errer *à la rencontre de tout*, dont je m'assure qu'elle me

> maintient en communication mystérieuse avec les autres êtres disponibles, comme si nous étions appelés à nous réunir soudain. J'aimerais que ma vie ne laissât après elle d'autre murmure que celui d'une chanson de guetteur, d'une chanson pour tromper l'attente. Indépendamment de ce qui arrive, n'arrive pas, c'est l'attente qui est magnifique*.

Je me souvenais encore avec nostalgie des œuvres magiques auxquelles cette ascèse de l'attente indéfinie avait fourni un thème de prédilection, qu'il s'agisse du *Rivage des Syrtes* ou du *Désert des Tartares*** ! Je me souvenais à quels espoirs adolescents, tout aussi indéfinis mais aux perspectives imaginaires sans pareille, avaient donné lieu ces manifestes poétiques rimbaldiens qu'étaient les premiers textes surréalistes***. Or, s'il

* André Breton, *L'Amour fou*, p. 38. Nous qui venons d'assister, il y a peu, à la grande affaire médiatisée de la vente aux enchères de la collection Breton, cette profession de foi paraît relever de « l'ironie de l'Histoire ».

** *Le Rivage des Syrtes* de Julien Gracq, José Corti, et *Le Désert des Tartares* de Dino Buzzati, Robert Laffont.

*** Page 126 et 127 de *L'Amour fou* : « Les nouvelles associations d'images que c'est le propre du poète, de l'artiste, du savant, de susciter ont ceci de comparable qu'elles empruntent pour se produire un écran d'une texture particulière, que cette texture soit concrètement celle du mur décrépi, du nuage ou de toute autre chose... L'homme saura se diriger le jour où comme le peintre il acceptera de reproduire sans rien y changer ce qu'un écran approprié peut lui livrer à l'avance de ses actes. Cet écran existe. Toute vie comporte de ces ensembles homogènes de faits d'aspect lézardé, nuageux, que chacun n'a qu'à considérer fixement pour lire dans son propre avenir. Qu'il entre dans le tourbillon, qu'il remonte la trace des événements qui lui ont paru entre tous fuyants et obscurs, de ceux qui l'ont déchiré. Là — si son interrogation en vaut la peine — tous les principes logiques mis en déroute, se porteront à sa rencontre les puissances du hasard objectif qui se jouent de la vraisemblance. Sur cet écran tout ce que l'homme veut savoir est écrit en lettres phosphorescentes, en lettres de désir. »

en était un à qui, en sus de l'attente, la puissance du hasard avait semblé déterminante, c'était bien André Breton qui avait inauguré la fameuse notion de « Hasard objectif ». Pourtant, il m'était toujours apparu qu'il avait accolé « objectif » au mot hasard par une sorte d'allégeance obligée à la pensée marxiste et hégélienne qui régnait en maître dans les milieux intellectuels parisiens de l'époque ; qu'en outre, si l'on examinait d'un peu près ce qui était sous-entendu dans cette notion, on prenait vite conscience qu'il n'y avait, en fait, rien d'objectif dans ce hasard-là mais qu'au contraire il s'agissait d'une pugnace défense de la subjectivité hasardeuse.

Oui, je me souvenais de tout cela et de ce qu'avait été pour ceux de ma génération qui avaient débarqué dans Paris au déclin de cette effervescence bohème, la grande désillusion véhiculée par l'existentialisme. Et je ne pouvais que regretter la camaraderie et la joyeuse ébriété artistique, certes pleine de provocations, d'outrances et d'iniquités, mais porteuse aussi d'une merveilleuse insouciance qui ne fut plus de mise ultérieurement (sans doute en raison de la subreptice invasion, au cœur de l'intellectualité française, d'un protestantisme larvé ainsi que l'avait si pertinemment noté Lévi-Strauss dans son discours de réception à l'Académie française).

J'avais vingt ans à la mort d'André Breton et, en dépit de l'agacement et de la défiance que j'avais commencé d'éprouver pour le personnage autoritaire qu'il représentait et qui, dans mon esprit, ne coïncidait plus avec ses fascinantes professions de foi initiales, il n'en restait pas moins que j'avais eu le net sentiment que cette disparition signait du même coup la mort d'un certain Paris. Car s'il fut une dimension inséparable du surréalisme, ce fut celle de l'atmosphère parisienne des années trente (Nadja ne disait-elle pas que « Paris [était] le lieu du hasard et de toutes les rencontres » ?). Même si cette atmosphère de haute tension aventureuse et créatrice avait survécu tant bien que mal jusqu'à la fin des années soixante-dix, elle s'était progressivement évaporée par la suite, comme si d'ailleurs Mai 68 en avait été le chant du cygne. La vérité est que ça n'avait plus fonctionné, qu'avait fait défaut un élément crucial que nous nous étions sentis impuissants à ressusciter : l'insouciance ! Y réfléchissant désormais, j'avais tendance à penser que les dégâts moraux causés en profondeur par la dernière guerre avaient mis tout ce temps pour produire leurs effets destructeurs, bref, qu'il était devenu impossible de réanimer la fragile ébriété d'une époque heureuse, les nouveaux intellectuels en vogue se chargeant — culpabilisation puritaine* à l'appui — de nous le rappeler sans discontinuer. En fin de compte, qu'il soit théoriquement objectif ou plus exactement subjectif, rien n'avait pu être encore laissé à la discrétion du hasard.

Méditant confusément sur tout cela devant la dalle rongée par les intempéries de la pauvre Léona Delcourt — l'égérie symbolique bien involontaire de cette génération d'artistes surréalistes

* Ainsi que je l'ai déjà indiqué, il me semble que Lévi-Strauss avait vu juste en déclarant que le malaise français provenait du divorce entre la mentalité de base du pays qui demeurait de structure catholique et l'élite intellectuelle gagnée insidieusement par l'éthique protestante. N'oublions pas, en l'occurrence, que Sartre était de souche protestante.

exaltés ! — je croyais enfin comprendre en quoi, néanmoins, ce mouvement initié au départ par un groupe de jeunes bourgeois de l'École de médecine m'avait, au-delà de la fascination, toujours autant gêné. Si, en effet, on avait eu la curiosité de lire le récit de la vie de Léona Delcourt racontée par Hester Albach*, on prenait conscience de la terrible dichotomie entre le mythe de Nadja et la réalité de Léona, dichotomie que Breton avait superbement ignorée pour mieux faire fonctionner sa théorie « libératrice » de la « Femme en général ». La triste réalité semblait être, hélas, que, derrière le mythe flamboyant de la Nadja investie de pouvoirs magiques, avait existé une femme réelle, certes douée de dons intuitifs et d'une sensibilité hors normes, mais sans cesse au bord de l'aliénation et survivant dans des conditions précaires, et qui, demeurée éperdument amoureuse de son pseudo-pygmalion à la suite de leur aventure sans lendemain, n'avait plus trouvé par la suite auprès du grand poète — inéluctablement déçu par la trivialité du réel contraignant — qu'une attention condescendante et embarrassée, et avait fini par sombrer dans la folie. Au vrai, Léona Delcourt — après avoir été choquée par le texte de Breton, dans lequel elle ne parvenait pas à se reconnaître — fut rapidement internée dans un premier asile près de Paris, puis transférée dans celui de Bailleul (celui dont je longeais souvent en voiture les bâtiments de brique rouge et le vaste parc désert) où elle mourut sans que son

* Hester Albach, *Léona, héroïne du surréalisme*, Actes Sud, 2009, traduit du néerlandais par Arlette Ounanian.

ancien amant ne lui ait vraisemblablement jamais rendu visite.

À présent, me recueillant à ma manière devant la modeste tombe de cette femme morte à l'âge de trente-neuf ans dans le dénuement physique et moral le plus complet, je me souvenais à la fois d'une lettre (transcrite par l'une de ses biographes) où Breton, s'adressant à sa femme Simone, se demandait que faire puisqu'il n'aimait pas cette femme et que, vraisemblablement, il ne l'aimerait jamais, la jugeant « seulement capable de mettre en cause tout ce qu'il aimait et la manière qu'il avait d'aimer* », et aussi de l'ultime message que lui adressa Léona et (détail précieux) qu'elle était allée glisser sous la porte de son appartement pour ne pas le déranger, dans lequel elle concluait :

> Merci André, j'ai tout reçu. J'ai confiance en l'image qui me fermera les yeux. Je me sens attachée à toi par quelque chose de très puissant, peut-être cette épreuve était nécessairement le commencement d'un événement supérieur. J'ai foi en toi — je ne veux pas briser l'élan ni amoindrir l'amour que j'ai pour toi par d'absurdes réflexions. Je ne veux pas te faire perdre le temps nécessaire à des choses supérieures. Tout ce que tu feras sera bien fait. Que rien ne t'arrête... Il y a assez de gens qui ont mission d'éteindre le feu. Tu n'as rien à me pardonner, arrache les lettres qui t'ont peiné, elles ne doivent pas exister. Chaque jour la pensée se renouvelle. Il est sage de ne pas s'abstenir sur l'impossible**.

* Marguerite Bonnet, *in* André Breton, *Œuvres complètes*, Gallimard, La Pléiade, 1998, p. 1514.

** Georges Sebbag, *André Breton l'amour folie*, Jean-Michel Place, 2004, p. 59.

Je me répétais ainsi ces bouleversantes paroles furtivement glissées sous une porte, un certain jour de 1926 à Paris — « lieu du hasard et de toutes les rencontres » — et je songeais que la réalité, si toutefois on savait la regarder sous le bon angle, se montrait souvent plus féerique que l'imaginaire ! Pourtant... pourtant... toute cette émulation poétique n'aurait jamais pu avoir lieu autour de la personne de Léona, ni être l'occasion d'un tel mythe poétique, si un grand écrivain nommé André Breton n'avait outrepassé les limites du sens commun car, c'était bien vrai, « il y avait toujours assez de gens pour éteindre le feu » et il était « plus sage de ne pas s'abstenir sur l'impossible ». Cette dernière recommandation m'en rappelait d'ailleurs une autre émise par un personnage de jeune fille romantique dans un roman de John Cowper Powys. Devant l'abattement de son amant poète, découragé par l'indifférence de ses contemporains à la forme lyrique, celle-ci l'encourage à ne pas abjurer sa vocation et se récrie :

> ... qu'est-ce que la poésie, si ce n'est pas quelque chose qui combat pour l'invisible contre le visible, pour les morts contre les vivants, pour le mystérieux contre l'évident ? La poésie prend toujours parti. C'est la seule Cause Perdue qui nous reste. Elle combat pour... pour... mais pour l'impossible* !

Oui, la découverte de cette sépulture oubliée m'avait replongé dans l'ambivalence que j'avais

* John Cowper Powys, *Les Enchantements de Glastonbury*, Gallimard, 1988, p. 272.

toujours éprouvée non seulement vis-à-vis de cette génération d'artistes qui avait formé le groupe surréaliste, mais aussi de tous ceux dont le génie avait, pour triompher, dû trop insolemment négliger le réel immédiat. Je me souvenais en l'occurrence des confidences de Wanda, la mythique égérie de Sacher-Masoch, avouant sur le tard combien, en réalité, elle s'était infligée à elle-même, par amour, de devoir subir les ennuyeux fantasmes de son amant à la sexualité compliquée* !

Concernant Breton, cette ambiguïté dont je ne m'étais jamais extirpé, je l'avais tout d'abord ressentie en prenant connaissance du différend qui l'avait brouillé avec Roger Caillois. Ayant tous deux rendez-vous dans un café parisien, Caillois et Breton s'entretiennent un moment jusqu'à ce que Breton sorte de sa poche des petites cosses végétales sphériques qu'il vient de recevoir d'un ami mexicain et qui sont, dit-il, des *haricots sauteurs* ! lesquels aussitôt qu'un rayon de soleil les touche font des bonds incroyables — une énigme merveilleuse, s'esbaudit-il ! Comme une partie de la table vient justement d'être illuminée par un rayon de soleil, Breton y pose un des haricots qui effectue un bond étonnant ; ainsi de tous les autres

* Arianna Stassinopoulos, dans sa volumineuse et remarquable biographie intitulée *Picasso, créateur et destructeur* (Stock), nous parlant des familiers de Picasso — qu'il tyrannisait de la façon la plus cruelle et la plus sadique — dit ceci (p. 447) : « Si épouvantable, sinistre et effrayant que fût Picasso, si consternés, malheureux et lassés qu'ils fussent, tout cela était magnifique, parce qu'ils possédaient quelque chose d'assez spécial : ils avaient le privilège d'être en sa présence. Comment auraient-ils pu voir le cauchemar dans lequel ils vivaient quand tous se projetaient dans leur propre rêve de gloire par association. »

une fois posés dans la tache de soleil, se mettant à cavalcader sous le regard enchanté et triomphant de Breton. Caillois sort alors prestement un canif de sa poche et, se saisissant de l'un desdits haricots sauteurs, le fend en deux pour dévoiler la présence d'un insecte logé à l'intérieur. L'article qui relatait cet incident révélait que Breton l'avait très mal pris, accusant Caillois d'être un ennemi du merveilleux et un désenchanteur cynique.

Cette anecdote m'avait toujours partagé, car je comprenais à la fois la réaction de Breton et celle de Caillois. Mais n'aurait-on pu, là encore, transiger pour une voie médiane et, empruntant *l'immense chemin qui passe entre plusieurs mondes*, continuer de trouver le phénomène tout aussi féerique une fois connue la réalité du mécanisme qui l'enclenchait ? Autrement dit, le hasard qui avait présidé à cette nécessité biologique ôtait-il son aspect enchanteur à ce spectacle inattendu ?

La résolution d'une telle ambivalence me paraissait être exprimée de façon subtile (un peu trop peut-être, diront certains) par Julien Gracq lorsque, dans un passage où il nous entretient de cette âme poétique du monde « sans cesse rongée par le jeu stérilisant de l'intelligence logicienne » mais au sein de laquelle pourtant « s'enracinent les précieuses, les irremplaçables antennes de la sympathie », il déclare :

> Nous sentons aveuglément que c'est par la médiation seule de cette âme que les bêtes et les plantes, malgré tout, d'une certaine manière continuent à nous parler, que des signes constamment nous avertissent qui se passeraient au mieux, si seulement nous y consentions, d'avoir à être

interprétés — et qu'à cette zone délicatement tactile, à cette ceinture de cils vibratiles, se rattache obscurément le seul et fragile espoir qui nous reste de sortir un jour de notre réclusion individuelle à perpétuité, de communiquer sans le travestissement dérisoire du langage, de nous intégrer à autre chose, de pénétrer et de nous laisser traverser, baigner de ce flux panique, unifiant et réconciliateur, que notre approche désoriente et dont les caprices désinvoltes nous abandonnent à nos soubresauts angoissés de poissons sur le sable*.

Quoi qu'il en soit, lorsque, ce jour-là, je sortis du cimetière de Bailleul en repassant devant le bâtiment de la société colombophile, je me sentis invité à m'asseoir sur un banc qui se trouvait là, dans l'attente plus ou moins vague qu'il se produise... je ne sais quoi... qu'un pigeon voyageur s'en échappe, peut-être ! Lequel aurait pu être — qui sait ? — porteur d'un message posthume de la pauvre Léona. Mais rien de tel n'eut lieu, sauf que je finis par remarquer la présence d'un chat assis en sphinx sur le rebord du mur du cimetière et qui m'observait sans ciller depuis un bon moment. Fidèle à ma vocation imaginative, je ne pus m'empêcher de penser que c'était lui — *le gardien paisible d'une essence éternelle* — que la synchronicité avait délégué pour me délivrer un message, et ce message semblait vouloir m'avertir de ce que le monde ne parvenait à s'équilibrer tant bien que mal — pourquoi s'en affoler ? — qu'à la façon d'un échafaudage abracadabrant.

* Julien Gracq, *in* André Breton, *Œuvres complètes*, Tome I, Gallimard, La Pléiade, 1989, p. 403.

Qui a peur de l'Éternel féminin ?

> « L'anima est la personnification de toutes les tendances féminines de la psyché de l'homme, comme par exemple les sentiments et les humeurs vagues, les intuitions prophétiques, la sensibilité et l'irrationnel, la capacité d'amour personnel, le sentiment de la nature, et enfin, mais non des moindres, les relations avec l'inconscient. Ce n'est pas par hasard que l'on choisissait autrefois des prêtresses (comme les Sibylles chez les Grecs) pour sonder la volonté des dieux et communiquer avec eux. »
>
> Carl Gustav JUNG

Au fond, le livre de *Nadja* demeurait, en soi-même, un éloge des pouvoirs féminins. « Pour Breton, la femme a conservé des contacts étroits avec la nature qui lui permettent de reconnaître l'artifice des antinomies établies par l'ordre culturel masculin. C'est en ce sens qu'il souhaite qu'on se décide enfin à faire la plus large place à l'entendement féminin. Avec *Nadja,* cette profonde étrangeté de la femme aux valeurs masculines se manifeste avec d'autant plus de netteté que l'héroïne du récit est dotée de capacités médiumniques. Elle revêt tous les attributs d'une sorte de "génie de l'air", véritable médiatrice qui vient éclairer de sa présence la lanterne de l'homme perdu dans une forêt de signes*. » En réalité, Breton fait de Nadja une Mélusine, une fée allégo-

* J'ai trouvé ce passage sur Internet sans qu'aucune indication ne soit donnée quant à son auteur. Acceptant la sérendipité de cette trouvaille opportune, je la retranscris donc ici avec quelques minimes modifications de mon cru.

rique de l'éternel féminin. Cela lui est l'occasion de réaffirmer sa croyance dans les puissances transfiguratrices de l'amour ; et pour lui, la femme est le meilleur intercesseur entre la souplesse fluide du réel et le rigide orgueil masculin. À travers elle, le monde se renouvelle naturellement et évite de sombrer dans l'entropie répétitive ; avec elle, nous échappons sans effort, comme en jouant, à la rationalité linéaire, à l'esprit trop exclusivement planificateur et conservons toutes nos chances de rallier à nous les forces vitales que nous nommons commodément « hasardeuses » et dont je tente ici de repérer les apparitions.

À cet égard, de même que la prédisposition à la sérendipité ou à l'happenstance permet de trouver des solutions adaptées aux circonstances perpétuellement changeantes, la conception féminine du monde — si toutefois l'on sait se rendre sensible à ses incitations — permet d'appréhender le destin et l'existence de façon plus tactique.

Sous ce jour, il m'est toujours apparu que la littérature véritablement féminine était l'espace mental où nous autres mâles nous retrouvions le plus désorientés. Un peu comme si nous était sans cesse proposée sous des apparences sinueuses une appréhension plus fine du réel à laquelle notre insatiable *démon de la théorie* nous empêchait d'accéder par nous-même*.

Littérature féminine n'équivaut cependant pas

* Je sais parfaitement à quel type de polémiques je m'expose en défendant l'existence d'une littérature féminine, mais ce serait précisément, une fois de plus, me soumettre à ce que je crois être la subconsciente doxa « masculinisante » que de taire ce sentiment qui me hante d'une spécificité de l'âme féminine — ancestralement négligée.

à littérature faite par les femmes, c'est là un point essentiel, car nombre d'auteurs féminins réputés font allégeance au raisonnement et à la perception masculine du monde. Cette littérature soumise aux canons de la sensibilité antagoniste — aussi excellente puisse-t-elle être — n'introduit en rien la subtile mais décisive étrangeté dont je veux parler.

À ma connaissance, personne n'a été aussi éloquent sur le sujet que John Cowper Powys, dont la nature intime protéiforme lui permettait de percevoir les plus fines dissociations, les plus délicates articulations d'une sensibilité étrangère et, partant, ses plus paradoxales ambivalences. Dans son introduction à l'œuvre de la romancière anglaise Dorothy Richardson, dont il nous explique à quel point elle est unique en son genre de par son approche non masculine des choses, Powys, tout en admettant au passage qu'elle-même ne peut éviter — dans une certaine mesure — « d'exprimer la connaissance souterraine qu'elle a de son propre sexe dans ce "langage d'homme" qui est l'héritage de tous les temps », nous dit ceci :

> Chuchotons la vérité. Sans un dur, froid, clair noyau analytique de féroce raison masculine au cœur de son être, Dorothy Richardson elle-même n'aurait jamais été capable d'énoncer ces choses. Tout génie humain authentique est, à quelque degré, bisexuel ; et c'est seulement parce qu'elle est la première *à tourner consciemment les deux éléments l'un contre l'autre* dans une fureur d'interprétation psychologique réciproque qu'elle a accompli quelque chose de si surprenant, de si important et de si neuf. D'un bout à l'autre de ce livre extraordinaire, la différence abismale qui

sépare l'âme de l'homme de l'âme de la femme est accentuée, amplifiée. De cette « tension tragique », pour employer la juste expression de Keyserling, dépend toute la méthode artistique de Dorothy Richardson. Et c'est parce qu'elle a contre elle tout le poids de la civilisation forgée par l'homme, ou, comme dirait Spengler, de notre masculine culture faustienne, qu'il est si difficile de conquérir pour elle, pour son audacieux génie de pionnier, le crédit que nous accordons si vite et si aisément au charme conventionnel et à la conventionnelle ingéniosité masculine*.

Qu'est-ce donc qui rend cette approche féminine du monde si nouvelle pour nous ? Powys ne se contente pas, à sa manière matérialiste-sensuelle, de nous l'indiquer de façon abstraite, il la caractérise avec un luxe de précisions déterminant :

> Peut-être aucun écrivain, poursuit-il, n'a-t-il accordé autant d'attention aux aspects atmosphériques de son milieu. La façon dont la lumière du matin tombe sur le mobilier et le bric-à-brac des chambres ; la façon dont la lumière du soir tombe des fenêtres des corridors sur les escaliers et les boiseries ; la façon dont les ombres tombent et glissent et dérivent et s'affaissent sur les chaussées et les trottoirs ; la façon dont les lampes et les feux et la lumière des bougies affectent le tempérament psychique d'une chambre ; la façon dont la grisaille d'un ciel incolore imprègne dans une pièce les plus simples choses, fût-ce les tasses à thé sur une table ou la cuvette sur la commode d'une mansarde ; la façon dont la brume d'un après-midi

* John Power Powys, Introduction à *Toits pointus* de Dorothy Richardson, Mercure de France, 1965, p. 12 et 13.

> d'automne se glisse par les fentes et les lézardes de la pension de famille la mieux bardée de volets, apportant avec elle une odeur de feuilles mortes, de feuilles qui ont voyagé loin des arbres dont elles ont chu ; la façon dont on ressent le mystère de la pluie derrière les fenêtres closes lorsque les gouttes se succèdent sur les vitres ruisselantes ; la façon dont pareille pluie à Londres est différente de toute autre pluie ; toutes ces choses font partie de l'essence même de sa révélation touchant ce à quoi les femmes, dans leur nature subconsciente, répondent au jour le jour.

Borges, lors d'une de ses interviews, nous confie qu'il estime, de façon générale, beaucoup plus fiable de fonder une opinion sur un raisonnement féminin plutôt que sur un raisonnement masculin, au seul motif que le premier, éminemment synthétique, ne comporte qu'une seule opération inductive tandis que le masculin, procédant par déductions successives, demeure nettement plus exposé à l'erreur — une seule articulation boiteuse risquant de venir fausser l'échafaudage conceptuel dans son ensemble. Et cela, nous avons tous pu, me semble-t-il, le constater à nos dépens un jour ou l'autre, lorsque, par exemple, nous avons eu affaire, parmi nos proches, à des mathématiciens mâles. Leur faire confiance en ce qui concerne les arrangements de la vie quotidienne comporte de gros risques, car leur propension au calcul et à la planification les entraînant *invariablement* à vouloir simplifier selon une logique rigoureuse (et prétendument plus rapide) les actions à accomplir, ils n'aboutissent en général qu'à les embrouiller et les retarder plus encore.

Tout le monde a pu le constater, il existe des

« mathématiciennes », ce qui tendrait à ruiner ma présente tentative de démonstration. Pourtant, je dois dire que toutes celles que j'ai eu la chance d'approcher paraissaient douées d'une faculté de dédoublement confondante, comme si l'activité mathématique à laquelle elles se livraient à certaines heures n'interférait en rien avec leur existence quotidienne ; comme si, en réalité, une sorte de supra-conscience les avertissait du danger de vouloir trop *axiomatiser* le réel ; principalement — ce qui fut toujours, je dois le confesser, un appréciable soulagement pour moi — en tout ce qui relevait de la séduction amoureuse.

Lin Yutang a écrit en substance que la plupart des philosophes ayant échafaudé d'imposantes théories spéculatives, dont le parangon était Emmanuel Kant, étaient des célibataires qui n'avaient jamais eu l'occasion de s'entretenir plus de cinq minutes avec une femme !

Je dois dire qu'en ce qui me concerne, que ce soit dans la vie immédiate où elles me dispensèrent un enseignement décisif — se jouant sarcastiquement de ma propension théorisante — ou à travers certains ouvrages littéraires tels ceux évoqués plus loin, je ne puis que me féliciter d'avoir si souvent croisé sur mon chemin de véritables Amazones intellectuelles, lesquelles furent les véritables *maîtresses* (au sens stendhalien du terme) de mon existence.

Sur le plan littéraire, parmi ces auteurs féminins dont la vision — que j'aimerais dire cosmique et humoristique tout à la fois — m'a profondément marqué, j'aimerais citer les noms de Karen Blixen (dont la philosophie demeure la plus proche de mon cœur), de Colette (et sa perception sensualiste et désinvolte*), d'Anna-Maria Ortese (l'une des plus remarquables représentantes de cette conception féminisante du monde et accessoirement l'un des écrivains italiens les plus injustement méconnus), des incisives et désenchantées contemptrices de l'âme anglo-saxonne que sont Carson McCullers, Emily Dickinson, Edith Wharton, Katherine Mansfield et Virginia Woolf, puis pour finir, dans un registre plus spéculatif et citées pêle-mêle : Marie-Louise von Franz, Hannah Arendt, Élisabeth de Fontenay et Jacqueline de Romilly (bien que ces dernières ressortissent, à mon goût, de cette catégorie un tantinet trop inféodée au style de pensée masculin dont j'ai déjà parlé). Cependant, afin de tenter d'illustrer davantage encore mon propos, je citerai, tout au long, deux passages particulièrement représentatifs de ce « genre » que je cherche à circonscrire. Le premier est tiré du livre d'Elizabeth Bowen intitulé *Sept hivers à Dublin*. La narratrice, nous décrivant son cours de danse du temps où elle était petite fille et miss Thieler, le sévère professeur de danse qui oblige ses élèves à tourner en rond en cadence autour de la salle en comptant la mesure (tandis que le piano joue « avec une lenteur sonore et insultante »), poursuit :

> C'était affreux. Miss Thieler exerçait sur nous autres, godiches, une telle emprise que je n'osais

* Dans une lettre adressée à son amie Germaine Beaumont qui lui fait part de ses hésitations devant le mariage, elle écrit : « Oh ! se marier par raisonnement ou par raison ! Oh ! décider d'une chose grave *après mûre réflexion* ! Décidons après mille hésitations de la couleur d'une robe, mais au nom du ciel, marions-nous sans réfléchir ! C'est la grâce que je te souhaite. Et même, sois si distraite ce jour-là que tu passeras devant la mairie sans penser à t'y arrêter. »

même pas pencher la tête en avant pour laisser ma chevelure tirer son double rideau sur mes joues brûlantes. Un sentiment de fatalité et de nullité emprisonnait mon cerveau comme un fil de fer trop serré. Et puis, un matin, au plus fort de ces minutes atroces, un ressort se détendit au-dedans de moi. Mes pieds et mon corps se libérèrent sans crier gare du nœud de ma conscience. Tel un papillon sortant de sa chrysalide, telle une âme surgissant du corps, je m'échappai de la rangée de godiches et parcourus la salle en tournoyant toute seule, d'un mouvement souple et fluide. Je valsais. Le piano abandonna ses notes dédaigneuses, s'accéléra et se fondit à l'unisson. Je ne sentais plus le plancher sous mes pieds : c'était comme quand on rêve qu'on peut voler. Je volais bel et bien — je valsais. J'avais à tel point le soleil des cieux dans l'œil que je ne voyais rien. Tout autour de moi la surprise, et quelque chose de plus fort encore que la surprise, créait une sorte d'acclamation inaudible. Bien que je fusse une enfant vaniteuse, je n'éprouvai aucun orgueil : la sensation était trop pure. Comme une toupie lancée par la mèche d'un fouet magique, je tournoyais interminablement autour de la salle jusqu'au moment où ma course se ralentit, où je trébuchai, sentis la tête me tourner et m'affaissai sur moi-même.

Je reste convaincu qu'aucun homme n'aurait pu écrire cela ; s'exprime dans ce texte une finesse psychologique — formulée à l'aide de comparaisons inédites — qui me semble assez étrangère à l'esprit masculin (« … le piano jouait avec une lenteur sonore et *insultante* », « le piano abandonna ses notes *dédaigneuses* », « le *nœud coulant* de la conscience », « comme une toupie lancée par la mèche d'un fouet magique »). Mais il y a aussi chez Elizabeth Bowen un humour latent constitué d'un curieux mélange de sympathie et d'ironie envers les petitesses humaines qui me paraît plus symbolique encore de l'excellence féminine. Peu avant, dans ce même texte, toujours à propos de son cours de danse enfantin, elle nous décrit ainsi son cavalier favori :

> Il avait les cheveux d'un roux cuivré et portait un spencer, mais son grand charme à mes yeux, était sa maturité — il devait avoir au moins neuf ou dix ans. S'il ne venait pas m'inviter, c'était moi qui allais le chercher. Mais avec un implacable snobisme masculin — un snobisme que je me désolerais de voir s'affaiblir — il ne se laissa faire qu'à partir du matin où je sus valser. Il était lui-même excellent valseur, quoique plutôt trapu. Je ne me rappelle rien de ce qu'il a pu me dire, et au repos son visage prenait un air un peu figé, mais j'imagine qu'en plus de son âge il me plaisait parce qu'il était un homme d'expérience.

Une remarque incise telle qu'« un snobisme que je me désolerais de voir s'affaiblir » tient pour moi de cette suprême et trop rare ironie ambivalente que peuvent manifester les plus subtiles *observatrices* du cœur humain.

Le second est tiré du livre de Nuala O'Faolain intitulé *On s'est déjà vu quelque part**.

À la fin d'un week-end hivernal qu'elle vient de passer à Londres en compagnie de Rob (qui fut le plus cher amant de sa jeunesse), attendant son

* Étrange coïncidence ici encore, puisque je m'avise à l'instant, sans m'en expliquer la raison, que les deux auteurs que j'ai choisis sont d'origine irlandaise !

train pour Oxford, la narratrice entrevoit sur un quai désert, sous les voûtes sombres et pleines de courants d'air de la gare de Paddington, un homme et une femme, tous deux très beaux, précise-t-elle, qui, tout en pleurant, s'étreignent et s'embrassent « désespérément ». Elle prend alors conscience que c'est cette tristesse romantique qu'elle avait voulu rejoindre en venant étudier à Oxford et elle ajoute :

> Mais je ne suis pas sûre d'avoir vraiment vécu cette scène, à cette période de ma vie : ne s'agit-il pas plutôt d'un pur produit de mon imagination ? Et si c'était le cas, l'ai-je créé à l'époque même, ou rétrospectivement à mesure que le temps passait ?
>
> Tout ce que je sais, c'est que quand j'ai quitté Dublin, j'ai regardé l'avenir en me tournant vers le passé. J'étais toujours à moitié jeune fille. J'avais le cœur à moitié brisé. L'endroit que je quittais avait contenu, du début à la fin, des émotions si fortes, si stupides fussent-elles, qu'encore maintenant il m'est difficile de croire qu'elles ne continuent pas de vivre quelque part, ailleurs que dans ma mémoire. Ce matin mouillé de 1997, alors que je me dépêchais de rentrer à l'hôtel sous la pluie, j'ai regardé les trottoirs et je les ai interrogés, plaisantant à moitié. « Vous êtes faits de beaux et grands blocs de granit », leur disais-je. « Est-ce que vous êtes les mêmes trottoirs que ceux sur lesquels j'ai marché alors ? Si oui, pourquoi ne pleurez-vous pas ? »

Cette chute « Si oui, pourquoi ne pleurez-vous pas ? », qui clôt un passage aussi émouvant, me paraît l'égal des plus beaux poèmes écrits sur les amours perdues. Et là encore, j'ai peine à imaginer qu'un homme ait jamais pu l'écrire, tant cette évocation poétique est tissée de la plus pertinente irrationalité féminine ; irrationalité dont la puissance d'émotion me semble tenir à la tendre invocation adressée à l'inanimé lui-même, ces « beaux et grands blocs de granit ». Non seulement cette invocation élégiaque, mais aussi le romantisme spécifique, presque baroque, insufflés par ce texte me paraissent d'une audace interdite à la plupart des hommes.

Parvenu à ce stade de ma défense de la sensibilité féminine, il m'est difficile de ne pas parler de l'étonnante adéquation du dessin de Jean-Jacques Sempé qui illustre la couverture de ce livre. Non seulement ce dessin s'adapte parfaitement au sujet en ce qui concerne la puissance discrète du hasard, mais il réaffirme l'éventuelle pertinence d'une certaine vision de l'antagonisme féminin-masculin.

Sur une rivière dont les arbres de la berge — si habilement aquarellisés — et le bleu léger de l'eau soulignent de façon ironique la tranquillité des lieux, on voit quatre barques réunies en étoile aux branches symétriques, à la pointe desquelles « les pêcheurs mâles », résolument concentrés sur les aléas minimalistes de leurs bouchons de liège, paraissent vouloir se donner des allures d'aventuriers de l'extrême en train d'affronter les vicissitudes du sort. Ils semblent, en outre, farouchement déterminés — chacun dans son coin, c'est-à-dire à la *proue* de leurs barques respectives tournées vers « le large » — à ignorer superbement leur voisin, et par la même occasion leur proximité réelle au cœur d'un périmètre restreint et, de surcroît, à quelques mètres de leurs épouses respectives se livrant insoucieusement à leurs joyeux et futiles commérages... oui, ce dessin a non seulement quelque chose de hautement comique dans ce qu'on devine du décalage qui s'est opéré subrepticement (sans aucun doute à l'instigation des épouses) entre ce qu'on croit deviner de l'intention masculine primordiale et le spectacle qui s'offre à nous, mais il présente en outre une synthèse visuelle saisissante du sous-jacent pouvoir féminin sur les présomptions masculines — présomptions dont elles ont la délicatesse et l'habileté de leur laisser croire qu'ils se montrent dignes, tandis qu'ils ne font rien de plus, tels des gamins jouant aux cow-boys et aux Indiens dans le jardin familial, que de se donner des impressions à bon compte dans le plus paisible des cadres bucoliques... Encore une fois, nous sommes invités à nous interroger sur la question de savoir qui, après tout, mène le jeu ?

S'agissant de ce réalisme féminin sapant ironiquement les fondations masculines, me revient un souvenir de mes années de courte paume. J'avais été invité à participer à un championnat se déroulant dans le très sélect club de Real Tennis de Leamington, non loin de Liverpool. Habituellement, ce club très *old fashion* demeure le seul d'Angleterre encore inaccessible aux femmes ! Cependant, un dîner officiel ayant été organisé pour la réception de l'équipe française, une dérogation avait été accordée aux épouses des convives exceptionnellement admises à participer au banquet. Tout se déroula admirablement selon le rituel immuable qui prévaut encore dans cette *upper class* britannique : conversations futiles émaillées de plaisanteries convenues tout au long du repas (tout propos sérieux étant prohibé), rosbif saignant accompagné de flageolets et de pommes de terre sautées, *jellies* douceâtres tout de suite suivies du cheddar servi avec le porto, puis le toast tonitruant porté à la reine — tous debout, verres levés bien haut —, enfin, la permission accordée de fumer le cigare dans la salle de billard.

Cependant, au cours de ce repas, se produisit l'événement (minime mais exemplaire) que je veux rapporter : étant placé dans une portion de table où je me trouvais environné par l'équipe dirigeante du club au grand complet — tous ces messieurs en grande tenue arborant le smoking de rigueur —, la conversation vint tout naturellement se porter, à un certain moment, sur l'événement majeur de cette semaine paumistique : le banquet donné dans la grande salle de réception du club, le samedi qui allait suivre, en l'honneur du prince Edward, fils cadet de la reine. Tous ces grands bourgeois — aussi incurablement snobs que se doivent de l'être des snobs britanniques — discutaient aussi flegmatiquement que possible des modalités de l'accueil et de l'attitude qu'il convenait d'adopter vis-à-vis de ce grand personnage. Le chairman et le président, flanqués de leurs épouses respectives — fort poliment muettes dans la conversation, comme il est d'usage dans ces classes outre-Manche (de surcroît dans un lieu où elles n'étaient tolérées qu'à titre exceptionnel) —, étaient assis en face de moi et menaient le débat. Le chairman soutenait l'opinion que le prince Edward étant membre du club, on ne devait manifester aucun empressement particulier à son égard et le traiter comme on l'eût fait de *n'importe quel autre membre*, afin qu'il se sentît plus à son aise durant le séjour. Le président acquiesçait et semblait même tout à fait séduit par la perspective d'en user d'égal à égal avec un hôte princier. Quelques autres messieurs effectuèrent alors un certain nombre de judicieuses remarques concernant certains points de détail, tels que l'important service d'ordre qui serait fatalement déployé par la police à cette occasion et ainsi de suite… Or, ce fut à ce moment précis de la conversation que l'épouse, jusqu'ici fort effacée, du chairman se décida à poser la question qui lui tenait manifestement à cœur concernant ce membre du club « tout à fait comme les autres ». D'une voix fluette mais ferme, elle demanda :

— *Does he pays his fees ?* (Paie-t-il sa cotisation ?)

Un silence consterné et interloqué s'ensuivit, immédiatement suivi d'un concert de protestations véhémentes à l'énoncé d'une question aussi déplacée. Puis son mari lui répondit sèchement :

— *Of course not !* (Bien sûr que non !)

Il s'avéra alors, le sujet ayant été lancé, que personne n'avait même jamais osé lui demander de régler les consommations qu'il lui arrivait de venir prendre au bar !

Ce réalisme féminin sarcastique m'a toujours semblé constituer un indispensable correctif, un nécessaire garde-fou contre l'idéalisme masculin si souvent prompt à l'extrapolation hâtive.

Il existe un nombre important d'ouvrages historiques, de chroniques, où se trouve souligné le rôle d'inspiratrices, de muses, d'égéries que les femmes ont pu jouer dans la création des œuvres de beaucoup d'artistes masculins, de beaucoup d'écrivains notamment ; précieuses auxiliaires sans lesquelles les œuvres n'auraient jamais pu voir le jour. Ainsi d'un nombre impressionnant d'auteurs dont l'énumération serait fastidieuse*. Pour ce qui concerne, en tout cas, mes propres tentatives littéraires, je crois deviner que je n'aurais jamais pu écrire un seul de mes livres sans les passionnantes concertations et relectures que nous opérons patiemment sur le texte, Judith et moi ; même si ces mises au point — tant sur la forme que sur le fond — frisent parfois le conflit domestique et menacent régulièrement l'équilibre de notre couple — bouleversant parfois trop fondamentalement l'idée surestimée que j'ai tendance à me faire de mes talents d'expression...

L'effet placebo est-il un mythe ?

On l'a compris, ma déambulation hasardeuse parmi les livres, les idées et les souvenirs tend, en dehors du plaisir de la promenade, au but détourné de collectionner tout ce qui peut faire pièce à la rationalité institutionnelle. Là encore, la sérendipité a joué son rôle car, recherchant sur Internet ce qui pouvait être dit sur l'homéopathie, j'ai fini par tomber sur la pléthore vertigineuse d'articles et d'essais traitant de l'*effet placebo*

* Gide me vient tout d'abord à l'esprit et le rôle prédominant joué auprès de lui — si nous devons en croire Simon Leys, dans l'excellent essai qu'il lui consacre — par celle qu'il appelle « la petite dame », laquelle, nous indique encore ironiquement Leys, était, dans sa vie réelle, beaucoup plus gidienne que Gide lui-même. Mais ainsi d'une foule d'autres auteurs dont nous ne saurions rien sans le pouvoir sous-jacent de ces discrètes égéries. Elles représentent, dans l'œuvre de nombre d'artistes, la partie immergée de l'iceberg.

— appellation par laquelle certains croient pouvoir se débarrasser du troublant phénomène qu'elle recouvre.

En vérité, ce qui m'a le plus interloqué est la somme incommensurable de points de vue sur la question, dont une grande majorité ne fait que discuter pied à pied — vis-à-vis d'adversaires théoriques d'ailleurs mal identifiés ! — de la validité des procédures utilisées pour les expérimentations menées sur les patients : le nombre exact, la répartition selon l'âge, le sexe, la nationalité, la psychologie, les grilles d'interprétation, les schémas de mise en place, les présupposés des expérimentateurs eux-mêmes, la façon dont les médicaments sont présentés aux patients puis administrés, la forme, la couleur et l'empaquetage précis de chaque produit, etc. Or, et c'est là pour moi une pierre de touche incontestable de la limite des méthodes mathématiques dont l'exactitude est largement surestimée, on finit par comprendre que règne dans ces domaines statistiques une confusion plus qu'inquiétante, non seulement quant à l'interprétation des résultats mais encore, et surtout, quant à la fiabilité théorique des différents protocoles utilisés — les résultats changeant du tout au tout selon les procédures employées —, si ce n'est, pour finir, quant à la formulation des questions elles-mêmes. Par bonheur, si la chose peut paraître inquiétante à ceux qui fondent de réels espoirs sur la progressive planification du monde, pour l'amateur de théâtre du quotidien, elle ne fait que confiner au plus divertissant des spectacles comiques, tant on est gagné par le sentiment, à se plonger dans cette fastidieuse lecture — passant d'un site de référence, d'un blog de médecins d'une certaine tendance ou d'un article véhément et savamment argumenté à un autre —, d'assister à une scène apocryphe du *Médecin malgré lui* ou bien à l'une des farces de la Commedia dell'arte telles que *Le Médecin volant* ou *L'Amour médecin*, où se trouvent brillamment renvoyées dos à dos la crédulité des ignorants et celle des réputés savants.

En effet, on prend vite conscience — au-delà des jongleries arithmétiques auxquelles se livrent les statisticiens — de l'extrême difficulté qu'il y a à se forger une opinion sur un sujet aussi soumis aux aléas de la psychologie humaine. La seule conclusion concernant ces évaluations contradictoires étant, selon moi, que cette *faculté de plaire* de l'effet « placebo » repose sur les croyances et illusions de chacun ; terrain mouvant sur lequel la logique quantitative évite prudemment et à juste titre de s'aventurer.

Il me suffit de citer ici l'un des sociologues qui examinent ce sujet embarrassant, qui finit par conclure lui aussi :

> La plus ancienne théorie formulée pour rendre compte d'une partie de l'effet placebo est indubitablement celle d'Hippolyte Bernheim, reprise ultérieurement par Pierre Janet : la suggestion. Cette théorie repose sur deux notions essentielles : le rétrécissement du champ de conscience du sujet, qui rend son esprit imperméable à tout ce qui ne concerne pas la chose suggestionnée, et la « transformation » par des mécanismes inconnus de l'idée suggérée en action. Si la suggestion constitue un phénomène psychologique plus facile à constater qu'à expliquer, il n'en demeure pas moins, malgré la persistance de nombreuses zones d'ombre,

qu'elle demeure, à ce jour, le meilleur modèle explicatif de l'effet placebo. Loin de s'opposer, suggestion et conditionnement sont tout à fait complémentaires. D'ailleurs Bykov* n'a-t-il pas écrit : « Un mot peut être le stimulant des plus complexes manifestations fonctionnelles » ?

En fin de compte, illusion et suggestion paraissent les deux facteurs principaux du phénomène. Nietzsche, Flaubert et Jules de Gaultier avaient donc bien raison de souligner le principe d'hallucination collective qui demeure prégnant jusque dans les observations « objectives » perpétrées par des cliniciens patentés. Tout dépend toujours du désir qui nous tient, au préalable, d'apercevoir un aspect des choses plutôt qu'un autre et au bout du compte, on se demande s'il ne serait pas plus sage de renoncer à déceler un quelconque plan exhaustif sous ce tourbillon mirobolant de phénomènes contrastés et sans cesse changeants, plus sage et plus juste aussi de nous abandonner à la valse des apparences, ne nous fiant dans nos décisions d'importance qu'à notre seul instinct morphologique — finalement plus sûr que toutes les estimations chiffrées imaginables.

Quoi qu'il en soit de ma méfiance vis-à-vis du mathématisme et du géométrisme qui enveloppent désormais nos plus simples perceptions dans leur toile arachnoïde insidieuse, je dirais, à tout le moins, revenant à ma défense d'arrière-garde d'une motricité du monde étrangère à celle

* L'assistant de Pavlov à l'institut de Leningrad, qui a largement développé la théorie du conditionnement édifiée par celui-ci.

habituellement invoquée, que je ne parviens pas à saisir la différence fondamentale qui subsiste, si l'on admet que l'essentiel réside dans l'efficacité thérapeutique, entre l'effet placebo et l'action chimique. Cela est d'autant plus étonnant qu'il apparaît que les médicaments allopathiques sont eux-mêmes porteurs d'un important effet placebo. Il est donc amusant de constater, à ce propos, que la médecine officielle, qui se targue d'être expérimentale, refuse tout simplement d'admettre ce qu'elle ne peut expliquer !

À vrai dire, tandis que la dilution infinitésimale pose aux scientistes un problème, pour le coup, *insoluble*, le malade se contente bêtement, quant à lui, d'être soulagé de ses maux.

En réalité, la discussion me semble porter sur l'importance plus ou moins grande que l'on reconnaît à l'effet placebo dans le processus thérapeutique, ce qui nous fait retomber dans d'infinies controverses portant sur les modalités statistiques. Est-il donc tout à fait aberrant, en l'occurrence, de considérer que, pour une part non négligeable, l'efficacité de la médecine allopathique repose elle aussi sur la suggestion ? Considération que les praticiens d'aujourd'hui — à qui il est si souvent reproché de soigner les maladies plutôt que les malades — ont fâcheusement tendance à ignorer. De fait, si nous devons essayer de voir les choses d'un peu plus haut encore, est-il interdit de penser qu'il s'agit, dans ces controverses quasi théologiques englobant en réalité toutes les médecines dites parallèles, d'un système de croyances opposé à un autre ? Magie analytique et mathématisante contre magie analogique et synthétisante ?

Or il est désormais un point important à préciser s'agissant du système de croyances auquel le hasard géographique de notre naissance et de notre éducation nous a inféodés : il me paraîtrait stupide de prétendre ignorer que si nos idées intellectuelles, aussi fondées et brillantes puissent-elles être, penchent d'un certain côté, nos croyances subconscientes et les réflexes qu'elles conditionnent peuvent pencher d'un autre, tant il est évident que nous ne sommes jamais au fait de nos propres inclinations profondes — lesquelles dépendent d'atavismes, de préventions et d'humeurs enracinés en nous par l'inconscient collectif. Constatation empirique qui devrait nous amener, par conséquent, à ne jamais perdre de vue le pouvoir de la doxa qui règne peut-être jusqu'en nous-mêmes, à nos idées défendantes en quelque sorte, ce qui revient à dire qu'il serait présomptueux de négliger la croyance profonde qui habite notre corps, si souvent différente des conceptions intellectuelles hébergées par notre esprit ; constatation ayant pour effet paradoxal que, soumis dans notre vie personnelle aux mœurs ambiantes sur le plan de l'urgence médicale, nous puissions néanmoins continuer de penser, sur un plan théorique, que cette croyance collective demeure dommageable, non seulement à l'avenir de la planète mais à l'exercice d'une véritable recherche scientifique qui devrait s'orienter tout différemment, si toutefois elle prétendait vouloir retrouver un jour le chemin qui mène vers un « réel » moins affligeant.

Poussant plus loin encore le bouchon, à l'instar des fiers pêcheurs du dessin de Sempé, il m'apparaît que le monde d'aujourd'hui promulgue sans cesse — ne serait-ce qu'à travers l'idéologie sportive — le pouvoir de la volonté et de l'effort dans la réalisation de quelque entreprise que ce soit. Or, je n'aperçois pas en quoi ce culte de la volonté, si on l'examine d'un peu près, se différencie fondamentalement de ce que nos « naïfs » ancêtres appelaient la prière. Et je ne vois donc pas non plus en quoi la prise quotidienne de quelques « gélules placebo » diffère d'une sorte de prière et ne pourrait dès lors avoir un degré d'efficacité psychique équivalent.

Une dernière question devrait se poser à nous, à ce stade, laquelle serait de déterminer pourquoi la France — pays du cartésianisme — est de loin le pays d'Europe (selon les statistiques encore une fois !) où l'homéopathie est la plus florissante, sauf à adopter l'hypothèse proposée par Élie Faure selon laquelle chaque entité nationale surcompense ses excès par un excès inverse, ce qui nous amènerait à nous interroger sur le besoin croissant que nous éprouvons dans l'Hexagone de nous fier à autre chose qu'à cette parodie de rationalité qu'est la scientificité dominante.

Je n'avais jamais essayé l'homéopathie jusqu'à ce jour — il y a une quinzaine d'années désormais — où, résidant alors dans la campagne aveyronnaise et souffrant d'un rhume des foins persistant, je décidai, me fiant à la seule recommandation du bottin, d'aller consulter le médecin allopathe-homéopathe le plus proche. Après que j'eus patienté un certain temps dans une salle d'attente spacieuse dont les fenêtres ouvertes donnaient sur la campagne d'été environnante, de subtiles fragrances champêtres pénétrant mes narines, un petit personnage à barbiche, sosie du professeur Tournesol, me fit pénétrer dans son cabinet dont les murs étaient couverts de boiseries anciennes et sur les parois vernissées desquelles apparaissait une série d'aquarelles représentant des paysages analogues à ceux que je venais d'apercevoir. Sur les meubles à tiroirs, dans une série de boîtes en verre, des maquettes de voiliers paraissaient attendre un quelconque appareillage au cœur des mappemondes fixées au mur. L'avatar de Tournesol, peu loquace, me posa alors de façon distante, presque désabusée, une série de questions incongrues qui renforça mon impression d'avoir intégré si ce n'est l'atmosphère d'un album d'Hergé du moins celle d'un roman fantastique anglais, ce dont je sentis déjà assez nettement l'effet lénitif. Après un bon quart d'heure, son investigation terminée, et toujours sans rien m'expliquer, il sortit deux feuilles d'ordonnance et, griffonnant sur chacune d'elles quelques formules, me les tendit en disant :

— Voilà, essayez d'abord ces gélules homéopathiques, matin et soir, et si ça ne marche pas, prenez cet antihistaminique qui est malheureusement un peu soporifique. Enfin, vous verrez bien, espérons, en tout cas, que l'homéopathie vous convienne !

Curieusement, le scepticisme avec lequel il semblait considérer sa propre pratique homéopathique me donna une grande confiance en lui et je saisis intuitivement — au-delà ou en deçà de ce qui avait été dit — quelle sorte de recommandation le professeur Tournesol voulait me transmettre à travers son ton dubitatif affiché. Le tout était de savoir si je voulais y souscrire ou non, et pourquoi ne pas essayer après tout ?

Le fait est que lesdites gélules eurent sur moi, après une dizaine de jours et jusqu'à aujourd'hui, un effet thérapeutique inespéré.

Un de mes vieux camarades d'université, positiviste affirmé, victime lui aussi d'une allergie aux pollens, me confia ne supporter que très mal les antihistaminiques qu'on lui avait prescrits. Lorsque je lui proposai d'essayer pour une dizaine de jours — juste pour voir ! — ces gélules que j'avais sur moi, il me répondit avec une vivacité presque véhémente qu'il n'en était pas question, mais alors pas un instant ! Je ne pus m'empêcher de remarquer *in petto* que dans ce refus catégorique et sans nuances résidait une sorte d'effroi. La vérité, me parut-il, était qu'il était saisi d'une vraie frayeur à la seule pensée que *cela eût pu marcher*, ce qui eût vraisemblablement déclenché chez lui un réel vertige ontologique — remettant en question toutes les bases de sa foi en les vérités révélées de la chimie.

Il y a deux ans, en Bourgogne, je me suis réveillé un matin avec une sensation de brûlure dans le dos. Lorsque je parvins à examiner dans le miroir d'où provenait cette étrange douleur, je sus tout de suite, en apercevant ces vésicules dont j'avais entendu parler par des amis, que j'avais contracté un zona. Sachant aussi à quel point cela pouvait s'avérer douloureux et traîner en longueur si des moyens appropriés n'étaient pas employés, j'appelai immédiatement mon médecin à Paris qui me dit :

— Tu sais à quel point je ne crois normalement pas à tout ça ! Néanmoins, dans ce cas, je sais par expérience, oui je dois l'admettre à force de recueillir des témoignages de mes patients, qu'il n'y a qu'une seule chose qui marche vraiment : si tu connais un rebouteux-magnétiseur dans ton coin, n'hésite pas, vas-y ! Tout le reste marchera moyennement et ne fera que prolonger le problème.

Il se trouvait que j'avais entendu parler de l'un d'entre eux officiant dans un village du Morvan. J'obtins son numéro de téléphone et l'appelai. Il me dit que pour un zona il me fallait venir le plus tôt possible et prévoir de revenir le lendemain et le surlendemain à la même heure. Je consultai la carte, dénichai le lieu-dit et me mis en route. Après avoir viré de droite et de gauche à n'en plus finir pendant une bonne heure en suivant des routes tortueuses de montagne, je finis par arriver dans un minuscule hameau au milieu d'une forêt de sapins et trouvai l'ancienne cour de ferme envahie par les herbes folles qui m'avait été indiquée. Trois chats se chauffaient au soleil non loin d'un gros chien débonnaire qui ouvrit un œil à mon approche et le referma immédiatement. Dans de vastes hangars désaffectés rouillaient une bonne dizaine de machines, des hirondelles ne cessaient de faire de rapides allers-retours entre les poutres de la charpente et une grande mare où se prélassaient une bande de canards, non loin d'un bosquet de sureaux. Quelques fleurs poussaient dans des bacs de bois et de la vigne vierge recouvrait presque entièrement la plus grande partie des bâtiments. Je sonnai longuement comme on me l'avait recommandé. Au bout de quelques minutes, un petit vieillard sec au visage buriné m'entrouvrit la porte, s'enquérant avec méfiance si j'étais bien monsieur Denis. Puis il me fit entrer dans un vestibule où étaient accrochés deux fusils de chasse au-dessus d'une paire de bottes et d'une série de paniers en osier emplis d'herbes séchées indistinctes. Enfin, me précédant, il me fit pénétrer dans une cuisine de ferme classique où, devant une cheminée de plain-pied, s'étirait la table de repas et où trônait une horloge à balancier qui semblait rythmer le silence à une cadence inconnue du temps lui-même.

Il me fit déshabiller, puis examina mon dos et me dit :

— Oui. Pas d'doute, c'est bien un zona. Bon ! Vous savez, moi, je m'en va essayer. Ça marchera ou ça marchera pas ! Tout ce que j'peux vous dire c'est que de toutes les manières, ça pourra pas vous faire de mal. Avec d'autres ça a souvent marché. Bon, tournez-vous et asseyez-vous là su'le tabouret.

Il s'assit sur une chaise derrière moi puis, sans me toucher et sans rien dire, plaça ses mains juste au-dessus de la zone douloureuse dans mon dos. Au bout de quelques minutes, je sentis une chaleur émaner de ses mains, laquelle devint de plus en plus intense. À ce moment, il me dit :

— Vous sentez ? J'suis en train de tout prendre, ça marche !

La chaleur décrut progressivement et soudain, il ôta prestement ses mains en les secouant énergiquement, puis alla les laver à l'évier de granit un peu plus loin. Il me dit :

— Ça a l'air d'marcher, rev'nez demain à la même heure, sans faute, hein ?

Lorsque je lui demandai combien je lui devais, il répondit :

— On donne ce qu'on veut, mais vous paierez à la fin, allez-y maintenant, passque ça me fatigue beaucoup c't'affaire et il faut que j'dorme un peu maintenant.

Je revins donc le lendemain et le surlendemain, comme il l'avait prescrit, et chaque fois il m'imposa les mains pendant un petit quart d'heure et chaque fois, je sentis une chaleur intense me gagner. Pendant qu'il officiait, j'entendais l'horloge tic-taquer dans le silence de la ferme et l'impression dominante était d'avoir glissé dans une faille du temps ordinaire, telle Alice dans son terrier.

Le dernier jour, je laissai la somme, fort modique, indiquée par l'amie qui m'avait recommandé le bonhomme, et nous commençâmes de causer un peu. Il me raconta qu'il était né ici dans la ferme de ses parents et qu'il y avait travaillé jusqu'à sa retraite. Son don, il l'avait découvert assez jeune, tout à fait par hasard :

— Une vache de mes parents s'était démis quelque chose à la patte arrière, là-bas dans l'étable, et elle paraissait souffrir beaucoup. Mes parents avaient appelé le vétérinaire qui avait promis de passer l'lendemain. Mais le gosse que j'étais supportait absolument pas d'voir souffrir les bêtes. Alors dans la nuit, quand mes parents et mes sœurs ont été couchés, j'suis allé la voir et mes mains, comme si elles m'appartenaient plus, comme si elles savaient, se sont portées tout de suite sur l'endroit qui paraissait douloureux et j'ai commencé de tâter les tendons et les muscles et là j'ai senti une sorte de nœud, alors j'ai massé jusqu'à ce qu'il disparaisse, et j'ai senti l'animal se relâcher, s'apaiser, voyez ! Et l'lendemain quand le vétérinaire est venu il a dit qu'on l'avait fait venir pour rien. Mon père il y comprenait rien, parce que lui qui connaissait bien son bétail, il était sûr que la vache s'était fait mal... Moi, j'ai rien dit, parce que je savais que mon père n'voulait surtout pas entendre parler de ces choses-là, mais alors là pas du tout ! Moderne, qu'y disait qu'il fallait être ! Ensuite j'ai pris l'habitude de faire ça en douce dans des cas pareils, et mon père n'y voyait que du feu. Sauf que ma mère, elle, elle avait compris et un jour qu'un voisin s'était démis l'épaule, elle m'a demandé discrètement d'aller le voir et j'lui ai remis l'épaule d'la même façon, comme ça, en sentant les choses... comprenez... Puis j'ai continué comme ça, et j'ai même découvert que j'avais hérité du don et que j'pouvais aussi aider les gens sans les toucher. Comme vous. Voilà ! Mais n'en parlez pas trop autour de vous, j'fais ça pour aider et j'voudrais pas avoir d'ennuis...

Le fait est que je fus guéri en quelques jours de mon zona et qu'il n'eut aucune séquelle.

Lorsqu'il m'arrive de repenser à cet épisode, je me remémore l'itinéraire à travers la montagne, les prés montant vers les sapins, les torrents et les nuages blancs roulant sur les cimes des arbres, puis je revois la cour de ferme, les hangars endormis, les chats, le chien, la salle à manger austère avec son évier de pierre, l'horloge rythmant le silence... et je songe que tous ces éléments — constitutifs du *vieux petit temps* cher à Alexandre Vialatte — participaient, eux aussi, de ce que j'ai envie d'appeler une *discrète synchronie thérapeutique*.

Je ne puis douter que je doute, donc je suis !

« Le doute absolu que demande Descartes ne peut pas plus s'obtenir dans le cerveau de l'homme que le vide dans la nature, et l'opération spirituelle par laquelle il aurait lieu serait, comme l'effet de la machine pneumatique, une situation exceptionnelle et monstrueuse. »

Honoré DE BALZAC*

« La philosophie cartésienne ayant éliminé de la science les opinions traditionnelles, la raison construit ce qu'elle veut. »

Hélène METZGER**

De même qu'on raconte que Karl Marx aurait dit, après avoir participé à l'une des internationales communistes, qu'il n'était décidément pas « marxiste », il est presque certain que Descartes — effrayé par le matérialisme universel déclenché par sa méthode — aurait affirmé *post mortem* qu'il n'était nullement « cartésien ». En réalité, et c'est pourquoi je ferai appel ici à Alexandre Koyré (sans conteste le plus brillant des épistémologues français) qui pensait que toute innovation de la pensée demanderait — avant qu'on soit en mesure d'en extrapoler la moindre théorie — à être examinée sous un éclairage « perspectiviste », c'est-à-dire à la lumière de son contexte historique et culturel précis. À cette aune, il serait intéressant de se remémorer qu'à l'époque de son apparition

* Honoré de Balzac, *Une ténébreuse affaire*, 1841.
** Hélène Metzger, *La Genèse de la science des cristaux*, 1918, p. 145.

« tout le système cartésien [était] suspendu à l'idée d'un Dieu tout-puissant* » et aussi qu'« il y [avait] un lien étroit entre le doute et les preuves cartésiennes de l'existence de Dieu** ». Ceux qui ont développé par la suite les méditations cartésiennes se sont empressés de l'oublier pour mieux donner libre cours à un rationalisme d'autant plus brillant qu'il était merveilleusement délivré de ses prémisses embarrassantes et à vrai dire d'autant plus libre aussi d'échafauder un ordre du monde soumis aux désirs d'émancipation de la bourgeoisie montante, comme le souligne ironiquement Hélène Metzger dans la phrase citée en épigraphe. Ce faisant, les « complaisances infinies de la logique » perfectionnées et sophistiquées au fil du temps par les cartésiens avides d'émancipation, nous acculeront à ce vide pneumatique*** dénoncé par Balzac, lequel vide nous a manifestement conduits jusqu'à la monstrueuse apesanteur existentielle caractérisant l'état spirituel du monde d'aujourd'hui.

Parvenus là où nous en sommes, il me semble difficile de faire l'économie de deux longs extraits d'un essai d'Alexandre Koyré. Ce texte qui m'a hanté jusqu'à aujourd'hui me paraît la plus brillante démonstration anticartésienne jamais écrite. Mais il est plus que cela, il est aussi une excellente

* Étienne Gilson, *L'Esprit de la philosophie médiévale*, tome I, 1931, p. 14.

** Jean Lacroix, *Marxisme, existentialisme et personnalisme*, PUF, 1949, p. 90.

*** N'oublions pas, en l'occurrence, que le *pneuma* chez les Grecs anciens désignait « l'âme ». Par ailleurs, comme le dit approximativement Kant : « La colombe pense sans doute qu'elle volerait plus aisément dans le vide sans la résistance de l'air. »

réfutation de l'idéal géométrico-mathématique qui anime notre pensée scientifique moderne :

> En effet, comment Descartes a-t-il effectué sa révolution scientifique, bannissant du réel les qualités, les formes et les forces, les âmes végétatives, les puissances vitales, etc. de la physique médiévale, et affirmé dans le monde (physique) le règne universel du mécanisme ? Il a, on s'en souvient, exclu de la science tout ce qui n'était pas « idée claire », ce qui veut dire, pour lui, toute idée « abstraite » du sensible, toute idée qui en porte la trace. N'est clair, c'est-à-dire entièrement pénétrable à l'esprit, que ce que l'intelligence conçoit *sans aucun concours de l'imagination et du sens*. Ce qui, pratiquement, veut dire : n'est clair que ce qui est mathématique ou, du moins, mathématisable*.
>
> Mais quel droit avons-nous de conclure de l'idée à la chose, ainsi que le veut la logique cartésienne ? La clarté d'une idée nous confère-t-elle ce droit ? Elle pourrait, après tout, n'avoir qu'une valeur subjective, et l'idée claire, claire pour nous, pourrait fort bien n'avoir avec la réalité, la réalité telle qu'elle est en elle-même, qu'un rapport très lointain ; et même, n'en avoir pas du tout. Surtout si, comme nous l'affirme Descartes, c'est dans son propre fonds que la trouve l'esprit. Après tout, la clarté d'une idée est une chose ; l'existence réelle de son objet en est une autre**.

* Note de Koyré : « L'idée de la vie n'étant pas claire et distincte n'a pas de place dans la science, et la vie elle même n'a, par conséquent, pas de place propre dans l'univers cartésien. Entre la pensée et l'étendue, il n'y a rien. »

** Note de Koyré : « Nous pouvons fort bien avoir des idées, et même claires, de choses qui pourtant n'existent pas et même, ne peuvent pas exister. Ainsi, sans parler des objets de la géométrie — des triangles, des cercles et des lignes —, n'avons-nous pas une idée très claire du mouvement rectiligne ? Or, s'ensuit-il que de tels mouvements existent dans le monde réel ? »

La clarté d'une idée la distingue pour notre raison. Mais comment pouvons-nous être sûrs que l'être réel se conforme à ses exigences ? Et si, par hasard, le réel était justement obscur, irrationnel, incompréhensible et impénétrable pour la raison ?

Or, c'est en vertu du privilège des idées claires que Descartes exclut du monde réel, du monde tel qu'il existe en lui-même, indépendamment de nous et de notre raison, toute qualité sensible, toute force vitale, toute forme naturelle, bref, tout ce qui n'est pas mécanique, et le réduit à n'être qu'étendue et mouvement. En a-t-il le droit ? Ce n'est pas là une question superflue. Ni même périmée. C'est là tout le problème du bon droit du mathématisme. Un problème qui est bien à l'ordre du jour.

Songeons-y : Descartes nous enseigne que pour bien connaître le réel physique tel qu'il est en lui-même, tel qu'il est en dehors de nous, il nous faut tout d'abord récuser tout apport et tout renseignement qui nous viennent ou nous semblent venir du dehors ; c'est-à-dire, tout apport et tout renseignement qui nous viennent de la perception sensible, qui ne pourraient que nous induire en erreur ; qu'il nous faut faire table rase de notre monde habituel — le sens commun, voilà l'ennemi ! — et exclure du réel tout ce qui communément nous semble en faire partie : la couleur, la chaleur, et même la dureté et le poids.

Pour connaître le réel, il faut commencer par fermer les yeux, boucher les oreilles, renoncer au toucher ; il nous faut, au contraire, nous tourner vers nous-mêmes, et chercher, dans notre entendement, des idées qui *soient claires pour lui*. C'est ainsi que l'on trouve les fondements de la science naturelle et découvre le langage que parle la nature. Et c'est dans ce langage — celui des mathématiques — que la nature répondra aux questions que dans ses expériences, la science pourra lui poser.

> N'est-ce pas là quelque chose d'étrange ? Et même d'extrêmement peu croyable et de paradoxal ?
>
> [...]
>
> Une science du type aristotélicien, qui part du sens commun et se fonde sur la perception sensible, n'a pas besoin de s'appuyer à une métaphysique. Elle y conduit. Elle n'en part pas. Une science du type cartésien, qui postule la valeur réelle du mathématisme, qui construit une physique géométrique ne peut se passer d'une métaphysique. Et même ne peut commencer que par elle. Descartes le savait. Et Platon, qui avait, le premier, esquissé une science de ce type, le savait également.
>
> Nous l'avons oublié. Notre science avance sans beaucoup s'occuper de ses propres fondements. Le succès lui suffit. Jusqu'au jour où une « crise » — une « crise » des principes — lui révèle qu'il lui manque quelque chose : notamment de comprendre ce qu'elle fait*.

« Et si, *par hasard*, le réel était justement obscur, irrationnel, incompréhensible et impénétrable pour la raison ? » questionne Koyré. Personnellement, c'est à un certain usage de la raison — celui qu'il dénonce justement — que j'adresserai ce reproche. Notre rationalité actuelle, structurée, axiomatisée comme elle l'est, ne fait que nous entraîner dans une folle abstraction, un espace artificiel de plus en plus perfectionné où, précisément, les triangles, les cercles, les lignes impeccablement droites et les mouvements rectilignes (que notre pensée imite d'ailleurs dans son indigente linéarité) deviennent, par le biais de l'urbanisation planifiée, de l'architecture fonctionnelle

* Alexandre Koyré, *Introduction à la lecture de Platon*, Gallimard, 1964, p. 210.

et de la logique à sens unique, une réalité de plus en plus prégnante et dont nous finissons par oublier qu'elle a perdu tout lien avec le réel naturel.

S'il est pourtant un aspect de la pensée de Descartes qui doit continuer de nous enseigner, par-delà le « cartésianisme », un sain usage de la raison (m'a-t-il semblé du moins à travers ma méthode de lecture « touristique »), c'est probablement dans la pensée de Husserl que nous le trouverons (Edmund Husserl qui fut, soit dit en passant, le professeur de Koyré à Göttingen dans les années 1900). La phénoménologie husserlienne me paraît, en effet, mettre en relief le point crucial de l'innovation cartésienne : l'usage du doute méthodique ; doute méthodique qui nous invite à essayer de démêler l'écheveau des causes complexes et plurielles produisant les événements, créant les idées et formant les opinions. Il s'agit, en fait, d'une tentative d'établir la généalogie de nos influences et préventions éducationnelles aboutissant à la représentation que nous nous faisons d'un objet quelconque, y compris lorsque nous l'avons sous les yeux et le regardons intensément (souvenons-nous du *géométral de perspective*).

Or si Husserl, comme on le sait, fonde sur le *cogito* cartésien (qu'il reformule à sa manière : « Je ne puis douter que je doute, donc je suis »), il lui adjoint une spécificité de taille, qui est sa grande innovation et qu'il nomme « l'intentionnalité », désignant par là le caractère fondamentalement orienté de la conscience vis-à-vis d'un objet quel qu'il soit ; toute perception que nous avons des choses étant fatalement toujours anticipation préalable de ce que nous aimerions ou avons coutume de percevoir sous l'effet hallucinatoire de nos désirs. D'où, selon lui, la nécessité, pour atteindre à une certaine objectivité, d'opérer de prime abord ce qu'il appelle « une suspension de jugement », laquelle par la suite, et selon un processus psychologique rigoureux, nous permet de procéder à cette « réduction eidétique » qui nous autoriserait seulement alors à prétendre nous approcher de la réalité « essentielle » des choses — physiques ou mentales. Cette pratique d'examen minutieux de nos propres perceptions et présupposés devant conduire le phénoménologue à isoler ce qui constitue le noyau de l'être pensant et qu'il appelle le moi transcendantal. Cette mise en abyme et ce relativisme intégral perpétuellement implosifs et vertigineux ne pouvaient connaître, on le devine, de résolution finale et ne se concevaient, comme Husserl l'avait lui-même compris, que dans une perspective d'éternel (re) commencement*.

* Cette quête d'un élément atomique de plus en plus primordial, d'une sorte de *deus absconditus* infinitésimal, me fait penser non seulement au style de pensée de la mécanique quantique qui cherchait à détecter des particules élémentaires de plus en fines et déterminantes, mais aussi à celui de la recherche actuelle dans le domaine de la physique des particules, laquelle prétend sans cesse avoir *enfin* isolé quelque chose de plus primaire et de plus décisif encore, ainsi tout dernièrement du dernier-né : le boson de Higgs ! Or, si on a pris la peine de lire un tant soit peu *Le Monde comme volonté et représentation* de Schopenhauer — où est magistralement démontrée, selon moi, l'irréductibilité finale de cette sorte de quête spectrale —, on ne peut que considérer cette perpétuelle descente dans l'infiniment petit que sous un aspect comique à la Micromégas de Voltaire. Il est inscrit dans le style même de celle-ci qu'elle ne saurait avoir de fin et ressemble à cette variante chinoise du paradoxe d'Achille et la tortue : « Raccourcis chaque jour un bâton de moitié et tu n'en verras jamais la fin. »

> Le plus grand enseignement de la réduction est l'impossibilité d'une réduction complète. Voilà pourquoi Husserl s'interroge toujours de nouveau sur la possibilité de réduction. Si nous étions l'esprit absolu, la réduction ne serait pas problématique. Mais, puisqu'au contraire nous sommes au monde, puisque même nos réflexions prennent place dans le flux temporel qu'elles cherchent à capter, il n'y a pas de pensée qui embrasse toute notre pensée. Le philosophe, disent encore les inédits, est un commençant perpétuel. Cela veut dire qu'il ne tient rien pour acquis de ce que les hommes ou les savants croient savoir. Cela veut dire aussi que la philosophie ne doit pas elle-même se tenir pour acquise dans ce qu'elle a pu dire de vrai, qu'elle est une expérience renouvelée de son propre commencement, qu'elle consiste tout entière à décrire ce commencement et enfin, que la réflexion radicale est conscience de sa propre dépendance à l'égard d'une vie irréfléchie qui est sa situation initiale, constante et finale*.

Voilà ce que nous dit Maurice Merleau-Ponty de la réduction phénoménologique, et je dois avouer que, parvenu à ce degré d'abstraction, je commence à être saisi d'une sorte de torpeur au sein de laquelle les concepts se compénètrent, s'engendrent les uns les autres et se métamorphosent… je crois alors apercevoir Little Nemo flanqué de Flip, son éternel cigare au bec, m'attendant pour me faire pénétrer plus avant au royaume de Slumberland…

* Un passage dont je n'ai pas pris la peine, encore une fois — à cette époque lointaine où je ne prenais des notes que pour mon édification personnelle — de noter les références.

Le vertige du mille-pattes

« Une question presque insondable, où nous ne nous arrêterons pas, est de savoir jusqu'à quel point nos moyens de raisonnement offrent, par essence, le caractère de règles du jeu, autrement dit, ne sont valables que dans un certain cadre intellectuel, où on les tient pour impérieux. Y aura-t-il toujours dans la logique en général, et dans le syllogisme en particulier, une convention ludique tacite par laquelle on tient compte de la valeur des catégories et des concepts comme des pions et des cases d'un échiquier ? »

Johan HUIZINGA*

J'ai eu pendant longtemps un ami phénoménologue que j'avais rencontré dans mon club d'échecs. Bien qu'il fût nettement plus fort que moi à ce jeu, nous avions pris l'habitude de nous entraîner ensemble et nos rencontres avaient lieu dans mon petit appartement sous les toits. Côme, ainsi qu'il se prénommait, était issu des beaux quartiers. Agrégé de philosophie, il avait opté pour le professorat et avait été — ainsi qu'il semble que ce soit la coutume — immédiatement expédié en grande banlieue, à La Courneuve, où son extrême myopie, sa méticulosité scrupuleuse, sa politesse exquise et hors d'âge lui avaient immédiatement valu les pires ennuis. Tout à fait incapable de se faire respecter et de modifier quelque peu son style compassé, il avait donc entamé sa carrière d'enseignant par une dépression nerveuse après seulement six mois d'exercice ; puis, au terme de

* Johan Huizinga, *Homo ludens*.

la deuxième année, sans cesse débordé par ses élèves, il avait donné sa démission. Retourné vivre chez ses vieux parents, d'ailleurs fort heureux de l'héberger, il avait alors décidé, à près de quarante ans, de perfectionner sa technique échiquéenne (ce dont il me faisait profiter) tout en poursuivant ses études phénoménologiques.

Il me faut d'abord préciser qu'il était d'une honnêteté intellectuelle tellement maniaque que la moindre controverse pouvait donner lieu à un silence de plusieurs minutes de sa part, suivi d'une déclaration de ce genre :

— Heuh... Là, Denis, on va devoir s'arrêter car l'argument que tu viens de me présenter me surprend tout à fait. Je n'avais jamais envisagé la chose sous cet angle... Comme je ne voudrais pas dire trop de bêtises, vois-tu, il faut que j'y réfléchisse. Aussi je vais te quitter, et je reviendrai après-demain pour te dire ce que j'en ai pensé.

Sur quoi, il se levait et s'en allait.

Le surlendemain, il revenait comme promis et se lançait immédiatement dans une exposition détaillée de sa réponse ou bien même, de temps à autre, avouait qu'il n'avait pas trouvé à redire à ce que j'avais avancé, ce dont il fallait conclure que j'avais probablement raison, du moins momentanément. J'avais bien essayé à plusieurs reprises de lui expliquer ma conception « esthétisante » et dilettante de la philosophie, mais il ne voulait pas en tenir compte et continuait de faire comme si, de chacun de nos échanges, dépendait en quelque sorte le destin ultérieur de la spiritualité occidentale.

Aux échecs, sa minutie prenait souvent des allures si rigoureuses qu'elle contrariait un tant soit peu l'esprit ludique auquel mon tempérament inclinait. Comme il refusait catégoriquement — de peur de gâter son style — de jouer le moindre « blitz », nous avions adopté la cadence de quarante-cinq minutes chacun. Nous jouions rapidement les dix à douze coups d'ouverture, puis je commençais, pour ma part, de prendre plusieurs minutes de réflexion avant chaque nouveau mouvement, essayant de trouver une stratégie appropriée à la position. Il en faisait de même jusqu'au moment où, prenant son menton dans ses mains et fixant intensément l'échiquier, il paraissait tomber en catalepsie et cela pendant une bonne demiheure, parfois plus. Ce temps écoulé, il paraissait soudain s'extirper d'un songe profond et jouait son coup avec fermeté, puis, après ma propre réponse qui, sous le coup de l'impatience, ne tardait pas trop, il jouait tous ses coups « tempo » jusqu'à la victoire finale, la vérité étant qu'il avait anticipé et calculé avec minutie les moindres de mes éventuelles réponses. Comme il était extrêmement rare que j'aie pu, de mon côté, échafauder une tactique susceptible de le surprendre, il n'avait plus qu'à dérouler ce qu'il avait calculé avec soin durant les trente minutes qu'il s'était accordées.

J'avais beau lui faire valoir que cette manière de jouer, outre qu'elle ne me laissait que peu de chances de gagner, n'était pas très attrayante pour moi puisqu'elle me contraignait à attendre pendant une demi-heure sans jouer, il me rétorquait, à juste titre, que je n'avais qu'à en user de même — ce dont j'étais incapable…

Cependant, et c'est là ce que je veux raconter, sa minutie proverbiale prit un tour vraiment aigu et presque inquiétant du jour où il décida

— parallèlement aux échecs — d'appliquer une sorte de réduction eidétique à la littérature qu'il affectionnait. Nos rencontres prirent alors une tournure fort différente. Côme n'accepta plus de jouer qu'une seule partie, au cours de laquelle il ne se concentrait plus comme auparavant et qu'il lui arrivait même de perdre, refusant ensuite d'analyser, me privant ainsi du bénéfice de son précieux enseignement. Mais rien à faire ! Cela ne l'intéressait plus, ce qu'il voulait c'était me parler de sa fameuse « réduction eidétique » appliquée au domaine littéraire. Son champ d'étude s'étant focalisé sur le domaine romanesque, il me narrait en détail, et avec un luxe de précisions tout phénoménologique, la progression scrupuleuse de ses analyses. Il me décortiquait non seulement la teneur des moindres phrases, les mots clés, la syntaxe et le style — m'étourdissant au passage de locutions grammaticales savantes —, mais me faisait aussi le récit pointilliste de l'examen introspectif de ses moindres impressions afférentes, lesquelles étaient elles-mêmes ensuite examinées au microscope de sa méticulosité !

Bien que les relations ultra-détaillées de son aventure intellectuelle fussent un brin fastidieuses, elles ne manquaient nullement d'intérêt et étaient même — si je faisais l'effort de m'en pénétrer — aussi instructives que ses analyses échiquéennes. Un jour cependant, je le vis arriver avec un air soucieux et refusant d'emblée de jouer notre partie rituelle, il me tint ce discours :

— Vois-tu, Denis, je suis parvenu à un point crucial de ma recherche et le fait est que j'hésite à franchir ce cap. Tu vas comprendre pourquoi. As-tu jamais essayé en lisant un livre de repérer à quelles images intérieures se rapportaient les descriptions que te propose l'auteur ? Prenons une description d'une salle d'auberge par Balzac, pour commencer. Si tu parviens à te concentrer suffisamment, tu t'aperçois très vite que l'endroit que les mots font apparaître sur ton écran mental est un lieu que tu connais déjà, une salle de restaurant où tu as l'habitude de te rendre, par exemple, et si tu te concentres mieux encore, tu prends conscience que cette salle que tu imagines est, en fait, composée de plusieurs éléments surajoutés et provenant d'autres salles de restaurant où tu t'es trouvé un jour dans ton existence, et auxquelles se trouvent encore accolées de multiples nouvelles réminiscences s'imbriquant les unes aux autres, le tout ressemblant alors à l'une de ces étranges et légèrement monstrueuses compositions d'Arcimboldo. Ce n'est pas tout, car si tu procèdes à la même analyse avec les personnages, tu réalises qu'eux aussi sont formés de combinaisons improbables et tout aussi fantaisistes. Dès l'instant où un personnage est mentionné et commence à agir, tu ne peux faire autrement que de lui allouer un visage et une allure empruntés à l'arsenal de ta mémoire. Or, si tu y réfléchis bien, cette composition de notre imaginaire ne nous apporte jamais rien de nouveau, ce ne sont que des bribes d'images qui nous appartiennent déjà, qui font partie de notre vécu personnel et que nous plaquons sur des personnes et des situations censées être nouvelles, inconnues de nous, voire inattendues, mais il n'en est rien. Nous fabriquons tout avec du déjà connu. Il y a donc là — au niveau philosophique — une limite de la littérature qui se profile, car nous ne faisons jamais que ressasser de vieux préjugés, de vieilles images, toute une série de cartes postales intimes qui ne font que nous ramener à nous-mêmes et ne nous permettent jamais de sortir du cercle vicieux de notre personnalité individuelle. Et je subodore que le même genre d'analyses pourraient être menées en ce qui concerne nos idées ; elles nous montreraient alors à quel point nous sommes sans cesse soumis à des tautologies intimes dont il nous est presque impossible de nous évader. Aussi, lorsqu'on nous parle de littérature d'évasion, cela prête à sourire, non ? Et puis dans l'ensemble tout cela ne te semble-t-il pas décourageant ?

Un peu abasourdi par ce discours auquel je ne m'attendais pas, je ne sus que bredouiller sur l'instant :

— Mais, Côme, personne ne pense à cela !

Réponse qui me fit immédiatement l'effet d'avoir moi-même, à mon insu, repris le rôle de l'oncle Toby dans *Vie et opinions de Tristram Shandy* de Laurence Sterne, lequel, lorsque son frère lui expose l'une de ses chères théories philosophiques abstruses, répond invariablement : « Qui se préoccupe de cela ? » Un peu confus de m'être ainsi « tobytisé », j'ajoutai donc :

— À bien y réfléchir, oui, c'est un peu décourageant, mais peut-être que…

Cependant, parti comme il l'était, il ne me laissa pas terminer et poursuivit :

— Le pire dans cette affaire est que, par extension, j'ai fini par me rendre compte qu'on pouvait appliquer cette méthode à tout ce qui relève de notre imaginaire. Essaie donc, par exemple, de me dire ce que tu vois si je te demande d'imaginer une ville où tu n'es jamais allé. Vladivostok, par exemple. Tu n'y es jamais allé, n'est-ce pas ? Bon… Eh bien ! Des images vont apparaître malgré tout sur ton écran mental, que tu le veuilles ou non, et de quoi seront-elles faites ? Il y aura toujours un vieux manuel de géographie, un reportage quelconque, un documentaire où tu auras aperçu quelques vues de cette ville qui traînera dans ta mémoire et ce qui apparaîtra alors sera une sorte de composition rococo, un patchwork d'images plus ou moins mélangées et tremblotantes fabriquées avec ces bribes. Mieux, si je te demande de fermer les yeux et d'imaginer mon visage, là tout de suite, tu prendras conscience que ce que tu vois est fabriqué à peu près de la même manière et qu'il n'y a rien de précis dans tout cela. Il en est de même un peu pour tout, vois-tu ! Le temps du calendrier… pour prendre un nouvel exemple… Que te représentes-tu si je te demande ce que tu vois lorsque tu penses à ce que tu dois faire le mois prochain ?

Pour ma part, poursuivit-il sans attendre ma réponse, je m'aperçois que mon calendrier est de forme ovale, que les mois d'hiver sont tout à fait rétrécis et tous rassemblés dans le bas de l'ovale, serrés les uns contre les autres comme des oiseaux perchés sur un fil et que, par contre, les mois d'été, juillet, août et septembre, occupent à eux trois — au sommet de l'ovale — autant de place que les neuf autres mois. Et je sais pourquoi : parce que, lorsque j'étais enfant, il y avait trois mois de grandes vacances et ceux-ci m'apparaissaient comme un véritable continent temporel où une vie entièrement différente devenait possible… Et je prends conscience, c'est amusant, que le 15 août occupe le point suprême de cette figure ; d'ailleurs, la ligne du temps monte légèrement jusqu'à ce pic de l'année puis décline ensuite vers septembre en pente douce…

— Oui, c'est étonnant… Laisse-moi y réfléchir, oui, tu as raison, je réalise que mon calendrier personnel se conforme au modèle du calendrier des postes qui trônait dans la cuisine de mes parents…

— Voilà, c'est ce que je voulais te démontrer : nos images mentales sont incroyablement soumises à nos idiosyncrasies les plus personnelles, aux rencontres et événements fortuits qui auront été notre lot au cours de notre existence. Bref, au niveau de notre expérience, tout est subordonné à nos vieilles habitudes de pensée et aux décrets du hasard. Pourtant nous ne cessons de croire que nos idées sont originales et nous permettent de statuer sur une foule de choses dont nous n'avons qu'une représentation tout à fait incertaine et plutôt pauvre. N'est-ce pas inquiétant ?

— Oui, c'est peut-être assez inquiétant, surtout si l'on songe à tous ceux qui croient dur comme fer que leurs images sont plus réelles et moins hasardeuses que celles des autres… Mais dis-moi, d'un seul coup, cela me turlupine, qu'en est-il de la photo et du cinéma ? Là au moins on voit quelque chose de très précis et d'unique, non ?

— Oui, tu as raison, on a un peu l'impression que la photo nous permet de mieux nous représenter le réel, et dans une certaine mesure c'est vrai, sauf qu'un instantané est toujours une brève fraction, sous un éclairage donné, d'un temps toujours en mouvement ; ce n'est jamais qu'une fixation artificielle d'une vaste mobilité, et nous reconstruisons le tout avec un fragment. Cela me fait penser… Tu sais, je t'en ai déjà parlé, à ce que Husserl appelle le géométral de perspective.

— Oui, je m'en souviens très bien d'ailleurs.

— Avec le cinéma, c'est un peu différent, m'interrompit-il encore, passionné par son sujet, le mouvement est restitué et il est certain que l'illusion est beaucoup plus puissante — d'où notre engouement pour les salles obscures — mais en réalité, l'artifice n'y est que plus subtil, il concerne le cadrage, le choix du point de vue, l'éclairage, la longueur de la séquence, le son et des dizaines d'autres choses plus difficiles à analyser, mais qui constituent, là encore, un *écran* — pour jouer sur l'ambivalence du terme — qui transfigure le réel…

— Oui, Côme, tout cela est bien beau et bien vrai, mais la question est : à quel moment nous est-il donc permis d'apercevoir quelque chose de réel ?

— Ah ! tu vois, tu commences à devenir phénoménologue… Effectivement, c'est bien là la question et Husserl a cherché à lui donner une réponse. Il estime qu'il est peut-être possible de l'appréhender en démontant pièce à pièce tous ces écrans successifs, toutes ces facettes, à travers lesquels il se diffracte et nous apparaît de façon morcelée, bref, selon lui en dégageant l'essence des phénomènes à laquelle nous renvoient les aspects partiels qui nous apparaissent, laquelle essence serait alors une approche plus juste du réel…

— Je ne saisis pas bien.

— Oui, ça n'est pas très clair à vrai dire ! En fait, Husserl pensait pouvoir approcher ce réel en décrivant avec une précision drastique les choses telles qu'elles se présentent à la conscience, dans un premier temps, puis en en dégageant les éléments invariants, dans un deuxième. Ces invariants, il les comparait à des essences extraites des phénomènes et d'après lesquelles il eût été possible de repérer les structures de notre conscience, lesquelles pour finir nous auraient permis de dégager la structure rationnelle du monde lui-même... Tu vois, c'était un vaste projet, mais évidemment, d'une certaine manière, il ne pouvait pas aboutir !

— Comme beaucoup de ces vastes théories d'ailleurs, m'empressai-je de glisser, mais peut-être faut-il les juger uniquement du point de vue de leur beauté intellectuelle, car...

Mais Côme, une fois de plus, ne voulut pas écouter ma conception esthétique de la philosophie et il poursuivit, les yeux dans le vague :

— Cela me fait penser au fameux théorème d'indécidabilité ou d'incomplétude de Kurt Gödel...

— Oui, je n'ai jamais bien compris ce dont il s'agissait...

— Évidemment, très peu de gens peuvent aborder cela. Et je ne sais pas si je le peux davantage. Toutefois je peux toujours te dire ce que je crois en avoir compris, et surtout les conclusions personnelles que j'en tire. À vrai dire, un peu tout le monde croit pouvoir extrapoler au sujet des théories de Gödel, alors pourquoi pas moi ?

— Là, je t'approuve entièrement, d'autant plus qu'il y a tout à parier que ce type de raisonnement — mathématique ou pas — soit tout aussi chimérique que la plupart des élucubrations trop logiques et...

— Tu as d'autant plus raison, mon cher Denis, qu'il m'a semblé comprendre que Gödel a tant hanté l'imagination de ses collègues mathématiciens (un certain nombre en auraient fait des dépressions nerveuses) pour la raison — *inconcevable* à leurs yeux — qu'il semblait remettre en question l'exactitude des mathématiques elles-mêmes.

— Mais de quoi s'agit-il en gros ?

— Eh bien, les théorèmes de Gödel, car il y en a plusieurs, tendent à démontrer que toute théorie qui prétend formaliser l'ensemble des mathématiques, comme la théorie des ensembles par exemple, ne peut le faire à l'intérieur du cadre de cette théorie elle-même. D'où son « incomplétude ». Fallait-il alors en extrapoler qu'un discours mathématique ne pouvait posséder une valeur de vérité universelle ? En effet, sur quoi se fonder pour savoir si ce discours est cohérent, puisqu'il semble qu'on ne puisse pas y parvenir par des moyens purement internes aux mathématiques ? Peut-on donc, comme je te le disais, en extrapoler une telle conclusion ? Les théorèmes de Gödel ne donnent apparemment pas de réponse mais laissent planer un doute et concluent à une sorte d'« indécidabilité » à ce propos… Pour ma part, je te l'avoue, j'ai imaginé une application éventuelle des théorèmes de Gödel au domaine des échecs. Cela t'intéresse-t-il que je te l'expose ?

— Absolument, si ça n'est pas trop compliqué.

— Non, non, c'est une sorte d'hypothèse amusante. Le jeu d'échecs, avec ses trente-deux pièces et ses soixante-quatre cases, ne peut être « mathématiquement parlant » qu'un jeu fini dont un ordinateur idéal (il n'en existe cependant pas d'assez puissant à ce jour) pourrait calculer exhaustivement toutes les combinaisons possibles, n'est-ce pas ?

— Cela paraît logique.

— Eh bien précisément, si l'on applique le principe d'incomplétude ou d'indécidabilité gödelien, cela n'est pas aussi évident qu'on pourrait le croire, car il est alors permis d'estimer que les lois qui régissent des nombres d'une certaine grandeur ne soient pas automatiquement applicables à des nombres d'une grandeur nettement supérieure, qu'à partir d'un certain seuil puissent se produire des sauts qualitatifs au sein du quantitatif, des anomalies arithmétiques, des aberrations, bref, des sortes de trous noirs de la logique mathématique et qu'en conséquence, il serait plus honnête d'admettre que l'on ne sait absolument rien de ce qui peut se passer au-delà d'un certain seuil d'abstraction, enfin donc, que chercher à évaluer des nombres aussi énormes que ceux qui sont induits par de tels calculs s'apparenterait à ce que Kant appelait une antinomie de la pensée. Tu me suis ?

— Euh… difficilement mais rappelle-moi ce qu'est une antinomie pour Kant.

— Une antinomie pour Kant ? As-tu un dictionnaire Littré ici, car il en donne une excellente définition ?

— Oui, j'ai ça, dis-je.

J'allai chercher le Littré, trouvai la page et lus à haute voix : « En philosophie, nom donné par Kant à une contradiction naturelle, par conséquent inévitable, qui résulte non d'un raisonnement vicieux, mais des lois mêmes de la raison, toutes les fois que, franchissant les limites de l'expérience, nous voulons savoir de l'univers quelque chose d'absolu, étant alors dans l'alternative ou de ne pas répondre à l'idée de l'absolu ou de dépasser les limites de notre intelligence qui n'atteint pas les phénomènes. C'est ainsi que l'on peut soutenir à la fois par des arguments d'égale valeur que le monde est éternel et infini, ou qu'il a un commencement dans le temps et dans l'espace. »

— Je crois savoir, dis-je alors, où tu veux en venir...

— Eh bien oui, reprit-il, cette idée d'infini est l'antinomie type, puisque l'on doit fatalement s'arrêter d'y penser à un moment ou à un autre. Te rappelles-tu ces concours enfantins pour savoir qui compterait le plus longtemps ? Il me semble que ce genre de calculs, même par le biais d'un gigantesque calculateur électronique, ne peut se résumer qu'à ce type d'enfantillage... Et donc, pour en revenir aux échecs, je crois tout à fait licite de supputer que le fait de savoir si le jeu d'échecs est fini ou non est indécidable. Il demeure donc possible, du fait de ces mystérieuses conjectures de l'astronomie arithmétique, qu'il soit infini.

— En fait, ce que tu veux dire, derrière tout ça, c'est que les plus grands esprits ont presque toujours conclu à une sorte d'indécidabilité des choses les plus complexes, à un scepticisme prudent concernant les lointaines constellations spéculatives.

— À peu près ça, oui. Et d'ailleurs, les demi-savants, sur ces sujets, peuvent en arriver à des formulations extravagantes. Cela me rappelle un passage que j'ai noté pas plus tard que la semaine dernière dans ce carnet que j'ai sur moi en permanence. C'est dans un livre des années quarante intitulé *Le Jeu, la chance et les théories scientifiques modernes*. Au chapitre « Les lois du hasard », abordant les lois de la probabilité, l'auteur, un certain Émile Borel (de l'Institut !), nous informe qu'il faudrait des milliards de siècles pour que des gens effectuant des tirages au sort sur une série de quarante lettres aient une chance d'obtenir un mot cohérent ; puis il ajoute que dans les applications du calcul des probabilités à certaines questions de physique moléculaire, on rencontre des probabilités encore plus faibles que celles qu'il vient de mentionner. Par exemple… Mais attends ! Je vais te lire le passage, pour que tu ne manques pas le style de la démonstration… ce sera encore plus croustillant ! Voilà, je l'ai noté là. Poursuivant donc sur ces faibles probabilités, il dit :

> … elles équivalent à la probabilité pour qu'une armée de singes dactylographes, en tapotant au hasard pendant des journées entières sur des machines à écrire, arrivent à reconstituer exactement tous les volumes de notre bibliothèque nationale. Un tel miracle des singes dactylographes sera, à juste titre, regardé comme rigoureusement impossible. Il ne serait cependant pas difficile à un mathématicien de calculer le nombre de siècles au bout desquels on pourrait parier avec certitude que le miracle a été réalisé si les singes ont survécu et ont continué de taper sans arrêt sur les machines à écrire. Mais ce nombre de siècles serait tellement considérable que l'imagination humaine ne pourrait le concevoir et l'amas des feuilles de papier qu'il aurait fallu noircir serait si considérable qu'un amas de papier remplissant tout notre univers, jusqu'aux nébuleuses les plus lointaines, n'en représenterait qu'une bien faible partie.

Etc. Te rends-tu compte de l'extravagance de ce passage ? Sans en prendre conscience, ou si peu, ce cher « Émile de l'Institut » ajoute un nombre impressionnant de probabilités incertaines à la seule qu'il veut mettre en lumière : une armée de singes pour commencer, dactylographes de surcroît et tapotant des journées entières si ce n'est pendant des siècles — s'ils survivent ! —, puis des miracles, des machines à écrire suffisamment résistantes, des amas de papier astronomiques, la distance des nébuleuses les plus lointaines (dont nous ne savons rien en réalité), et pour finir cette certitude qu'il serait facile à un mathématicien de calculer un nombre aussi incommensurable ! C'est aussi abracadabrant encore une fois qu'un tableau d'Arcimboldo, mais le plus comique demeure la petite restriction qu'il se croit tout de même obligé de faire à propos de l'*éventuelle survie des singes*...

— Oui, c'est assez comique, dis-je, tu as raison, mais le plus significatif est le mode de pensée. La plupart du temps les esprits de ce type ne s'embarrassent pas des invraisemblances successives qu'ils accumulent... et, au fond, plutôt que de s'évertuer à vouloir argumenter contre eux sur leur terrain logique, il suffirait d'examiner le style de leur expression, leur syntaxe, le choix des images et des comparaisons, pour savoir que ce ne sont ni plus ni moins que des avatars du savant Cosinus égarés dans le labyrinthe de leurs abstractions et privés de la boussole du moindre bon sens. Les rencontrer en chair et en os est d'ailleurs souvent suffisant pour nous suggérer une légitime méfiance — surtout s'il s'agit de leur confier la liste des courses...

— Oui, et c'est là que je suis obligé de te donner raison quand tu parles de l'importance de l'esthétique dans les théories spéculatives. Si on se penchait sur l'allure générale des idées, bref si on était capable de les juger morphologiquement (comme le préconisait Spengler) tout autant que de fonder sur leur contenu, on perdrait sans doute moins de temps.

— Ah ! non seulement je vois que tu m'écoutes quand même, malgré tout... mais encore je suis heureux que tu y reviennes... Et tiens ! Par exemple ! La fameuse théorie du big bang en astrophysique, il suffit d'examiner l'expression elle-même et ensuite le style de l'argumentation pour savoir qu'elle n'a rien à envier, en réalité, aux plus naïves des théories « créationnistes » avancées par des adventistes américains illuminés : c'est du même tonneau.

— C'est sûr, c'est sûr... Mais dis-moi, Denis, nous avons dérivé et je n'ai pas pu t'expliquer mon souci actuel...

— Ah ! oui, vas-y, je t'écoute.

— Eh bien, vois-tu ! Le gros problème est qu'avec mon entreprise phénoménologique de dissection de mon propre imaginaire littéraire, ainsi que je te l'ai expliqué tout à l'heure, je n'arrive plus à lire une ligne, l'illusion ne joue plus pour moi, je suis immédiatement plongé dans un jeu de miroirs qui se répercutent les uns les autres, et je ne vois plus rien : je bute sur la page comme sur un mur de signes algébriques. En réalité, j'ai un peu peur d'avoir gâché mon plaisir et de devenir fou à force d'analyses subtiles. Qu'en penses-tu ?

— Ce que j'en pense, tu le sais plus ou moins en fait, mais tu veux que je te le répète : eh bien, je crois qu'il faut que tu acceptes de jouer !

— Mais je joue ! Aux échecs avec toi, par exemple !

— Je veux dire de façon générale… Côme ! Tu connais ma formule : il s'agit de jouer sérieusement sans prendre le jeu lui-même au sérieux. Il faut philosopher pour le plaisir d'exercer notre entendement sans pour autant prendre la philosophie au sérieux. Et puis, quand tu dis que tu joues avec moi, permets-moi d'en douter légèrement : quand tu t'isoles dans tes calculs pendant vingt minutes, j'ai plutôt l'impression que tu joues contre un adversaire idéal… qui me ressemble d'autant moins, d'ailleurs, que cela ne me laisse aucune chance de jamais l'emporter…

— En fait, tu voudrais qu'on ne prenne rien véritablement au sérieux ! C'est cela ?

— Pas tout à fait, car cela gâterait le jeu lui-même ; il y a des moments où il faut l'oublier pour que le jeu continue, mais avec la conscience plus ou moins confuse que ça n'est pas fondamentalement sérieux, puisque de toutes les façons tout est voué à l'anéantissement final. Tu te souviens de la formule d'Hemingway : « La vie est une chose trop importante pour qu'on la prenne au sérieux. »

— Tout cela est bien beau… mais moi, en attendant, je ne peux plus lire une ligne.

— Écoute, c'est assez simple, abandonne un peu tes chères études et au bout d'un moment, fais-moi confiance, la littérature viendra te reprendre par la main. Connais-tu la fable zen du crapaud facétieux qui demande au mille-pattes : « Dans quel ordre, veux-tu me dire, meus-tu tes pattes ? » Et l'on raconte que le mille-pattes se mit à tant réfléchir qu'il en resta définitivement paralysé.

— Bon d'accord, dit Côme, j'ai compris ! À la discrétion du hasard ! Règle la pendule sur cinq minutes et faisons un blitz !

« Il ne faut pas généraliser ! » est encore une généralisation…

> « Au contraire, le véritable exercice de la pensée nécessite de savoir généraliser correctement, ce qui est indéniablement fort difficile. Rien de plus fruste que cet adage contemporain : il ne faut pas généraliser ! Lequel arrête presque toujours toute discussion. »
>
> W.G. Sebald

Ce précepte « Il ne faut pas généraliser ! » m'est toujours apparu, à moi aussi, comme l'aveu d'une forme de brutalité mentale. Avec cette exclamation, il s'agit la plupart du temps, me semble-t-il, d'établir une corrélation tendancieuse entre généralisation correcte et généralisation abusive et, au bout du compte, de couper l'herbe sous le pied de celui qui cherche à s'extirper des idiosyncrasies particulières, auxquelles tant d'entre nous se cramponnent désespérément. Or, Sebald a raison de le souligner, le véritable problème demeure que généraliser correctement est fort difficile et n'est, en outre, pas donné à tout le monde. Il y faut non seulement un esprit clair (d'une clarté supralogique) et d'une extrême probité, mais encore un esprit qui soit suffisamment cultivé pour être en mesure de relier entre elles des entités en apparence irréductibles les unes aux autres. Cette faculté se cultive en effet : il s'agit d'une recherche de lucidité qui ne s'acquiert qu'à force d'exercices simultanés d'observation et d'introspection.

Pour ce faire, il ne faut jamais oublier le principe de précaution selon lequel la théorie que nous croyons pouvoir tirer du rapprochement que nous venons d'effectuer est probablement déjà inscrite en germe dans l'intention qui sous-tend notre perception; autrement dit, que cette théorie, aussi novatrice puisse-t-elle nous paraître, n'est *généralement* qu'une insidieuse tautologie de nos préventions préalables.

Ma navigation hasardeuse parmi les livres de philosophie a fini par me persuader qu'au bout du compte, même parmi les plus brillantes intelligences spéculatives, il existait peu d'esprits clairs, beaucoup de ces intelligences virtuoses finissant par s'ensorceler elles-mêmes avec de flamboyantes théories dont l'éclat et l'ingéniosité occultaient l'artificialité. La pensée taoïste le répète à satiété: « Qui veut briller n'éclaire pas ! » Il faudrait donc, pour être en mesure d'évaluer la solidité d'une pensée spéculative, se fonder sur d'autres critères que la séduction qu'elle opère de prime abord; il faudrait, je crois, développer en nous-mêmes un sixième sens *morphologique* qui nous permettrait d'éviter ce qui n'est que brillamment spécieux et cela afin d'en être véritablement « éclairé ».

Le philosophe espagnol Ortega y Gasset nous déclare à ce propos:

> L'homme à l'esprit clair est celui qui se libère de ces idées « fantasmagoriques », regarde la vie en face, et se rend compte que tout en elle est problématique, et se sent perdu. Vivre, c'est se sentir perdu; voilà la stricte vérité, et celui qui l'accepte a déjà commencé à se retrouver, à découvrir son authentique réalité, à aborder sur un terrain ferme.

Instinctivement, de même que le naufragé, il cherchera quelque chose où s'accrocher, et ce regard tragique, péremptoire, absolument véridique, car il s'agit de se sauver, lui fera ordonner le chaos de sa vie. Les idées des naufragés sont les seules idées vraies. Tout le reste est rhétorique, pose, tromperie intime. Celui qui ne se sent pas vraiment perdu se perd inexorablement, ne touche jamais de ses doigts la réalité propre.

Cette assertion est valable dans tous les domaines, même dans la science, bien que la science elle-même soit une fuite devant la vie. (La majorité des hommes de science se sont voués à elle par terreur d'affronter leur vie. Ce ne sont pas des esprits clairs ; de là leur gaucherie notoire devant n'importe quelle situation concrète.) Nos idées scientifiques ne valent que dans la mesure où nous nous sommes sentis perdus devant une question, que dans la mesure où nous avons bien vu son caractère problématique, que dans la mesure où nous comprenons que nous ne pouvons nous appuyer ni sur des idées reçues, ni sur des recettes, ni sur des sentences, ni sur des mots. Celui qui découvre une nouvelle vérité scientifique a dû brasser auparavant presque tout ce qu'il avait appris, et il arrive à cette nouvelle vérité les mains sanglantes d'avoir égorgé d'innombrables lieux communs*.

Il me semble que si les intelligences de type analytique acceptaient de se placer au service de celles qui ont la capacité de généraliser à bon escient, le monde s'en porterait nettement mieux. Évidemment une telle inversion de la hiérarchie institutionnelle, qui place au sommet de

* José Ortega y Gasset, *La Révolte des masses*, Stock, 1967, p. 104, traduit par Louis Parrot.

la pyramide sociale les cervelles brillantes mais égarées (du moins la plupart du temps) dans le labyrinthe des abstractions géométrico-mathématiques, relève de l'utopie la plus pure, mais Dieu merci, il nous reste encore la part du rêve!

Le premier à nous avertir de la future surévaluation de l'esprit géométrique fut Blaise Pascal pour qui Descartes (mais il ne désignait en fait que le cartésianisme) était « inutile et incertain » et à qui il opposait ce qu'il nommait « l'esprit de finesse »*. Rétablir cet esprit de finesse jusque dans l'évaluation des choses les plus précises devrait être notre premier souci. Henri Bergson, qui considérait que la vraie science — détournée dès l'origine par un esprit pragmatique et démagogique — n'avait jamais pu honorer ses promesses initiales, ne pensait pas autrement. Hélas! Ces quelques voix opposées à la doxa de la bourgeoisie industrielle montante n'ont jamais prévalu, emportées par la marée de la mécanisation universelle, laquelle a abouti de nos jours à cette foi indéfectible en la toute-puissance de ce que le commun nomme « le progrès » — foi qui, sous des apparences paisibles, confine en réalité au fanatisme le plus étroit et le plus destructeur.

Il existe pourtant encore quelques penseurs qui cherchent à nous ouvrir les yeux sur l'impasse dans laquelle notre fausse science nous entraîne.

* De façon générale, selon André Charrak, Pascal ne s'occupe pas de physique mathématique et anticipe l'idée que se fera Buffon selon laquelle les sciences mathématico-mécaniques « trahissent le penchant qu'ont les hommes à vouloir trouver de la ressemblance dans les objets les plus différents, de la régularité où il ne règne que la variété, et de l'ordre dans les choses qu'ils n'aperçoivent que confusément ».

Je veux citer ici un érudit tel que Pierre-André Taguieff qui, dans son livre nommé *Le Sens du progrès*, nous déclare :

> Plus précisément, dans le cadre de cette conception à la fois nécessitariste et naturaliste du progrès qu'élabore le philosophe anglais Herbert Spencer, la rhétorique de la confiance culmine dans un optimisme progressiste nourri de positivisme et de scientisme, attendant du progrès de la science et du développement de la société industrielle qu'ils satisfassent tous les besoins de l'homme. D'où l'apparition d'un type humain « moderne », le bourgeois matérialiste frotté de culture scientifique, content de lui et de son époque, un personnage d'une arrogante vulgarité jusque-là inconnue, disons le parvenu du Progrès, illustré dans la seconde moitié du « stupide XIXe siècle », par la série monotone des « Monsieur Homais » plus ou moins grotesques. Ce personnage satisfait est porté par la croyance que tous les problèmes de l'humanité vont être rapidement résolus, car il vit « au siècle de la science » qui est « le siècle du progrès », et que la science est « toujours bienfaisante ». À Pécuchet qui voit l'avenir de l'humanité en noir et annonce « la fin du monde par cessation du calorique », Bouvard, qui voit l'humanité en rose, réplique « qu'on ira dans les astres » et que « quand la terre sera usée, l'humanité déménagera dans les étoiles »*.

* En référence aux théories astronomiques à propos desquelles plus personne aujourd'hui n'oserait opposer le moindre scepticisme, il me semble utile de citer ce passage tiré d'un essai sur Husserl écrit par le phénoménologue belge Ludovic Robberechts (Éditions universitaires, Paris, 1964, p. 37 et 38) :

« Galilée donc — ses contemporains et ses innombrables successeurs jusqu'à nos jours — fut obnubilé par cette coïncidence que certains phénomènes de notre monde pouvaient être formulés au moyen d'éléments empruntés à la géométrie euclidienne. L'essor

La science se serait-elle fourvoyée ?

> « Loin de me réjouir lorsque je vois s'en aller quelque vieille erreur, je songe à l'erreur nouvelle qui viendra la remplacer et je me demande avec inquiétude si elle ne sera pas plus incommode et plus dangereuse que la précédente. »
>
> Anatole FRANCE

Pour justifier ce qui peut désormais apparaître comme une charge antirationaliste sans partage, j'aimerais spécifier ceci : mon scepticisme ne s'exerce qu'à l'encontre d'un certain usage de la raison. Je ne puis ignorer, en effet, que dès l'instant

---

extraordinaire de la science moderne et son irrémédiable faiblesse tiennent à cette découverte et au passage, fort compréhensible mais néanmoins utopique, d'une concordance sur quelques points au postulat d'une concordance universelle. De ce que la géométrie euclidienne s'appliquait à quelques phénomènes physiques, on a inféré qu'elle s'appliquerait non seulement à tous les phénomènes physiques mais à l'ensemble des phénomènes perçus. Et finalement la croyance s'est imposée que le monde que nous voyons n'était que l'apparence extérieure ou l'image du seul vrai monde, qui, lui, serait mathématique. Nos sens nous cachent la vérité, le réel en soi ; le fond des choses est mathématique et la science a pour tâche de découvrir, derrière les phénomènes perçus, cette gigantesque mécanique euclidienne que serait le cosmos véritable.

C'était oublier que la géométrie euclidienne, loin de fonder le monde perçu, avait été construite à partir de lui. C'était oublier que les phénomènes physiques ou matériels ne sont pas tous les phénomènes et n'existent même comme tels que par abstraction. C'était oublier la part active du sujet percevant dans la constitution tant du monde perçu que des phénomènes dits matériels et des théorèmes de la géométrie. C'était donc oublier le rôle même d'une science vraiment scientifique et rationnelle : réaliser une lucidité intégrale.

À partir de Galilée, la science ne fut plus qu'une science d'objets une science "objectiviste", polarisée par un idéal mathématique et animée par la croyance en un monde en soi de nature mécanique. »

que l'on s'exprime et que l'on argumente d'une manière cohérente — même dite irrationnelle —, l'on ne saurait s'évader de la rationalité, ce pourquoi j'aimerais établir une différence essentielle entre rationalité et rationalisme, ce dernier terme voulant désigner la rationalisation intégrale de toutes choses.

Il m'a semblé deviner en effet que la rationalité telle qu'elle s'était développée sous nos latitudes depuis la Renaissance était née d'un puissant désir de contrecarrer les puissances occultes d'une certaine irrationalité infernale, autrement dit de la sorcellerie*, par l'exercice d'un contre-pouvoir moins inféodé aux passions individuelles — mais fondé lui-même sur des *a priori* tout aussi arbitraires que son antagoniste. Ce que, dans notre ivresse « moderniste », nous avons oublié, présomptueusement, bovaryquement déterminés à nous estimer les meilleurs du simple fait que nous sommes chronologiquement les derniers venus !

Hélas, ce faisant, il semblerait bien qu'incapables de préserver la perfection du juste milieu, outrepassant les avertissements du sens commun, cette « magie rationnelle » qui est désormais la nôtre ait fini par rejoindre, et dépasser de loin du fait de ses moyens techniques, la même terrorisante inhumanité que la sorcellerie primitive, et cela sous le joug de la superstition mathématico-mécanique.

* Il m'a suffi de lire — il y a quelques années — le livre de Jeanne Favret Saada intitulé *Les Mots, la mort, les sorts* (Gallimard, Paris, NRF, 1977) pour me convaincre du bien-fondé de la rationalité telle qu'elle s'était primitivement développée au sein de l'Occident chrétien, nous libérant du pouvoir oppressant de la sorcellerie, de la magie noire et de l'arbitraire mental le plus despotique.

Comme le disait Jules de Gaultier : « L'esprit scientifique, par les applications qu'il détermine, donne une place telle dans la vie sociale à l'activité technique, industrielle et commerciale, ainsi qu'à toutes les formes du souci utilitaire que sous l'apparence d'augmenter le bien-être, il menace de tarir les sources de la joie. »

Il semblerait malheureusement que ce qui se présentait comme une menace à l'époque de Jules de Gaultier soit devenu aujourd'hui une réalité et que s'il devait subsister la moindre chance de sauvegarder la joie dont il parle, il serait urgent de réexaminer la généalogie de ce fourvoiement, de repérer le moment exact de son apparition dans l'Histoire et d'y remédier par le retour à plus de tempérance ou, plus exactement, à ce que George Orwell — y voyant la seule valeur universelle sur laquelle fonder — nomme la *common decency** — si c'est toutefois encore possible ! Baudouin de Bodinat, dans son éprouvant livre sous-titré *Réflexions sur le peu d'avenir que contient le temps où nous sommes*, ne paraît pas, pour sa part, estimer qu'il en soit encore temps :

> Il serait passionnant sans nul doute de s'arrêter ici à étudier la nature exacte de cette rationalité abstraite et monotone, quoique très concrète,

* « Nos conceptions fondamentales sur les choses sont des découvertes faites par certains de nos ancêtres à des époques extrêmement éloignées de la nôtre, et qui ont réussi à se maintenir à travers l'expérience depuis les siècles postérieurs ; elles forment un stade de l'équilibre réalisé dans le développement de l'esprit humain, le stade du sens commun. D'autres stades sont venus se greffer sur celui-là mais sans jamais réussir à le déloger. » William James, *Le Pragmatisme*.

commune à la raison économique et à l'objectivisme scientifique, et qui les fusionne en cette instance de gouvernement du monde, en cette puissance occulte, cette domination sans visage ; à qui les sociétés humaines qu'elle équipe de ses moyens techniques ne sont que des outils, des interfaces, des bras articulés au moyen de quoi elle se saisit de la vie terrestre pour la broyer au profit de son environnement contrôlé (comme on voit ; mais je n'en ai pas le temps aujourd'hui ; et pour être honnête la précipitation de la catastrophe où elle nous a lancés, dont le rythme en s'accélérant fait trembler le monde sur ses bases matérielles, ne m'en laisse pas à cet instant la lucidité)*.

*

Je conçois que le lecteur se demande désormais où diable le hasard a bien pu se faufiler, et le fait est que je m'en inquiète aussi un peu, parfois… sauf à penser, peut-être, que sous cette *appellation contrôlée*, je cherche à délimiter tout ce qui s'oppose au déterminisme des temps actuels. Il m'a toujours semblé, en effet, que les incitations du hasard, souvent difficilement repérables, s'insinuaient un peu partout sous divers travestissements. Il serait donc tout à fait malchanceux pour moi que son discret pouvoir cohérent n'ait pas, ici encore, présidé à l'ordre dans lequel les paragraphes se sont succédé, nous menant progressivement, le charmant lecteur éventuel et moi — il faut du moins l'espérer —, vers une compré-

* *La Vie sur terre. Réflexions sur le peu d'avenir que contient le temps où nous sommes*, Tome II, L'Encyclopédie des nuisances, 1999, p. 99.

hension plus large des mystères qui nous environnent. Mystères qui, d'ailleurs, après tant de détours compliqués, s'avéreront peut-être aussi transparents qu'un secret de Polichinelle.

Cette obscure clarté…

> « Ces terrestres parrains des lumières célestes, qui baptisent toutes les étoiles fixes et ne se préoccupent pas plus de leur clarté nocturne que les promeneurs qui n'en savent pas les noms. »
>
> William SHAKESPEARE

De retour d'un dîner arrosé chez un ami résidant sur les hauteurs de Tannay, en Bourgogne, je pédalais dans la nuit fraîche, vacillant légèrement, de temps à autre, sur ma machine. Des paquets de brume montaient du canal, nimbés par le halo de mon phare ; diverses fragrances végétales se déployaient sur mon passage, des remuements et des courses furtives se faisaient entendre dans les fourrés, des claquements et de brusques plongeons résonnaient à la surface de l'eau. Dans le ciel pur et sans lune se déployait l'incommensurable voûte étoilée…

Une fois de plus, je devais constater avec une sorte d'amertume qu'un voile était venu s'interposer entre mon regard et le ciel fourmillant d'étoiles scintillantes, comme si ce spectacle exerçait sur moi une sorte d'hypnose. À certains instants très brefs pourtant, l'illusion se ravivait d'être enfin en mesure de traverser cette brume onirique, mais aussitôt j'étais repris par une douce et flottante torpeur mentale, semblable aux effets d'un psychotrope. En réalité, l'impression était exactement la même que cette fascination désespérée, confinant au sommeil de l'incompréhension, que j'avais toujours éprouvée en face d'un tableau noir précisément *constellé* de formules algébriques. Sortilège ou imminence d'une révélation qui ne se produisait pas, le sentiment s'était toujours imposé d'être maintenu à l'écart de quelque chose d'essentiel.

J'éprouvais donc, une fois de plus, la frustration qui m'avait toujours tenaillé face au cosmos, sentant à quel point le toucher de mon regard pouvait être atténué au contact des lumières célestes. Ce voile m'emprisonnait-il du mauvais côté du miroir ? Tandis que j'entendais le léger chuintement de mon pneu sur le macadam, scrutant le gouffre céleste piqueté de lueurs incompréhensibles et presque irréelles à force de présence, il me semblait être rappelé au profond mystère de toutes choses… Un mystère qui nous entourait et que nous n'avions que trop tendance à négliger, si ce n'est à ignorer, submergés comme nous l'étions par l'avalanche d'images virtuelles et d'informations abstraites, lesquelles nous enfonçaient plus profondément chaque jour dans notre bulle artificielle. Et d'un seul coup, la réalité de ma situation m'apparaissait : ce voile n'était autre, sans doute, que celui de l'aliénation parfaitement consommée en moi-même d'un consensus rassurant. Était-ce à cela que Kant faisait allusion dans une formule restée célèbre : « Deux choses me remplissent d'une admiration et d'un respect incessants : le ciel étoilé au-dessus de nos têtes et la loi morale en moi » ? Pour ma part, je ne pouvais considérer cette dichotomie que comme un enfermement au sein d'un désolant cercle vicieux.

Je me souvins alors que, de façon étonnamment semblable, deux grands poètes anglo-saxons étaient parvenus à circonscrire ce que je ressentais vis-à-vis du mystère astronomique.

Shakespeare avait parlé de cette clarté nocturne dont seuls les poètes semblaient se préoccuper, et trois siècles plus tard, Walt Whitman lui avait fait ainsi écho :

Quand j'entendis le savant astronome,
Quand les preuves, les chiffres, furent rangés en colonnes devant moi,
Quand on m'eut fait voir les cartes et les diagrammes, et comment les additionner, les diviser et les mesurer,
Quand, assis dans l'amphithéâtre où il conférenciait, très applaudi, j'entendis le savant astronome,
Combien vite, sans que je pusse m'expliquer pourquoi, je sentis la fatigue et le dégoût me prendre,
Jusqu'au moment où, me levant et me glissant dehors, je m'en allai seul à l'aventure
Dans l'air du soir humide et mystique, et de temps à autre, Levai les yeux en absolu silence vers les étoiles.*

* Walt Whitman, *Feuilles d'herbe,* Tome I, Mercure de France, 1909, p. 354, traduction Léon Bazalgette.

Une précision subversive

« Mais qu'est-ce là, oh ! qu'est-ce en toute chose, qui soudain fait défaut ?... »

Saint-John PERSE

En ces temps de démoralisation et de cynisme pragmatique qui sont les nôtres, il me semble que le recours de ceux qui cherchent à maintenir un réel humanisme dans le monde consiste à privilégier une précision radicalement différente de cette exactitude chiffrée dont on fait si grand cas aujourd'hui — précision que Robert Musil a évoquée tout au long de son roman *L'Homme sans qualités* et à laquelle Juan Carlos Onetti faisait allusion lorsqu'il disait que « le pire des mensonges était de dire la vérité, toute la vérité, en cachant l'âme des faits ».

Il m'est toujours apparu que cette âme des choses et des faits, lorsqu'on veut l'appréhender, n'est vraiment accessible que par empathie, par saisie intuitive de l'essence des phénomènes, par auscultation des corps ou écoute attentive de leurs rythmes internes (tel les battements d'un cœur), et non point par dissection et examen minutieux des éléments disjoints. Toute observation poursuivie à la suite d'une dissection, captivée comme elle l'est par l'enchevêtrement des structures organiques, a cette fâcheuse tendance à oublier le mystère de l'élan vital. Être mis en présence du cadavre d'un proche dès son plus jeune âge devrait donc faire partie de nos humanités : dans le contact littéralement sidérant avec cette inconcevable et soudaine inertie, notre subconscient fait une expérience décisive qu'aucun discours ne peut remplacer, car un élément essentiel dont nous pressentons qu'il n'entretient aucun rapport avec les fonctions organiques s'est absenté : l'*animation*, cette essence même du mouvement !

Oh oui ! Qu'est-ce donc qui soudain fait défaut, si ce n'est cette faculté d'admiration de la vie dans sa mystérieuse unité mouvante, dans sa souple vivacité, dans son alacrité inqualifiable et inchiffrable : le vol rapide d'un oiseau, un écureuil filant parmi les branches, un chat bondissant entre les hautes herbes, un cheval au trot, l'éclair argenté d'un poisson se retournant dans le courant, un chien s'élançant à la poursuite d'une balle, des enfants jouant dans les vagues, un athlète sautant une haie, courant sur un sentier, nageant dans une rivière, pédalant sur une route de campagne, dansant autour d'une balle ou d'un ballon dans un stade, un cavalier bien en selle, et tout cela, bien entendu, hors de portée des projecteurs et des caméras ; bref, tout ce qui s'élance d'un seul mouvement spontané vers la joie qu'il y a à exercer sa vie dans l'action gratuite la plus élémentaire, dans la pure extase de sentir son corps se mouvoir avec aisance ; tout simplement, peut-être, en courant à petite allure, un matin d'hiver, sur un chemin forestier, tandis que notre haleine s'exhale dans l'air froid ?

Qu'est-ce qui soudain fait défaut en effet, si ce n'est un certain sentiment du sacré qui interdirait d'en user avec le vivant comme d'une marchandise privée d'âme et insensible à la douleur ?

Quel vertige, n'est-ce pas, si nous devons songer à ces millions d'êtres maltraités, humiliés et laissés pour compte non seulement dans la sphère humaine mais, pire encore peut-être, dans la sphère animale : tous ces êtres innocents entravés et surnourris — sans même la possibilité de jamais se mouvoir — au nom d'une économie alimentaire plus rentable (et accessoirement de la plus médiocre qualité), torturés aussi au nom de la science et de la médecine pour la survie de notre seule présomptueuse espèce prétendument supérieure ; quel vertige encore que ces millions d'animaux sauvages sacrifiés au nom de la libre circulation de nos avions et de nos automobiles, bref au nom de notre sacro-saint progrès ! Quel vertige, n'est-ce pas, cette souffrance que plus personne ne veut considérer et qui continue d'être infligée jour et nuit par d'innocents bourreaux, inconscients le plus souvent de leur propre inhumanité ! Quel vertige de songer à ces innombrables cercles de l'enfer si proches de nos habitations — les élevages en batterie — et que nous ne voulons pas plus voir que les voisins de ces camps de la mort en Pologne et en Allemagne durant la dernière guerre ! Car ce sont, oui, des répliques de tous ces camps de la mort perfectionnés et généralisés au siècle dernier et au nom, eux aussi, à la fois de l'expansion d'une espèce supérieure, d'une certaine loi morale et de l'efficacité industrielle*.

* Baudouin de Bodinat, dans son style caractéristique, le dit excellemment : « On s'est beaucoup stupéfait après la guerre en découvrant les sortes d'usines de cadavres qu'étaient les camps nazis et leur impressionnant bilan comptable. Pourtant il existait déjà auparavant dans la grande Amérique de ces abattoirs industriels, que l'humaniste réactionnaire Duhamel avait décrits avec une précision dégoûtée dans les *Scènes de la vie future* ; mais il n'était alors généralement question que d'admirer la rationalité, les économies d'échelle et la modernité pittoresque, et même comique, de ces bâtiments mécanisés où le bétail arrivait continuellement par convois ferroviaires pour y être entièrement démonté. L'analogie avec les camps de la mort vient donc

Qu'est-ce qui soudain fait défaut si ce n'est cette « décence commune » qui nous interdirait *viscéralement* de justifier les moyens par les fins, de perpétrer des souffrances intolérables au nom d'un idéal quel qu'il soit — ainsi que les fameuses mises en scène des sociologues américains, avec les faux cobayes, l'ont sinistrement démontré* ? Oui, cette décence commune invoquée par Orwell et qui constitue le fondement même de la culture, un idéal civilisé dont la transmission nous permettrait de continuer à abriter en nous-mêmes une morale naturelle ou un simple sens commun, d'obédience toute rousseauiste certes, mais dont l'utopie mériterait pourtant — au point de démoralisation où nous en sommes parvenus — d'être reconsidérée, ne serait-ce que comme roborative illusion vitale...

Qu'est-ce qui soudain fait défaut si ce n'est avant tout — même si cet aspect du problème peut paraître annexe au premier abord — le maintien d'une certaine exigence au niveau des échanges

---

naturellement et de toute façon à l'esprit : elle apparaît plus frappante encore si l'on songe que cette vie future aujourd'hui réalisée nous ne sommes pas le bétail mais le personnel de maintenance et d'encadrement... » *La Vie sur terre*, Tome I, p. 61.

* Je fais ici allusion aux expériences dites de Milgram et de Stanford, dont on se souvient d'autant mieux que la première a été renouvelée récemment à la télévision française. Il s'agit, à l'aide d'acteurs simulant la douleur occasionnée par des décharges électriques fictives, provoquées par des participants qui croient à la réalité des décharges, et sous le contrôle d'une personne prétendument compétente qui les encourage à continuer « au nom de la recherche scientifique », de vérifier le degré de soumission à l'autorité de la part d'individus moyens. Les résultats obtenus, on le sait, furent atterrants et surprirent les expérimentateurs eux-mêmes. Dans le cas de celle dite de Stanford, l'expérience fut même interrompue car l'expérimentateur prit peur devant la docilité zélée des participants !

entre les êtres, c'est-à-dire le respect d'une certaine précision de la langue ?

On le sait, le philologue juif Victor Klemperer — qui survécut à Dresde durant la dernière guerre sans être déporté parce que marié à une Allemande aryenne — a tenu au jour le jour, depuis les années trente, un journal où il répertorie minutieusement les détournements et dégradations opérés sur la langue par le pouvoir nazi, l'instauration progressive au bout du compte de ce qu'Orwell a nommé la « novlangue ». La thèse soutenue par Klemperer (sans doute alerté par la lecture de *1984*) est que toute mainmise d'un pouvoir totalitaire sur les populations commence par l'insidieux contrôle des consciences, et cela à travers le détournement du langage commun habituel et à travers la création d'une foule de sigles, de formules creuses et fourre-tout formant écran devant la réalité afin de mieux se livrer aux exactions nécessitées par une idéologie fanatique.

Il me semble que nous assistons aujourd'hui à une tentative de prise de contrôle de nos consciences assez similaire venant du totalitarisme consumériste, lequel a partie liée avec « l'économisme » et la mathématisation accélérée du monde. Cet impérialisme sournois se propage comme un virus mental affaiblissant les défenses immunitaires des plus robustes cervelles et réussissant, pour finir, par le biais du pathos humanitaire, à culpabiliser les plus insouciants réfractaires. Ce pourquoi, ceux-là qui désirent encore se rallier à la cause (sans doute perdue d'avance) de la simple joie de vivre, innocente et désinvolte, doivent lutter sur deux fronts : le maintien d'une certaine précision dans la langue et ce que j'ai appelé l'usage clandestin des petits plaisirs.

Il a souvent été noté en effet que pour accéder au bonheur, il était plus sage de se méfier des grandes passions et des plaisirs violents, lesquels mènent invariablement à la déception; qu'en conséquence, il était sans doute plus rusé de fonder sur un savant dosage de petits plaisirs, de brefs rituels et d'habitudes restreintes.

Torquato Accetto, écrivain napolitain du XVIIe siècle, est l'auteur d'un livre étonnant intitulé *De l'honnête dissimulation* où il est préconisé à ceux qui s'adonnent aux plaisirs de savoir les camoufler. Accetto fut l'ami et le protégé du marquis Giovanni Battista Manso qui avait fondé un mouvement littéraire et poétique nommé « l'Académie des oisifs », lequel tentait de promulguer dans la bonne société de l'époque (en sus de la lecture du Tasse et de John Milton) l'usage clandestin d'une sorte de dilettantisme du bonheur et du libertinage courtois.

Cette ancienne corrélation entre bonheur, oisiveté et libertinage d'une part et apprentissage de la dissimulation d'autre part, ne nous démontre-t-elle pas que non seulement l'exercice du bonheur et des plaisirs minimalistes qui l'accompagnent a toujours réclamé une certaine discrétion, mais encore que les médiocres et les brutaux ont de tout temps cherché à brimer ceux qui montraient des dispositions naturelles à l'insouciance, au bonheur et à la fantaisie ? L'on est alors en droit de se demander si l'*honnête dissimulation*, que l'auteur napolitain, il faut le préciser, tenait absolument à distinguer de la tromperie, n'a pas été, de longue date, l'ultime recours obligé des êtres aspirant à une certaine félicité existentielle ?

Il n'est pas inutile d'ailleurs de noter que la clandestinité du plaisir fut recommandée par Accetto et ses amis durant la très austère et puritaine occupation espagnole, bref en des temps de persécution — au nom de la souffrance salvatrice, bien entendu — de toute espèce de réjouissance.

Or il me semble que nous subissons actuellement, en Europe, une tyrannie puritaine d'obédience anglo-saxonne toute similaire, voire pire de par son caractère larvé. Aussi nous faut-il, nous autres demeurés incurablement soucieux de la préservation de nos petits plaisirs « non morbides », apprendre à dissimuler notre différence sous peine de nous voir ostraciser. Nos maîtres à penser et à exister contemporains, les médias, grands moralisateurs devant l'Éternellement Correct, et tous peu ou prou inféodés à l'évangélisme humanitaire anglo-saxon, ne sauraient en effet tolérer que l'on puisse persister à vouloir être heureux en dépit du malheur global — lequel nous est sans cesse brandi sous le nez tel un crucifix.

Je me demande (j'ose à peine soulever cette question tant je sais devoir m'attirer les foudres des bien-pensants) si s'entêter à vouloir être heureux en dépit du malheur des innombrables déshérités de la planète ne recèle pourtant pas l'essence d'une solidarité plus spirituelle qu'une commisération convenue avec ceux qui souffrent ? Si le simple fait de proposer l'image d'un bonheur possible au sein de la confusion régnante n'est pas plus motivant pour eux que de les engager à s'égarer encore et encore dans le labyrinthe des revendications infinies et finalement démoralisantes ? Et si, pour finir, ce n'est pas de l'absence de cette sorte d'inspiration épicurienne dont nous souffrons le plus aujourd'hui ? Surtout lorsque l'urgence nous presse de réinventer un monde où les visages tendus, ultra-névrosés, prédicants, et pour tout dire sinistres, des divers politiciens, hommes d'affaires, chefs d'industrie, traders, économistes et autres experts tous azimuts, ne cessent de s'afficher à la une de nos quotidiens — tous empreints de leur componction cléricale d'oiseaux de malheur !

N'y aurait-il pas en effet — ainsi qu'on l'enseignait aux athlètes antiques — une faculté quasi divine du lâcher-prise dans l'effort ? Et si donc, en vertu de cet ancien précepte, nous décidions soudain — follement ! — de nous astreindre, avant toute chose et chacun pour soi, à une discipline du bonheur par les petits plaisirs immédiats, ignorant les innombrables autres, clinquants et sensationnels, que nous fait miroiter la société de consommation et de nous efforcer, par exemple, plutôt que de nous crisper sur la baisse de notre pouvoir d'achat ou sur la catastrophe financière finale, de sourire aux fantômes de notre imagination poétisante ? Qui peut dire, alors, quelles sortes de perspectives s'ouvriraient *inespérément* à nous — même dans le domaine économique ? Et en désespoir de cause, *au point où nous en sommes*, cette candeur, cette utopie-là ne mériterait-elle pas, après tout, d'être discrètement tentée ?

Cependant, ainsi que je l'ai déjà évoqué auparavant, plus encore que la défense et l'illustration d'un certain héroïsme de la désinvolture et des plaisirs secrets en temps de consumérisme effréné, il me semble que la défense du langage exact demeure la pierre angulaire de toute socialisation heureuse et, à tout le moins, la seule bannière sous laquelle, personnellement, il me paraît encore possible de s'enrôler. Un passage remarquable des *Cahiers de Malte Laurids Brigge* de Rilke me revient ici :

> ... de la mort de Félix Arvers ? Il était à l'hôpital. Il mourut doucement et paisiblement, et la religieuse le croyait peut-être plus avancé qu'il n'était en réalité. Elle cria très fort un ordre quelconque vers le dehors en indiquant où se trouvait tel ou tel objet. C'était une nonne illettrée et assez simple ; elle n'avait jamais écrit le mot « corridor » qu'à cet instant elle ne peut éviter ; il arriva ainsi qu'elle dit « collidor » parce qu'elle croyait qu'il fallait prononcer ainsi. Alors Arvers repoussa la mort. Il lui semblait nécessaire d'éclaircir d'abord ceci. Il devint tout à fait lucide et lui expliqua qu'il fallait dire « corridor ». Puis il mourut. C'était un poète, et il haïssait l'à peu près ; ou, peut-être, la vérité lui importait-elle seule ; ou encore il était fâché de devoir remporter comme dernière impression que le monde continuait à vivre si négligemment.

« C'était un poète et il haïssait l'à peu près. » Il me semble, en effet, que le poète véritable se caractérisera toujours par cet amour du terme exact, des détails « significatifs et suffisants » — selon l'expression de Tchekhov — et l'on pourrait sans doute appliquer cette règle à la plupart des grands nouvellistes, la concision du genre les conduisant à la recherche d'une précision presque maniaque dans l'expression.

Or, s'il en est un qui excellait dans cet exercice,

c'est bien Hemingway dont on a dit, en outre, qu'il était le maître de la litote :

> À ce moment-là, j'essayais d'écrire et je trouvais que la plus grande difficulté (à part celle de savoir ce qu'on pense réellement, et non ce qu'on est censé supposé penser, ou ce qu'on vous a appris à penser) était de noter ce qui, dans l'action, était sûrement arrivé, quels étaient les faits précis qui avaient produit l'émotion… Donc, j'essayais d'écrire en commençant par les choses les plus simples*…

Cette remarque d'Hemingway est prodigieusement intéressante non seulement parce qu'elle nous permet d'évaluer le degré de pertinence auquel correspond un art aussi consommé que le sien, mais encore parce qu'elle nous démontre qu'en tout grand écrivain sommeille un philosophe. Je suis en effet frappé par l'incidente entre parenthèses qui désigne les difficultés auxquelles se heurte celui qui se mêle d'écrire : *savoir ce qu'on pense réellement et non ce qu'on est* « censé supposé penser » (il faut noter ici la précision supplémentaire apportée par l'apparente redondance) *ou ce qu'on nous a appris à penser*. Ne s'agit-il pas de l'amorce d'une réflexion phénoménologique ? Et n'est-elle pas d'autant plus étonnante qu'elle émane de quelqu'un réputé pour son goût presque exclusif pour l'action ? Cette faculté d'être au fait de ce qu'on pense réellement, que nul ne peut se targuer de posséder à coup sûr, nous renvoie à son corollaire qui est de savoir qui l'on est véritablement, la question se résumant en fin de

* Cité par André Maurois dans ses *Études littéraires*.

compte à l'épineux exercice de la sincérité vis-à-vis de soi-même.

Or, en l'occurrence, posséder une brillante intelligence peut représenter un handicap particulièrement pervers dans la mesure où celle-ci permet de se leurrer tout aussi brillamment soi-même — intelligence et réflexion n'allant pas toujours de pair. N'avons-nous pas tous connu des gens supérieurement intelligents ne se préoccupant aucunement d'être exacts ni sincères, que ce soit avec autrui ou envers soi-même ? L'intelligence, si elle ne s'accompagne pas de droiture morale, peut ne servir qu'à tout justifier, dans un sens ou dans l'autre. On pourrait même aller jusqu'à dire que le désir de véracité et d'exactitude devraient nous amener à nous méfier des brillantes solutions qui paraissent tout résoudre avec aisance : ayant omis de prendre en compte, dans l'euphorie de leur virtuosité mentale, le seul petit fait réfractaire pourtant indispensable au bon fonctionnement de l'ensemble, elles sont rarement suffisantes. « C'était une belle, une grande théorie, hélas lâchement assassinée par un vilain petit fait », ironise Samuel Butler. C'est d'ailleurs là l'origine de la fameuse méfiance des « manuels » (les anciens paysans, les artisans, les mécaniciens) vis-à-vis des « intellectuels » ou des beaux parleurs. J'ai souvent observé chez eux cette fermeture intérieure, cette attitude intime de mise en retrait presque hostile en présence de quelqu'un qui s'exprimait trop bien. Car ils n'ont pas besoin d'avoir lu Bergson pour savoir qu'un discours brillant a toutes les chances d'avoir éliminé au passage les infimes grains qui viendront à coup sûr gripper le mécanisme des plus belles théories. La rugueuse réalité et son inéluctable résistance ne les ont pas habitués, pour leur part, à la facilité, mais plutôt à de laborieuses mises au point, à de longs ajustements patients et minutieux. (Étrangement, il me semble qu'on pourrait en dire de même pour les vieux diplomates que la pratique de la mécanique humaine a rompus à de semblables et incessantes adaptations des principes initiaux.)

J'ai cité Bergson car c'est lui, esprit brillant entre tous, qui nous avertit ironiquement d'avoir à nous méfier des jongleurs de concepts et des constructeurs de systèmes, leurs raisonnements « montés sur roulement à billes » évitant généralement, nous dit-il, de se frotter aux aspérités du réel.

Noter les faits exacts, ainsi que le recommande Hemingway, nécessite d'utiliser un langage précis — quitte à ce que l'évocation, de par sa minutie scrupuleuse, nous plonge dans l'ambiguïté propre à la réalité elle-même. Parmi les écrivains contemporains qui, à mon sens, pratiquent le mieux cet art de convoquer le réel ambigu jusqu'au cœur de la fiction, je nommerai avant tout W.G. Sebald. Chez Sebald, l'art du détail significatif a été poussé au plus haut point, on pourrait même dire qu'il en a fait une sorte de méthode dont le soubassement philosophique est perceptible.

Dans sa volumineuse *Histoire de l'art*, Élie Faure, à propos de la peinture romantique allemande, remarque qu'une de ses particularités est cette étrange volonté de tout représenter à l'intérieur d'un tableau sans en omettre le moindre détail, même le plus anodin, comme si les artistes allemands de cette époque avaient voulu signifier que le cosmos formait un tout indissociable.

Cette remarque me paraît convenir à merveille aux descriptions de Sebald. En effet, lorsqu'il nous envoûte avec la moindre de ses histoires à tiroirs, Sebald l'enlumine d'une multiplicité de détails minutieusement répertoriés, d'une foule d'éléments anecdotiques et d'une kyrielle de descriptions digressives dont la profusion et la précision ont un effet presque hallucinatoire. Nous avons l'impression de nous avancer dans les couloirs d'un vaste cabinet de curiosités où, derrière leurs vitrines faiblement éclairées, se révèlent à nous les énigmatiques configurations d'un monde exotique et définitivement baroque. Outre que ces énumérations sont teintées d'une ironie latente qui nous gagne à une sorte de légèreté mélancolique, nous finissons par considérer l'imbrication des choses comme un fabuleux désordre kitsch, et le message inscrit en filigrane de ces descriptions semble bien être qu'il est vain de vouloir à tout prix déceler un ordre logique dans ces fascinants embrouillaminis et qu'il est plus sage de s'abandonner à leur seule contemplation.

Cette vision du monde l'apparente, selon moi, au romantisme allemand et à toute la tradition philosophique d'outre-Rhin demeurée réfractaire au rationalisme germanique ancestral d'obédience luthérienne, lequel, on le sait, débouche inévitablement sur un certain activisme. En fait, on ne peut faire moins kantien ou hégélien que Sebald. Et s'il s'agit de lui trouver des inspirateurs autres que Thomas Bernhard pour l'ironie et Balzac pour l'art descriptif (ainsi qu'il nous le confie), il faut se tourner du côté de Hölderlin, Kleist, Stifter et ensuite Hofmannsthal, Schnitzler ou Musil.

Ce pourquoi, en dernier lieu, il nous fascine peut-être tant, nous autres Français, tient sans doute à la charge anticartésienne contenue dans sa représentation du monde moderne. Un monde enrégimenté sous la bannière d'un utilitarisme privé d'âme et architecturalement agencé selon les perspectives désespérément rectilignes de la présomption technocratique. Or, ainsi qu'il semble vouloir nous en avertir à travers ses livres, cette présomption, après avoir mené la génération de ses pères à la folie mégalomaniaque du IIIe Reich, menace aujourd'hui toute la planète d'une catastrophe plus générale encore.

Cependant, un autre aspect de ce « pointillisme descriptif » nous ramène à la synchronicité. Ainsi que je l'ai déjà indiqué, la plupart des maîtres de la description littéraire possèdent ce don « atmosphérique » de la cohérence synchronique des événements. Lorsqu'ils plantent le décor où se situe l'action du récit, ils ne manquent jamais de nous donner une foule de détails qui peuvent paraître superflus mais qui, pourtant, ajoutent un surcroît de réalité à la vision que nous en avons. Car de façon secrète et mystérieuse, qui échappe en général à l'auteur lui-même, les moindres détails sont reliés à l'action en cours. Ainsi que le dit si bien le dicton : « Le diable est dans les détails », or ce diable-là est celui du refus de la focalisation sur l'intrigue principale et fait fond sur ce qui est annexe pour restituer au monde un peu de sa chatoyante diversité. La chrétienté classique n'apprécie guère l'accumulation des détails qui nous distrait de la gloire du Seigneur, nous ensorcelle avec le mirage des apparences et pour finir nous rend rebelles aux décrets de la pensée unique découlant du monothéisme. Patinir fut le premier peintre des temps passés à ruser avec ce devoir de glorification de l'unicité sans partage et à dissimuler dans ses tableaux de petits paysages agrestes sur lesquels nous nous arrêtons aujourd'hui avec une certaine émotion, tant nous sentons par empathie qu'ils représentent les prémices d'une possible émancipation — à vrai dire jamais tout à fait advenue...

Dans les films d'Antonioni et plus particulièrement dans la trilogie qui débute avec *L'Avventura* (et se poursuit avec *La Nuit* et *L'Éclipse*), les longs plans-séquences qui s'attardent sur une foule de choses adventices et paraissent se perdre dans une accumulation descriptive proche de la confusion participent, me semble-t-il, de cette même volonté synchronistique présente chez Sebald. À sa sortie, *L'Avventura* déclencha un tollé, pourtant des années plus tard on s'accorda à reconnaître que le cinéaste avait inventé un nouveau langage cinématographique où la dimension temporelle acquérait une valeur d'ontologie. En effet, ce que les artistes de cette trempe ont cherché à restituer est le difficile face-à-face que chaque être humain sensible (et non embrigadé par la doxa régnante) doit soutenir quotidiennement avec sa propre indétermination fondamentale. En ce sens, un autre cinéaste, Jean Renoir, note avec ironie que même le plus mauvais film du monde ne peut que rarement occulter la féerie du réel, pour cette raison qu'il est presque impossible, dès l'instant où l'on filme des décors, des objets, des visages, des mouvements et des paysages, d'empêcher que ces éléments nous racontent une histoire toute différente de celle voulue par l'auteur. Or le chic des maîtres de l'ambiance, tels qu'Antonioni ou Sebald, est de savoir inclure dans leur narration, à l'aide d'un instinct très sûr, tout ce qui échappe à celle-ci, de solliciter l'indéterminé et le hasard dans un subtil abandon aux aléas du récit lui-même, lequel possède sa propre logique interne, parfois contradictoire avec le canevas initial, ce dont les détails accessoires et apparemment fortuits témoignent avec une *éclatante discrétion*.

Cette participation du hasard synchronique, que savent solliciter les grands auteurs, est plus évidente encore chez les poètes, et la poésie portée à son plus haut point d'incandescence (c'est-à-dire, la plupart du temps, au détour d'œuvres qui ne se veulent pas expressément poétiques) m'est toujours apparue comme la vocation intime et profonde de toute entreprise narrative. Néanmoins, il faut noter que savoir convoquer le hasard demeure un art subtil nécessitant de pratiquer le « lâcher-prise » dont il a été question auparavant. C'est ce qu'exprime Jean Cocteau à propos de ce qu'il appelle « les poèmes de chance » : « Ils coulent de la main comme l'ectoplasme de la bouche du médium. Le poète, endormi d'un œil, contrôle la descente. »

Un contact amical avec l'immense complexité du monde

> « Notre idée consiste à nier que l'intelligence, l'intellectualité soit un devoir de l'homme. Elle se contente de montrer que l'homme pour vivre doit penser, que cela

> lui plaise ou non. S'il pense mal, c'est-à-dire sans véracité intime, il vit mal, dans la pure angoisse, dans le dégoût, dans le problème. S'il pense bien, il s'*encastre* en lui-même, et cela, s'encastrer en soi-même c'est la définition de la félicité. »
>
> José Ortega y Gasset

Établir un contact amical avec l'immense complexité du monde est, en filigrane, le dessein que je me suis fixé en me laissant porter par cette promenade philosophico-littéraire. Dans ce que je nomme poésie entre une attitude vis-à-vis de la vie qui excède la seule expression lyrique, qu'elle soit littéraire, musicale ou picturale. Est poète, selon moi, celui qui sait encore rêver, c'est-à-dire non seulement continue de savoir prendre son temps au sein d'un monde de plus en plus dévolu à une hâte névrotique, mais aussi replace les événements qui nous agitent à leur place ontologique exacte.

J'ai un souvenir lointain, imprécis, et sans doute l'ai-je en partie réinventé, d'un texte où Heidegger nous explique que dans l'étymologie grecque initiale le sens du mot poète est non seulement « celui qui fait » mais « celui qui prend des mesures ». Toujours dans mon souvenir, Heidegger poursuit que cela signifie que le poète, pour les anciens Grecs, est celui qui, en toutes circonstances, saura estimer une chose, non à l'aune des seules dimensions humaines et terrestres mais en la référant sans cesse à la distance entre la terre et le ciel, autrement dit à une mesure où le temps, la finitude de toutes choses et l'ironie des dieux seront pris en compte. Cette définition de l'acte poétique m'est restée fichée en tête et j'y vois le vœu d'une exactitude nettement plus réaliste que celle qui consiste à mesurer au millimètre près les écarts entre les choses d'ici-bas. Il me semble en effet que ce qui caractérise la faiblesse de la pensée géométrico-mathématique demeure cet oubli permanent (sans doute le symptôme d'une angoisse profonde) du mystère résilient de la dimension métaphysique et cosmique qui nous englobe.

En ces temps difficiles pour l'état poétique (celui dont je veux parler du moins, submergé comme il l'est de nos jours par une marée « poétisante » qui tient à la fois de la logorrhée, de l'amphigouri et du galimatias verbal le plus débridé*), il me paraît crucial que subsiste parmi nous des êtres suffisamment lucides pour persister obstinément, humblement (sans même le moindre espoir d'être entendus) à entretenir la flamme de la vision lyrique et spirituelle qui transcende et justifie toute existence.

Ainsi que j'ai tenté de l'exprimer plus haut, la vigilance morale qui nous permet de rester en contact, même au cœur de la vie la plus active,

* Ce dévoiement de l'acte poétique par le biais d'un schibboleth au moyen duquel les initiés paraissent se reconnaître et goûter des joies verbales ineffables — dont sont privés les néophytes —, s'il a incontestablement pris une extension universelle et vertigineuse, ne semble pas dater d'hier, du moins s'il faut en croire La Bruyère :

« Certains poètes sont sujets, dans le dramatique, à de longues suites de vers pompeux, qui semblent forts, élevés, et remplis de grands sentiments. Le peuple écoute avidement les yeux élevés et la bouche ouverte, croit que cela lui plaît, et à mesure qu'il y comprend moins, l'admire davantage ; il n'a pas le temps de respirer, il a à peine le temps de se récrier et d'applaudir. J'ai cru autrefois dans ma première jeunesse, que ces endroits étaient clairs et intelligibles pour les auteurs, pour le parterre et l'amphithéâtre, que leurs auteurs s'entendaient eux-mêmes et qu'avec toute l'attention que je donnais à leur récit, j'avais tort de n'y rien entendre : je suis détrompé. »

avec les nappes phréatiques de l'inconscient poétique ne peut l'être que grâce à l'exercice d'une certaine précision du regard, corrélative de celle de la langue. Certains d'entre nous sont les héros de cette lutte désespérée et, pour puiser quelque courage, il s'agit de se souvenir de leur exemple. J'ai évoqué le poète Félix Arvers, lui-même révéré par Rilke, et j'ai parlé de Victor Klemperer qui, sans être exactement poète, fut le type même du héros clandestin permettant par sa résistance sans éclat que continue à brûler, jusqu'au cœur des divers cataclysmes de la barbarie récurrente, la mince et frêle flamme de la conscience critique. Dans la postface à l'ouvrage de Klemperer intitulé *La Langue du IIIe Reich*, Alain Brossat définit parfaitement bien, selon moi, le rôle dévolu à l'intellectuel — celui qui persiste à prendre des mesures « célestes » — au sein de telles circonstances :

> La réponse toute stoïcienne, mise à l'épreuve de douze années de nazisme par Victor Klemperer (et sa femme Eva qui, non juive, demeura envers et contre toutes les persécutions à son côté, lui évitant ainsi la déportation) est : la liberté intérieure, cette forme de résistance sans panache exhibé qui prend consistance dans l'obstination, envers et contre tout, de la vigilance intellectuelle du témoin du désastre. « Observe, étudie, grave dans ta mémoire ce qui arrive » — tels sont l'auto-exhortation et le commandement qui, dès le premier jour de la catastrophe, vont régler la conduite du professeur d'université réduit à la condition de paria.
>
> La résistance qui se déploie ici ne prend pas la forme du coup d'éclat, de l'action guerrière, elle donne corps à une stratégie de l'endurance, de la persévérance, face à l'adversité la plus extrême et

en dépit du danger de tous les instants. Le résistant muet, en apparence soumis et apraxique qu'est Klemperer, lance le défi le plus insensé qui soit : celui de maintenir et d'incarner la continuité de la raison, de la pensée critique, de l'identité civilisée lorsque tout « nage dans la même sauce brune ». Il est celui qui mise, au péril de sa vie (découvertes, ses notes le condamneraient à coup sûr au camp, voire à la chambre à gaz), sur l'ininterruption du travail d'élucidation dévolu à l'intellectuel — lors même que le poison des mots et des opinions distordus s'infiltre partout et que « l'épidémie » n'épargne rien ni personne.

En des temps de barbarie doucereuse et larvée — consumériste et techniciste — telle que la nôtre, l'héroïsme sans éclat et tenace, le travail d'élucidation dévolu à l'intellectuel, et plus encore au poète, se situent avant tout, je crois, au niveau du langage et dans le respect de certains modes de communication qui ne soient pas entièrement rongés de l'intérieur par les acides aminés distillés par les médias, lesquels sont aux ordres de l'aveugle machine broyeuse d'humanité. Ces résistants de l'ombre sont la plupart du temps des poètes, des artistes ou quelques philosophes d'arrière-garde œuvrant opiniâtrement dans leur coin à la façon de patients artisans*.

* Il semblerait — surtout ces derniers temps où l'on peut craindre que l'idéal démocratique n'ait été durablement confisqué par la bourgeoisie progressiste à pensée unique — que les choses n'aient pas tellement changé depuis que Nietzsche écrivit ceci : « Aujourd'hui encore, la France est le siège de la civilisation la plus spirituelle et la plus raffinée de l'Europe, et l'école du goût supérieur, mais cette "France du goût" il faut savoir la découvrir. Ses représentants se tiennent bien cachés ; elle semble ne s'incarner que chez un petit nombre d'individus qui par surcroît

Dans son livre *Microcosmes,* Claudio Magris nous décrit l'un d'entre eux, le professeur Karolin, que le narrateur et sa femme sont allés visiter dans sa maison en Slovénie. Âgé de quatre-vingt-douze ans et pour l'heure un peu malade et alité, il a néanmoins conservé toute sa vivacité d'esprit et, au moment où ses visiteurs prennent congé, Karolin leur offre une carte postale au dos de laquelle sont imprimés quelques vers de lui en slovène qu'il s'applique alors — une loupe vissée à l'œil et sous la surveillance de sa femme — à traduire en allemand de sa belle écriture tremblée de vieillard méticuleux. Comme le dit le narrateur, cette carte leur apparaît, à sa femme et à lui, comme une sorte de testament. Cependant, peu de temps après, arrive une lettre dans laquelle le professeur prie d'excuser la probable faute de grammaire qu'il a commise en allemand (d'après sa femme); que ses jeunes amis veuillent bien la corriger d'eux-mêmes, et il se justifie en précisant qu'il a souffert dernièrement de divers troubles circulatoires accompagnés de pertes de mémoire passagères et que s'il a commis une telle faute (écrire *das Berg* au lieu de *der Berg*), il n'a pu le faire qu'en raison de ces troubles. Puis il ajoute pour conclure que désormais il va mieux, qu'il s'est levé et qu'il a même fait une petite promenade aux abords du bois.

---

ne sont peut-être pas bien solides sur leurs jambes; les uns sont des fatalistes, des hypocondriaques, des malades, d'autres sont des enfants gâtés, raffinés jusqu'à l'artifice, qui mettent leur amour-propre à rester dans l'ombre. Un trait leur est commun à tous; ils se bouchent les oreilles devant la sottise déchaînée et les criailleries bruyantes des bourgeois démocrates. » Difficile, en lisant cela, de ne pas évoquer la figure de Des Esseintes, le protagoniste d'*À rebours*, le chef-d'œuvre de Joris-Karl Huysmans.

Magris commente alors :

> Il était inadmissible que le professeur Karolin pût s'en aller sans avoir corrigé sa faute et éclairci, pour lui-même et pour les autres, tout doute à ce sujet. Il devait avoir passé quelques semaines à ruminer là-dessus, en essayant de se rappeler s'il avait vraiment écrit par erreur *das*, l'article neutre, au lieu du *der* masculin, ou bien s'il ne s'agissait que d'une fausse impression de sa femme, qu'il avait dû pendant tout ce temps tracasser passablement à ce propos. La passion naît de la vitalité, mais la stimule aussi et c'est ainsi que grâce à la vive contrariété causée par une faute de grammaire et au désir impétueux de la corriger, le professeur avait retrouvé un peu de son bois, de son monde, de sa vie.
>
> La correction de la langue est la prémisse de la netteté morale et de l'honnêteté. Beaucoup de filouteries et de prévarications brutales naissent quand on fait de la marmelade avec la grammaire et la syntaxe, quand on met le sujet à l'accusatif et le complément d'objet au nominatif, brouillant ainsi les cartes, intervertissant les rôles des victimes et des coupables, altérant l'ordre des choses, attribuant des faits à d'autres causes ou à d'autres auteurs qu'à ceux qui en sont effectivement responsables, abolissant les distinctions et les hiérarchies dans l'imposture d'une copulation collective effrénée de concepts et de sentiments, corrompant la vérité.
>
> C'est aussi pour cette raison qu'une seule virgule mal placée peut entraîner des désastres, provoquer des incendies qui anéantissent les forêts de la planète. Mais l'histoire du professeur Karolin semble enseigner qu'en respectant la langue, c'est-à-dire la vérité, la vie elle-même devient plus forte, on est en mesure de faire un petit tour en jouissant du

monde, avec cette vitalité des sens d'autant plus alerte qu'elle est dégagée de l'écheveau des mensonges à autrui et à soi-même. Qui sait combien de choses, combien d'aimables plaisirs et de joies on doit, sans le savoir, à l'encre rouge des maîtres d'école*.

La volonté de préserver certains trésors fragiles de l'industrie humaine, qu'ils soient grammaticaux ou plus largement artisanaux ou culturels, m'évoque ce poème de Saint-John Perse intitulé « Exil » où il énumère ceux qu'il nomme Princes de l'Exil — ceux qui s'attachent, en dépit de leur isolement en temps de barbarie, à faire vivre une certaine idée de la civilisation (ce qui, notons-le en passant, renvoie au thème central du *Décaméron* de Boccace).

> ... Celui qui erre, à la mi-nuit, sur les galeries de pierre pour estimer les titres d'une belle comète ; celui qui veille, entre deux guerres, à la pureté des grandes lentilles de cristal ; celui qui flatte la démence aux grands hospices de craie bleue, et c'est Dimanche sur les seigles, à l'heure de grande cécité ; celui qui monte aux orgues solitaires, à l'entrée des armées ; celui dans le sommeil dont le souffle est relié au souffle de la mer, et au renversement de la marée voici qu'il se retourne sur sa couche comme un vaisseau change d'amures...
>
> Celui qu'enchaîne, sur les cartes, la course close des cyclones ; pour qui s'éclairent, aux nuits d'hiver, les grandes pistes sidérales ; celui qui fait sa ronde en temps de siège, aux grands halls où s'émiettent, sous verre, les panoplies de phasmes,

* Claudio Magris, *Microcosmes*, Gallimard, Folio, 2000, p. 141 et 142.

de vanesses; et porte sa lampe aux belles auges de lapis, où, friable, la princesse d'os épinglée d'or descend le cours des siècles sous sa chevelure de sisal; celui qui sauve des armées un hybride très rare de rosier-ronce himalayen...

Celui qui ouvre un compte en banque pour les recherches de l'esprit; celui qui entre au cirque de son œuvre nouvelle dans une très grande animation de l'être et, de trois jours nul n'a regard sur son silence que sa mère, nul n'a l'accès de sa chambre que la plus vieille des servantes; celui qui mène aux sources sa monture sans y boire lui-même; celui qui tient commerce, en ville, de très grands livres: almagestes, portulans et bestiaires; celui qui prend souci des accidents de phonétique, de l'altération des signes et des grandes érosions du langage; qui participe aux grands débats de sémantique; qui fait autorité dans les mathématiques usuelles et se complaît à la supputation des temps pour le calendrier des fêtes mobiles; celui qui donne la hiérarchie aux grands offices du langage...*

Oui, tous ces héros préservateurs sans panache, ces secrets gardiens des merveilles, ces artisans minimalistes, ces artistes et ces poètes de l'ombre qui soutiennent l'édifice du rêve de la civilisation telles des cariatides de l'âme collective — et parmi eux, le plus pur peut-être, ce dormeur « dont le

* « Exil », *in* Saint-John Perse, *Œuvres complètes*, Gallimard, La Pléiade, 1972, p. 132, 133, 134. Au long de cette énumération où j'ai opéré un choix et que j'ai donc recomposée à ma manière, il faut reconnaître au passage parmi les images allusives qui sont des chefs-d'œuvre de condensation verbale, les références à Kepler (celui qui estime les titres d'une belle comète), à Spinoza (polisseur de lentilles de verre), à Van Gogh (la démence aux grands hospices de craie bleue), à Jean-Sébastien Bach (les orgues solitaires) et enfin à Proust (celui qui entre au cirque de son œuvre nouvelle).

souffle est relié au souffle de la mer » et qui au plus profond de ses songes change de cap et cabote à l'estime vers l'orient de ses désirs nocturnes (je repense à mes dormeurs publics)... —, tous ceux-là sont liés par une fraternelle conception du monde au sein de laquelle la vie doit conserver son potentiel d'utopie et d'extravagance, sa charge d'illimité fantasmatique — dont, accessoirement, certains objets sont porteurs. La plupart des collectionneurs, que ce soit d'objets concrets ou d'objets mentaux, appartiennent à cette précieuse confrérie d'anarchistes-conservateurs. Une démocratie bien comprise, dont Platon nous dit dans *La République* que l'une de ses premières vocations est la défense des minorités, devrait se faire un devoir de protéger efficacement ces saints promoteurs du hasard et de la fantaisie, sans qui l'on peut craindre que la vie, emprisonnée dans le carcan de l'utilitarisme le plus étroit, n'en vienne à s'atrophier dangereusement.

Il y a quelques années, avant qu'il ne disparaisse brutalement, j'eus une longue amitié avec l'un d'entre eux. Il s'appelait Raphaël et avait hérité de son père un petit pécule lui permettant de survivre, chichement certes, mais à sa guise — laquelle ne comportait d'ailleurs pas de sérieuses exigences. Il avait acheté une ancienne ferme aveyronnaise, assez vaste mais en ruine, blottie au fond d'une combe boisée, et après l'avoir retapée presque entièrement lui-même, il en avait fait un conservatoire des objets les plus hétéroclites ainsi qu'un refuge pour animaux.

Au moment où je le rencontrai et commençai de lui rendre régulièrement visite, il possédait deux ânes paissant dans le pré mitoyen, cinq chats, deux chiens, un mainate et une couleuvre qu'il avait réussi à apprivoiser et qui venait boire du lait dans une soucoupe sur la terrasse de la maison. Il entretenait également d'excellentes relations avec une famille de hérissons, un sanglier et quelques chevreuils qui, à l'automne, venaient sans trop d'inquiétude croquer les pommes sur les arbres, sans parler des innombrables oiseaux qui se restauraient dans les petites mangeoires aménagées à leur intention. Une bonne partie de ses journées était consacrée à pourvoir à leur nourriture et à les soigner. Le reste du temps, il bricolait dans la maison, cultivait des plantes rares dans son jardin et dans une serre qu'il avait fabriquée lui-même (tout particulièrement des rhododendrons et des fleurs des champs qu'il transplantait depuis la montagne environnante); enfin et surtout, il écrivait de longues heures durant sur des cahiers à couverture cartonnée, de son écriture soigneusement calligraphiée. Il arrivait aussi qu'au cours de ses randonnées, il s'arrêtât pour peindre de petites aquarelles sur le motif. En outre, il avait aménagé son grenier en une vaste bibliothèque où voisinaient les livres les plus divers, une place prédominante étant réservée à la philosophie et à la poésie. Au centre, sous un Velux, trônait un imposant fauteuil de lecture en cuir et dans un coin se trouvait une chaîne stéréo entourée de disques. La plupart du temps, ce royaume de calme et de méditation était colonisé par les chats et l'un des chiens auxquels il semblait convenir à merveille.

À l'époque où je le fréquentais, il devait avoir atteint la soixantaine et vivait seul après avoir eu une longue liaison avec une femme qui avait disparu de sa vie. Il était d'ailleurs impossible de lui soutirer le moindre détail supplémentaire à ce sujet. On comprenait seulement que la compagnie des animaux et des quelques amis qui lui rendaient visite lui suffisait désormais.

Ayant deviné qu'en dehors des lectures de fond qui avaient lieu la nuit, il se livrait à des travaux d'écriture, j'essayai à plusieurs reprises d'en savoir plus, mais il me fut répondu à chaque tentative que c'était une entreprise tout à fait privée et (c'est l'expression qu'il employait) « presque autistique ».

Un jour que, lors d'une conversation ayant débuté dans sa bibliothèque, je lui exprimai mon scepticisme sur le fait qu'on puisse écrire uniquement pour soi-même, il me regarda longuement, puis finit par me dire, plus ou moins à voix basse, qu'il le savait bien, qu'il s'agissait simplement d'une défense pudique et aussi d'un orgueil démesuré de sa part, quasi mégalomaniaque sans doute… Il s'interrompit alors, baissa la tête et parla plus bas encore en direction du sol, comme honteux, puis lâcha qu'il avait toujours eu le sentiment d'être trop décalé par rapport à son époque et que ce qu'il écrivait, bien sûr, s'adressait à des lecteurs potentiels, mais que ces lecteurs, hélas, selon ses estimations… ne pouvaient que se situer dans un passé plus ou moins mythique… ou bien alors… — et là il se redressa et m'adressa un sourire empreint d'auto-ironie — dans un futur indéterminé et sans doute plus fantasmatique encore ! Non, ce qu'il écrivait… Il n'avait aucune idée de sa valeur intrinsèque, n'en ayant jamais référé à quiconque… mais le fait était que dans son imagination, sans doute délirante, il aurait voulu se placer dans la tradition la plus classique, la plus traditionnelle. Or…

Il s'interrompit, se leva et marcha jusqu'à l'une des baies vitrées dont la vue donnait sur la châtaigneraie, puis parut embrasser du regard les frondaisons d'automne avant de poursuivre : Or, oui, ce qu'il avait pu lire de ceux qu'on considérait comme les poètes du temps présent lui était toujours apparu comme frappé d'une étrange artificialité, d'une facticité presque tragique : un simple jeu verbal qui pouvait peut-être ravir certains, un peu comme on pouvait trouver de l'intérêt ou de la beauté à peu près à n'importe quoi, dès l'instant qu'on le décidait… mais selon ses propres critères, cela ne correspondait en rien à ce qu'il attendait de l'acte poétique… Et détournant son regard du dehors il me fixa alors avec une expression presque implorante : de la poésie, il attendait, pour sa part, qu'elle nous aide à accepter l'énigme de l'existence et la nostalgie du temps qui passe, que sais-je encore… qu'elle chante le moment présent environné comme il l'était de tous ses abîmes effrayants… mais il avait le funeste sentiment que l'angoisse et la volonté de superficialité consubstantielles à notre époque avaient tellement investi les consciences, aujourd'hui, que personne n'était plus en mesure d'aborder ces grands thèmes et que lesdits poètes préféraient se perdre dans de captieux jeux verbaux, la plupart du temps incompréhensibles au commun…

— Tiens, me dit-il alors, avec une lueur d'égarement dans le regard, que dire, par exemple, de textes tels que ceux-ci ?

Il alla jusqu'à la bibliothèque, se saisit d'un livre dont je ne vis pas le titre et lut :

— « De la ceinture de tisons au reposoir des morves. Du rêve gris au commerce avec rien. Course. Premier col : argile effritée. »

Il feuilleta le livre puis s'arrêta et lut encore avec un sourire triste :

— « Danse retirée aux cinq cantons. Face aux cylindres de la Pyramide, l'émigrant des résines relate l'encan des Filles, et s'allège de l'épuisant rayonnement. » Ou bien encore, écoute ça : « Parfois de ma durée, je renonce à l'assistance de ma largeur vénielle. » Sans doute as-tu reconnu de qui il s'agissait ?...

— Il me semble que oui, dis-je.

Je m'attendais à ce qu'il fasse un commentaire mais il se tut, l'air accablé. S'asseyant dans le fauteuil au centre de la pièce, il prit un chat sur ses genoux et, caressant le labrador à ses pieds, sembla réfléchir. Cela dura un long moment, puis il reprit doucement :

— Si ce soi-disant « immense poète », dont quelqu'un qui ressent les choses comme moi a dit, je m'en souviens par cœur, qu'il n'est qu'« un laborieux fabricant de devinettes biscornues et de solennités boursouflées usant d'un verbe constamment hyperbolique et de métaphores toutes plus saugrenues les unes que les autres », est considéré comme la référence majeure d'aujourd'hui, je n'ai rien à regretter : il est simplement évident que j'ai raté mon époque...

Il y eut de nouveau un silence pendant lequel il sembla s'abîmer dans des considérations lointaines, puis il reprit la parole :

— Et puis il y a certainement chez moi une esthétique de la clandestinité, un romantisme du secret et de l'inutile... je ne puis que me placer sous l'égide de l'utopique Hellade d'Hölderlin... dans l'ombre, disons, du renoncement et de l'amertume lucide...

Il s'arrêta de nouveau, puis, toujours caressant le chat, récita sur un ton désabusé, les yeux dans le vague :

Mais ami, nous venons trop tard. Sans doute, les dieux vivent encore,
mais au-dessus de nos têtes, là-haut, dans un autre monde ;
c'est là qu'ils agissent sans cesse, sans beaucoup se soucier
de notre sort, tant les immortels nous ménagent !
Car souvent un vaisseau fragile ne peut les contenir,
et l'homme ne supporte que par instants la plénitude divine.
La vie se passe ensuite à rêver d'eux. Mais l'erreur
est bonne comme le sommeil ; et la détresse et la nuit rendent fort,
en attendant l'heure où des héros en nombre auront grandi dans leurs berceaux d'airain,
égaux aux dieux par le courage, comme jadis.
Ils viendront comme le tonnerre, mais souvent il me semble
que mieux vaut dormir que de vivre sans compagnons
et toujours dans l'attente comme nous sommes. Que faire jusqu'à ce jour futur,
et que dire ? Je n'en sais rien ! À quoi bon des poètes dans ces jours de misère ?

Il se tut abruptement, pénétré de sa récitation, puis gêné du silence qui s'en était suivi, il me dit :

— Cela me fait penser que je ne t'ai rien offert

à boire, veux-tu goûter ce petit vin blanc que j'ai déniché l'autre jour à Marcillac ?

— Volontiers.

Il sortit quelques minutes puis revint avec une bouteille, des verres, du saucisson et des tartines beurrées que nous grignotâmes tout en buvant à petits coups. Soudain, il reprit :

— À quoi bon des poètes en ces jours de misère ? C'est ce que je me répète sans cesse et, en effet, ne vaut-il pas mieux dormir sa vie comme je le fais ici, dans cette clairière, loin des turbulences et loin même de toute émulation littéraire ?

— Oui, sans doute, dis-je, mais pas sans compagnons.

— C'est vrai, tu as raison, il y a tous mes éloquents amis muets, les mobiles et les enracinés... car, crois-le si tu veux, les plantes elles-mêmes peuvent devenir de vraies compagnes... et puis enfin, c'est vrai, il y a les bienveillants camarades plus loquaces dans ton genre qui acceptent de venir bavarder ici avec moi, et poussent même la sollicitude — sois-en remercié ! — jusqu'à daigner écouter mes élucubrations sur les vieilles lunes et les improbables chimères du futur le plus hypothétique...

Il s'interrompit, songeur, puis reprit :

— Lorsqu'*ils* reviendront comme le tonnerre ! n'est-ce pas ?

— Mais qui Hölderlin désigne-t-il ainsi ?

— Ah ! mais des tas d'ouvrages ont été consacrés à cette question et souvent contradictoires. Généralement, on s'accorde à penser qu'il s'agit des anciens dieux de la Grèce et, en vérité, beaucoup de poètes et de philosophes de cette époque, surtout dans les pays germaniques, ont réinventé, à partir de souvenirs scolaires la plupart du temps un peu flous, une Hellade onirique, laquelle est progressivement devenue une patrie édénique, un point de ralliement moral pour consciences romantiques. Et de toutes les façons qui donc échappe à la vision d'un quelconque Éden possible — passé ou futur ?

— C'est vrai, pas grand monde, à part peut-être certains psychopathes ou quelques maîtres zen vivant dans l'immédiateté la plus absolue ! Pourtant, ces derniers temps, ce paradis s'est singulièrement réduit aux dimensions d'un *sam-suffit* généralisé, non ? C'est pour beaucoup la résidence au soleil — oui surtout au soleil ! — avec jardinet, piscine et barbecue...

— Oui, je sais, question du style de rêve qu'on nous a entraînés à poursuivre dès l'enfance... Moi, j'ai été frappé au cœur, très jeune encore, par la vision des poètes élégiaques et j'ai toujours rêvé d'un jardin idyllique primitif qui n'a sans doute jamais existé, mais qu'importe... L'essentiel est de faire de beaux songes du temps de notre vie et si possible de parvenir à les faire partager à quelques amis, ce pourquoi tu as raison : je devrais essayer de publier, mais je ne parviens pas à me décider, j'ai trop peur de m'illusionner sur moi-même, et que la mise à l'épreuve me renvoie l'image d'un pseudo-poète privé de souffle et leurré par son enthousiasme, comme il y en a tant de nos jours... La vérité, oui, est que j'ai peur de me mettre en lice, je n'ai pas encore assez confiance en moi.

— Mais Raphaël, peut-être accepterais-tu de me montrer quelques-uns de tes écrits, je pourrais déjà te donner un avis et...

— Oui, c'est ce que je vais faire, mais pas tout de suite ; il faut que je révise encore, que je corrige, que je remanie, je ne me sens pas encore prêt…

— Comme tu voudras, mais n'attends pas trop longtemps, j'ai eu un ami comme toi du temps de mes années tennis, un grand procrastinateur devant l'Éternel qui ne cessait de s'entraîner pour le grand jour et finalement…

— Oui, oui ! Je sais bien… Je vais m'y atteler dès demain et je t'avertirai, dit-il alors, rendu tout joyeux par cette perspective, et nous levâmes la séance puis nous dirigeâmes vers la cuisine où il me prépara un délicieux aligot à l'aveyronnaise.

Le fait est, hélas, que mes craintes sur la relative élasticité du temps avaient été fondées, car l'hiver suivant et à peine quatre mois après cette conversation, Raphaël mourut dans un accident de la route des plus absurdes — lui qui détestait les automobiles et peut-être en raison de cette détestation à vrai dire, car sa phobie de la route lui fit commettre au volant une bévue mortelle.

Quelques jours après son enterrement qui eut lieu au cimetière d'Espalion (sous une pluie d'hiver aussi insistante que le destin et en présence d'à peine six personnes), je dus revenir jusqu'au succédané d'Éden de la clairière en compagnie d'une de ses sœurs, pour trier, emporter, vendre ou faire don des collections de toutes sortes qu'il avait entassées là, y compris les animaux — lesquels se montraient abattus et comme égarés par son absence.

Cependant, ce que je veux raconter est ceci : lorsque, après plusieurs jours de tri, j'en vins au grenier-bibliothèque qui m'avait été dévolu (sa sœur s'occupant des plantes et des animaux), je finis par découvrir une petite clé dans un tiroir. Une étiquette lui était accrochée sur laquelle était écrit : Manuscrits. Ce fut avec une évidente curiosité que j'essayai de trouver à quelle armoire elle correspondait, pour finir par tomber sur un ancien placard à vêtements dans la serrure duquel la clé s'enclencha. J'ouvris les deux battants et quelle ne fut pas ma surprise de découvrir une sorte de grotte miniature aménagée de multiples petites étagères et entièrement peinturlurée du haut en bas de minuscules paysages juxtaposés les uns aux autres, comme dans une chapelle votive. Je reconnus immédiatement que la plupart avaient été recopiés de ses cahiers d'aquarelles. Il s'était appliqué à encadrer chacun d'entre eux d'une bordure à la feuille d'or et on eût dit d'une page de miniature médiévale : les riches heures du poète Raphaël M. !

Je demeurai un long moment à les scruter minutieusement un par un, conscient que le souverain et discret hasard avait fait en sorte que je sois le destinataire privilégié de cette œuvre clandestine. Ce faisant, je découvris aussi dans un des angles du placard, à l'ombre d'une étagère, un encadré calligraphié avec des pleins et des déliés semblables à ceux des vieux grimoires. Le court texte disait : « J'ai peint ce placard au long des années pour celui qui un jour le découvrira par inadvertance, cherchant sans doute à mettre de l'ordre dans mon capharnaüm après ma mort. Et si, pour une raison quelconque, cela n'avait pas lieu, l'essentiel est que j'ai eu tant de plaisir à l'imaginer que j'en ai été pleinement récompensé de mon vivant. » Je relus cette inscription plusieurs fois puis la notai scrupuleusement sur mon carnet.

Finalement, sur l'étagère la plus haute — les autres étaient couvertes de babioles et de souvenirs : tickets de cinéma, de métro, places d'opéra, une statuette de femme alanguie, des additions de restaurants, des notes d'hôtel, un jeton de casino, des photos défraîchies, deux plumes, des élastiques, une dizaine de bouchons, des épingles, des timbres jaunies, la photo fanée d'une très jolie femme en robe d'été assise dans un transat, des notes sur des bouts de papier à moitié déchirés, une pile d'enveloppes, etc., je dénichai une cinquantaine des fameux cahiers qu'il avait projeté de me montrer un jour. J'en ouvris un ou deux : ils étaient couverts de sa belle écriture sinueuse, ferme et presque sans ratures : le trésor de Raphaël, le condensé d'une vie de poète clandestin !

Je n'en touchai pas mot à sa sœur et emportai discrètement les cahiers : je savais qu'ils m'étaient destinés. La déesse Fortuna qui veille sur les incidences en avait décidé ainsi. Quant à la teneur des poèmes, je n'en dévoilerai rien sur ces pages, déterminé à les faire publier un jour, si toutefois il se trouve un éditeur suffisamment motivé pour vouloir faire connaître un obscur poète réfractaire du XXe siècle.

Cependant, à l'instant même où je m'apprêtais à refermer le placard, j'avisai, sous une aquarelle représentant un champ couvert de fleurs rousses, une minuscule inscription calligraphiée d'une belle écriture ondoyante et encadrée d'une triple bordure dorée. C'était une citation d'un poète tombé dans l'oubli nommé Albert Ayguesparse :

Avec tout cet acier qui se fabrique chaque nuit
Avec ses terreurs, ses sortilèges, ses massacres,
Cette époque, je vous la laisse
Pour les maigres fleurs rousses des champs.

DU MÊME AUTEUR

Aux Éditions Denoël

L'ART DIFFICILE DE NE PRESQUE RIEN FAIRE, 2009 (Folio nº 5112)

LA PUISSANCE DISCRÈTE DU HASARD, 2013 (Folio nº 5771)

Chez d'autres éditeurs

PETIT TRAITÉ DE DÉSINVOLTURE, *José Corti*, 2002

RÊVEURS ET NAGEURS, *José Corti*, 2005

BREFS APERÇUS SUR L'ÉTERNEL FÉMININ, *Robert Laffont*, 2006

DE L'ART DE PRENDRE LA BALLE AU BOND : PRÉCIS DE MÉCANIQUE GESTUELLE ET SPIRITUELLE, *Jean-Claude Lattès*, 2007

SPIRITUELLE, *Jean-Claude Lattès*, 2007

LA FACULTÉ DES CHOSES, *Le Castor Astral*, 2008

LE PETIT GROZDA, LES MERVEILLES OUBLIÉES DU LITTRÉ, *Points Seuil*, 2008

MINUSCULES EXTASES, *NiL*, 2009

LA SECRÈTE MÉLANCOLIE DES MARIONNETTES, *Éditions de l'Olivier*, 2011

L'EXACTITUDE DES SONGES, *Éditions du Rouergue*, 2012

COLLECTION FOLIO

Dernières parutions

5522. Homère	*Iliade*
5523. E.M. Cioran	*Pensées étranglées* précédé du *Mauvais démiurge*
5524. Dôgen	*Corps et esprit. La Voie du zen*
5525. Maître Eckhart	*L'amour est fort comme la mort* et autres textes
5526. Jacques Ellul	*«Je suis sincère avec moi-même»* et autres lieux communs
5527. Liu An	*Du monde des hommes. De l'art de vivre parmi ses semblables.*
5528. Sénèque	*De la providence* suivi de *Lettres à Lucilius (lettres 71 à 74)*
5529. Saâdi	*Le Jardin des Fruits. Histoires édifiantes et spirituelles*
5530. Tchouang-tseu	*Joie suprême* et autres textes
5531. Jacques de Voragine	*La Légende dorée. Vie et mort de saintes illustres*
5532. Grimm	*Hänsel et Gretel* et autres contes
5533. Gabriela Adameşteanu	*Une matinée perdue*
5534. Eleanor Catton	*La répétition*
5535. Laurence Cossé	*Les amandes amères*
5536. Mircea Eliade	*À l'ombre d'une fleur de lys...*
5537. Gérard Guégan	*Fontenoy ne reviendra plus*
5538. Alexis Jenni	*L'art français de la guerre*
5539. Michèle Lesbre	*Un lac immense et blanc*
5540. Manset	*Visage d'un dieu inca*
5541. Catherine Millot	O Solitude
5542. Amos Oz	*La troisième sphère*
5543. Jean Rolin	*Le ravissement de Britney Spears*
5544. Philip Roth	*Le rabaissement*

5545.	Honoré de Balzac	*Illusions perdues*
5546.	Guillaume Apollinaire	*Alcools*
5547.	Tahar Ben Jelloun	*Jean Genet, menteur sublime*
5548.	Roberto Bolaño	*Le Troisième Reich*
5549.	Michaël Ferrier	*Fukushima. Récit d'un désastre*
5550.	Gilles Leroy	*Dormir avec ceux qu'on aime*
5551.	Annabel Lyon	*Le juste milieu*
5552.	Carole Martinez	*Du domaine des Murmures*
5553.	Éric Reinhardt	*Existence*
5554.	Éric Reinhardt	*Le système Victoria*
5555.	Boualem Sansal	*Rue Darwin*
5556.	Anne Serre	*Les débutants*
5557.	Romain Gary	*Les têtes de Stéphanie*
5558.	Tallemant des Réaux	*Historiettes*
5559.	Alan Bennett	*So shocking !*
5560.	Emmanuel Carrère	*Limonov*
5561.	Sophie Chauveau	*Fragonard, l'invention du bonheur*
5562.	Collectif	*Lecteurs, à vous de jouer !*
5563.	Marie Darrieussecq	*Clèves*
5564.	Michel Déon	*Les poneys sauvages*
5565.	Laura Esquivel	*Vif comme le désir*
5566.	Alain Finkielkraut	*Et si l'amour durait*
5567.	Jack Kerouac	*Tristessa*
5568.	Jack Kerouac	*Maggie Cassidy*
5569.	Joseph Kessel	*Les mains du miracle*
5570.	Laure Murat	*L'homme qui se prenait pour Napoléon*
5571.	Laure Murat	*La maison du docteur Blanche*
5572.	Daniel Rondeau	*Malta Hanina*
5573.	Brina Svit	*Une nuit à Reykjavík*
5574.	Richard Wagner	*Ma vie*
5575.	Marlena de Blasi	*Mille jours en Toscane*
5577.	Benoît Duteurtre	*L'été 76*
5578.	Marie Ferranti	*Une haine de Corse*
5579.	Claude Lanzmann	*Un vivant qui passe*
5580.	Paul Léautaud	*Journal littéraire. Choix de pages*

5581. Paolo Rumiz — *L'ombre d'Hannibal*
5582. Colin Thubron — *Destination Kailash*
5583. J. Maarten Troost — *La vie sexuelle des cannibales*
5584. Marguerite Yourcenar — *Le tour de la prison*
5585. Sempé-Goscinny — *Les bagarres du Petit Nicolas*
5586. Sylvain Tesson — *Dans les forêts de Sibérie*
5587. Mario Vargas Llosa — *Le rêve du Celte*
5588. Martin Amis — *La veuve enceinte*
5589. Saint Augustin — *L'Aventure de l'esprit*
5590. Anonyme — *Le brahmane et le pot de farine*
5591. Simone Weil — *Pensées sans ordre concernant l'amour de Dieu*
5592. Xun zi — *Traité sur le Ciel*
5593. Philippe Bordas — *Forcenés*
5594. Dermot Bolger — *Une seconde vie*
5595. Chochana Boukhobza — *Fureur*
5596. Chico Buarque — *Quand je sortirai d'ici*
5597. Patrick Chamoiseau — *Le papillon et la lumière*
5598. Régis Debray — *Éloge des frontières*
5599. Alexandre Duval-Stalla — *Claude Monet - Georges Clemenceau : une histoire, deux caractères*
5600. Nicolas Fargues — *La ligne de courtoisie*
5601. Paul Fournel — *La liseuse*
5602. Vénus Khoury-Ghata — *Le facteur des Abruzzes*
5603. Tuomas Kyrö — *Les tribulations d'un lapin en Laponie*
5605. Philippe Sollers — *L'Éclaircie*
5606. Collectif — *Un oui pour la vie ?*
5607. Éric Fottorino — *Petit éloge du Tour de France*
5608. E.T.A. Hoffmann — *Ignace Denner*
5608. Frédéric Martinez — *Petit éloge des vacances*
5610. Sylvia Plath — *Dimanche chez les Minton et autres nouvelles*
5611. Lucien — *« Sur des aventures que je n'ai pas eues ». Histoire véritable*

5612.	Julian Barnes	*Une histoire du monde en dix chapitres ½*
5613.	Raphaël Confiant	*Le gouverneur des dés*
5614.	Gisèle Pineau	*Cent vies et des poussières*
5615.	Nerval	*Sylvie*
5616.	Salim Bachi	*Le chien d'Ulysse*
5617.	Albert Camus	*Carnets I*
5618.	Albert Camus	*Carnets II*
5619.	Albert Camus	*Carnets III*
5620.	Albert Camus	*Journaux de voyage*
5621.	Paula Fox	*L'hiver le plus froid*
5622.	Jérôme Garcin	*Galops*
5623.	François Garde	*Ce qu'il advint du sauvage blanc*
5624.	Franz-Olivier Giesbert	*Dieu, ma mère et moi*
5625.	Emmanuelle Guattari	*La petite Borde*
5626.	Nathalie Léger	*Supplément à la vie de Barbara Loden*
5627.	Herta Müller	*Animal du cœur*
5628.	J.-B. Pontalis	*Avant*
5629.	Bernhard Schlink	*Mensonges d'été*
5630.	William Styron	*À tombeau ouvert*
5631.	Boccace	*Le Décaméron. Première journée*
5632.	Isaac Babel	*Une soirée chez l'impératrice*
5633.	Saul Bellow	*Un futur père*
5634.	Belinda Cannone	*Petit éloge du désir*
5635.	Collectif	*Faites vos jeux !*
5636.	Collectif	*Jouons encore avec les mots*
5637.	Denis Diderot	*Sur les femmes*
5638.	Elsa Marpeau	*Petit éloge des brunes*
5639.	Edgar Allan Poe	*Le sphinx*
5640.	Virginia Woolf	*Le quatuor à cordes*
5641.	James Joyce	*Ulysse*
5642.	Stefan Zweig	*Nouvelle du jeu d'échecs*
5643.	Stefan Zweig	*Amok*
5644.	Patrick Chamoiseau	*L'empreinte à Crusoé*
5645.	Jonathan Coe	*Désaccords imparfaits*
5646.	Didier Daeninckx	*Le Banquet des Affamés*

5647.	Marc Dugain	*Avenue des Géants*
5649.	Sempé-Goscinny	*Le Petit Nicolas, c'est Noël !*
5650.	Joseph Kessel	*Avec les Alcooliques Anonymes*
5651.	Nathalie Kuperman	*Les raisons de mon crime*
5652.	Cesare Pavese	*Le métier de vivre*
5653.	Jean Rouaud	*Une façon de chanter*
5654.	Salman Rushdie	*Joseph Anton*
5655.	Lee Seug-U	*Ici comme ailleurs*
5656.	Tahar Ben Jelloun	*Lettre à Matisse*
5657.	Violette Leduc	*Thérèse et Isabelle*
5658.	Stefan Zweig	*Angoisses*
5659.	Raphaël Confiant	*Rue des Syriens*
5660.	Henri Barbusse	*Le feu*
5661.	Stefan Zweig	*Vingt-quatre heures de la vie d'une femme*
5662.	M. Abouet/C. Oubrerie	*Aya de Yopougon, 1*
5663.	M. Abouet/C. Oubrerie	*Aya de Yopougon, 2*
5664.	Baru	*Fais péter les basses, Bruno !*
5665.	William S. Burroughs/ Jack Kerouac	*Et les hippopotames ont bouilli vifs dans leurs piscines*
5666.	Italo Calvino	*Cosmicomics, récits anciens et nouveaux*
5667.	Italo Calvino	*Le château des destins croisés*
5668.	Italo Calvino	*La journée d'un scrutateur*
5669.	Italo Calvino	*La spéculation immobilière*
5670.	Arthur Dreyfus	*Belle Famille*
5671.	Erri De Luca	*Et il dit*
5672.	Robert M. Edsel	*Monuments Men*
5673.	Dave Eggers	*Zeitoun*
5674.	Jean Giono	*Écrits pacifistes*
5675.	Philippe Le Guillou	*Le pont des anges*
5676.	Francesca Melandri	*Eva dort*
5677.	Jean-Noël Pancrazi	*La montagne*
5678.	Pascal Quignard	*Les solidarités mystérieuses*
5679.	Leïb Rochman	*À pas aveugles de par le monde*
5680.	Anne Wiazemsky	*Une année studieuse*

Composition Utibi
Impression Maury Imprimeur
45330 Malesherbes
le 10 avril 2014.
Dépôt légal : avril 2014.
Numéro d'imprimeur : 189498.

ISBN 978-2-07-045693-2. / Imprimé en France.

261212